巅峰传奇之极地之王

陈泠 —— 著

作家出版社

图书在版编目（CIP）数据

极地之王 / 陈泠著.—北京：作家出版社，2022.9
（巅峰传奇）
ISBN 978-7-5212-1416-1

Ⅰ.①极…　Ⅱ.①陈…　Ⅲ.①长篇小说－中国－当代
Ⅳ.① I247.5

中国版本图书馆 CIP 数据核字（2021）第 088540 号

极地之王

作　　者：陈　泠
责任编辑：佳　丽
装帧设计：薛　怡
出版发行：作家出版社有限公司
社　　址：北京农展馆南里 10 号　　邮　　编：100125
电话传真：86-10-65067186（发行中心及邮购部）
　　　　　86-10-65004079（总编室）
E-mail:zuojia @ zuojia.net.cn
http://www.zuojiachubanshe.com
印　　刷：北京盛通印刷股份有限公司
成品尺寸：152×230
字　　数：208 千
印　　张：18.5
版　　次：2022 年 9 月第 1 版
印　　次：2022 年 9 月第 1 次印刷
ISBN 978-7-5212-1416-1
定　　价：56.00 元

目录

第一章　神迹降临，前途未卜

　　那是云端，穿越星河的云端，被云雾缭绕着，终年不化的皑皑白雪覆盖着那层层的雪山天梯，去向宇宙银河的神殿……

　　这神秘而又远古，信奉着万物有灵的巅峰极地，是须弥山，是湿婆，是大自在神的仙境所在，它被众多神山——连绵起伏地包围着。条条天河之水孕育而出，永恒持久，蓝与白、绿与黄、红与黑构成了宇宙世界的雪域极光。在那天梯的巅峰，一抹流星般的光束，瞬然洒下，黑与白的二元之色，星星点点，闪闪烁烁，时光迅速回到2000年前这凸起的巍峨雪域。巨大的琼鸟傲立天地，丰满的银翅守护着山峦之上的琼隆银城，神秘的古语穿越在巅峰极地的象雄时代，讲述着一个个传奇的隐匿之境。

　　它的历史被藏匿，它的文化被传承，它的生灵在奔腾，这是一段鲜为人知的真相，是它缔造了世界第三极的香巴拉，那个天堂之巅。为了追寻它，从而揭开了今天青藏高原古代第一个部落政权王国——象雄神秘的面纱。

　　这浩瀚而丰沃的象雄联盟疆域，令生灵驰骋在中亚的草原。在琼鸟之神鸟之眼中俯瞰着一个区域，这是一个叫智隆的地方。这里生息着牦牛部落的后裔，智隆之域后来成为了护持吐蕃国政的力量和智慧之源，这里繁华无比，来自各个区域的族群在这里川流不息，交流交往与交融。在智隆这片开阔如花，盛大的坡形仙地，他们戴着面具如众神而降，在天堂与地狱的旋转中开启了另一个辰星……

　　灰蓝的穹窿之顶，北斗七星还没有退去，努力地睁着眼睛等待着，拖延着不愿离去。由近及远的各个山头上，沿着山势，在山顶用石头砌起的烽火台上，也已经用石头垒起了一个个石坛。带着晨露的松柏枝和挂满粉红色小花的灌木香料满满地铺在了石坛里，上面撒上了糌粑和青稞。糌粑和青稞这些高原白色而珍贵的纯净之物，是对宇宙赋予世间高原众神的敬畏，对世间美好的祝福。蜿蜒不断的山头上狼烟即将点燃，预示着"战争的"号角。然而这里没有集结的士兵，只有握着白色海螺，期盼的勇士，只有手捧木盒盛满糌粑，满脸皱纹而慈祥的老者。这是要迎接什么吗？一切异常平静，平静到快要爆发的极限，发生了什么，如此等待与忍耐，看来一场重大的事件即将发生，并且要传递到远方，昭告天下？！

　　一处平原、峡谷与山峦混合之处，石头、土夯围起的坡地智隆道场和部落洞穴建筑，错落有致地从智隆沟谷往上依山而建。山上沿着回形的弯曲往上的小路，每隔一段距离用石头搭起的煨桑台子中放满了带着香气、露水、花朵的高原荆棘灌木枝条和飘着清香的翠绿松柏，上面依然撒着青稞和糌粑，看来这是一片丰沃的土地，这是一个富裕的小邦。

　　一切早早准备就绪，等待着一间寝室中的消息。就在天宇的亮光要撤开挂着星星天幕的最后时刻，王后闭上眼睛，用尽最后的力气，身子一挺，"哞"的一声，一个小东西挤出了她的身体。"嗷——嗷——"部落的獒犬叫响了新生命的序曲。部落里传出了鼎沸的声音，终于燃起了一个接一个的煨桑台上丛丛的松柏和灌木香枝，焚起的霭霭香烟，依次向上蹿起，急于向其它的山顶之上的烽火台报送着喜讯。紧接着放眼无数的山峦之上，都回旋着飘逸的烟雾，传送着吉祥的信息，煨桑的香气清洁着山峦，祝福着美好，飘向那还带着黎明光辉的天宇。

不一会儿，烟雾把天、地连在了一起，将喜悦、欢呼一起冲上了天宇，传达着一个喜讯：一个健康的生命再次从宇宙降生，轮回人间。天彻底亮了，吉祥圆满的彩色日晕浑然而出。

此时，头戴似山峰之形，高顶日月同辉图案，两侧支起琼鸟角翼王冠的老国王俯身亲吻了妻子，妻子闭着眼睛疲惫而欣慰地贴了贴丈夫的脸，她很虚弱地躺在了铺着牦牛绒毯子厚厚的卡垫上。缓了一下，她便迫不及待地睁开眼睛欣喜而温柔地看着自己生下的，带着浑身的湿漉，还闭着眼睛的孩子。她的身体已经达到了极限，在孩子被挤出的一瞬间，她感受到了死亡的信号，还好她和孩子都挺了过来。她在如此的高龄得到了一个健康而有力的儿子，她深情地舔舐着儿子湿漉漉而又娇嫩的眼睛，儿子努力睁开眼睛，"哞——哞"叫了两声回应等候多时的阿爸阿妈。然后他挺起湿漉漉的身子，步履蹒跚地从铺着牦牛绒毯子的卡垫上努力而顽强地站立起来。他侧身仰起头看了阿爸一眼，然后依偎在虚弱的阿妈身边。他那双极其纯净而明亮的眼睛如同圣湖般的清澈荡漾，他那标准的骨骼如神山般的挺拔，让人如此欢喜和振奋。在这个强大的小邦里，这个小王子又是老国王最小，也是最后一个出生的王子了。

老国王的心情惊讶而喜悦，竟然忘了去拥抱这个降临的生命了。是的，他已经衰老，在老去的日子里，还能意外得到这个健硕的儿子，这是天降神迹，给予他和整个邦域如此厚重的礼物，显示着这里未来的大运。他向天神祷告，保佑他年老的妻子和这个珍贵的孩子。

小王子用幼小的头依偎着阿妈的头，用稚嫩的小脸轻蹭着阿妈满是皱纹的脸颊。王后已经老了，这次是她最后的生育了，刚刚她用尽了力气，此时虚弱至极。但是她的眼神除了喜悦，更多地透出了惊讶，同样无比惊讶的还有她的夫君。是的，老国王兴奋的眼里，忽然充满了困惑。因为这个出生在他最年老时候的最小牦牛王子，他的毛色居然与众不同，浅浅的灰白色，透射出一种神秘而无法阻挡的力量，散发着不可名状的气氛笼罩在这里。妻子的喜悦中也同样混杂着惊讶和疑惑，毕竟儿子的毛色太有别于其他的孩子了。但很快她就调整了情绪，这是她有生以来最后的孩子了，是她的亲骨肉，拼着老命生下他，不管是否健康，她当然都会一如往昔地疼爱，而且会比其他孩子更疼爱。牦牛王后疲惫而又幸福地搂着刚出生的最小的儿子。他们母子平静地躺在铺着红色太阳图腾旋转图案、黑白色块底的粗牛绒毯子上，毯子下面是厚厚而柔软的用干牧草填实在里面、外面包裹牦牛毡的卡垫。小王子那双黑色中透出纯净光芒和稚嫩呆萌的眼睛凝视着出现在他身边的亲人，眼神里的睿智再次让老国王欣喜。

屋子里的草香混合着每日清晨的煨桑（焚香），老国王搀扶起疲惫的妻子，给出生的小王子进行净洗的仪式。妻子用自己的奶水，国王用陶罐里备好的清水，为他们最后的孩子净身。他们的邦域始终充满着安逸和祥和，在他们的信念里日子总是可以这样平静而持久，一代一代地传承，一天一天安逸地度过，守护着部族古老的血脉和传承。国王和王后为孩子净身之后，两个人使劲看着喝奶的孩子，相视无语。妻子再次躺下，用手搂住刚出生的孩子，爱恋地抚摸。丈夫用脸贴了下妻子，同样贴抚着儿子，生怕孩子会突然失去一样。

天空中一朵暗淡的云从旁边被扯了过来，与透出的光芒较着劲，时遮时退。阳光射进了洞穴，又被云遮住，闪烁不定。冷与暖的气流相互扭转交替，不同空间的气息相互轮回，征服着灵魂，考验着肉身，决定着方向。

气场的诡异，缠绕着，在老国王的内心中搅动，他感觉到了一种莫名的焦虑与压力。为了不打扰、惊动体虚的妻子，他迅速亲吻了妻子和小王子，步出石穴寝室，沿着山崖壁盘旋的路，进入了崖壁上建立的最高神祇——部落神殿。这里，长老古辛（国师）已经等待多时了，他是象雄至高无上的国师，被智隆迎请过来，护持邦域政权和接受国师传授象雄大圆满。他的身边聚集了众多其他联盟的小邦之王和本邦的众臣。神职地位最高，协助护持国政的古辛已经成为部落里最被尊重的家人，他决定此生留在这里，传授象雄的文化和宗教。古辛白色长长的牦毛发胡须拖到了地上，他额头的毛发用白色的丝绸扎起，竖立在头顶上，白丝绸上插着鹰的羽毛，一件白狼皮金扣的斗篷裹着他有些佝偻但依然健朗的身躯。古辛的前面放了一个占卜桌，他一直以来观测着天象和星宿的变化，让他越来越清楚地预知着未来，他知道这一时刻必将到来，所以他已经召集了从雅隆河谷到智隆等区域，受象雄联盟管控的一众邦国众臣在神殿等待老国王的信息。

老国王带着喜悦与焦虑的纠结，踌躇而至，他步履沉重地走到留给自己的、中间的位置，盘膝而坐。在他右边的老古辛镇定地看着国王，大臣们分坐在国王的左侧。众人的疑惑也在加剧，一起看向了古辛，不知天有意安排了一个怎样的答案。古辛操持起熟练的动作和仪轨，当众证明他梦里预知的神意。老古辛将占卜用的拧紧的五股五种颜色的羊毛线（德乌绳），一圈一圈地放松，用手抓住德乌绳的一端，将德乌绳用力甩到后背，猛力一掷，德乌绳被抛到占卜桌上。他同时念诵着象雄咒语，观察着德乌绳和桌面撞击所产生的曲线结节。然后他闭上眼睛，再次念诵象雄古老的咒语，捻着手中另外的羊毛绳子，一段一段地按着一种神秘的提示，掐着绳子的距离，找出占卜的结果。

静寂的神殿里只能听到古辛在嗓子里发出低沉、浑厚的咒语之声，让人有些紧张和窒息。众人不敢呼吸，凝视着古辛，竖着耳朵听着。在神殿里没有古辛的发言允许，别人不许发言，没有古辛的放歌欢悦，别人不许放歌欢悦。

古辛抬起头来，眼里闪烁着明亮的喜悦，他坚定地念诵出："使命与生俱来！卜辞中闪现出一段著名的卦象：在三凌的雪山上，野牦牛站立着，他永远是雪山之王。"

古辛抓住国王的手，感叹道："终于降临了，你的猜测是对的，这是我们牦牛族裔的荣誉，也是必须完成的艰苦使命。天意与神灵的旨意，让我们隆重接受什巴贝钟钦波护法神化身的白色牦牛王子的降临吧，他将成为我们雪域高原的保护神，解救我们的危机！"

古辛的话语一出，各种表情闪现在神殿里众人的脸上，惊诧、兴奋、担心、自豪、嫉妒、激动……。老国王虔诚地跪拜在古辛脚下，当古辛把手放在国王的头顶，给国王加持的时候，喜悦与兴奋最终冲出神殿，按捺不住的欢呼声，隆重地爆发出来，从山顶传向四周，弥漫在山峦之间。各个连绵的山峰上，烽火台上的烟雾突然浑厚而强大，它们雀跃腾飞，昭告着巨大的喜讯，传向各个部落和小邦。万物有灵的象雄时代，对天神的敬畏与期盼化解着众生的忧虑，高原艰苦的生存，让他们接受着当下的喜悦，迎接保护雪域生命的什巴贝钟钦波护法神化身的白色牦牛王子的降临。这一刻寄予着强大神灵力量的激动，覆盖掉了其中的嫉妒和未来的凶险。雪域高原传承着本土象雄大圆满的教法，事事皆从"接受"开始，事事也皆从"适合"而做，最终归于宇宙的能量而存在。高原的众生们及时接受当下的喜悦，接受未来的不可预知，他们用质朴、坚韧和乐观支撑着雪域高原的生生息息。

古辛清了清嗓子，人群立刻安静下来。

"这个白牦牛王子就叫珞伽（音 Luǒga）吧，这是象雄语：宇宙世界的意思。他既然来自宇宙世界的源起，来自天宇的降生，那就去追逐天宇之神的力量。让他身上赋予的宇宙世界的力量，去历经艰辛，守护、捍卫我们这个世界的生存与和谐吧。"古辛注视着国王，"记住，这个使命不可阻挡，也许很快就会来临，他不属于你。他也会失去亲人，也会经历背叛和杀戮，但是这是属于雪山之域的使命。现在不要告诉他真相，等到他白色的毛发亮泽之后把他从慈爱中带来，他需要具备坚定、勇敢、智慧和慈悲，去接受象雄大圆满的历程。"

"失去亲人，经历杀戮……"国王的眼里出现了雾水，他把泪压了回去。

"我们邦国里诞生了保护神什巴贝钟钦波化身的白色牦牛王子……"邦域里此起彼伏地传递着这个令人振奋的消息都为此欢呼而兴奋不已。鼓和钹的欢愉敲响在神殿里，祈福的念诵回荡在广大的邦域。智隆邦域里的老老少少时而挪动着小步的舞蹈，时而跳跃起欢愉的舞步。夯着大块厚实的古老石基的街道上歪歪扭扭地倒着喝醉酒的强大的公牦牛们，到处可以嗅到青稞酒的味道。

牦牛王子珞伽被众星捧月地带到神殿中，他用好奇而有些稚嫩的大眼睛看着神殿中大家各色的表情，惊讶、新奇、嫉妒、欢喜……他被阿爸带到古辛面前，长老古辛用牦牛奶和水为白色毛色的王子珞伽净身洗浴，挥撒着青稞、糌粑，念诵着象雄语的咒语。声音是一种能量，古辛浑厚而振动的发音频率带着宇宙的力量贯穿而入。

隆重的庆典持续了几天几夜。

被各个小邦和族群恭敬的珞伽在牦牛家族的"爱护"中成长，但是爱护过度就是毫无规矩，放任了"天性"。珞伽在自由任性中长大着，他纯白色的毛发越来越显现出英俊与灵性，逐渐厚实的白色毛发被滋养着，在阳光下折射出油亮的光泽。珞伽率性而阳刚，坦诚而勇猛，他的顽劣和善良，都融合在他牦牛王世家的血脉中。带着牦牛性情的冲动、鲁莽和特殊的身份，珞伽经常给自己和别的小邦和部族带来可以"原谅的"麻烦。

看一场马球，不管哪个部落进球，他都奋起狂呼，踢翻了看台，跌落了一群不同物种的看客，在他的眼里不论胜利是谁，他认可着"我们是一起的，开心就好"；阿爸让他去学耕地，他根本就是体验玩乐，不动脑不认真，用蛮劲搞散了犁架，翻不了地，干脆把青稞烤熟了吃了，而耽误了耕种，在他的眼里"生性是平等的，吃是基本的尊重众生的本性"；被哥哥叫去烧制陶罐，他的鲁莽粗糙毁坏了不少陶罐，他端详着勉强做出的歪瓜裂枣的陶罐，憨厚地笑起来，"尊重个性的美，也是一种自然存在"；看着姐姐们在那里织氆氇，他故意捣乱换了插数，结果织出了一张他搞笑的鬼脸，在他的眼里"一切都有存在的价值，娱乐情绪的快感是重要的"；他戴着邻家姐姐准备婚嫁的头饰而逃，踢飞了雪鸡，惊吓了鸟，大家怒视却不敢言；大伙让着他，他不服，故意挑衅、打架，驰骋着他的血性，在他的眼里"要证实骨子里的个性"；跳神舞训练，他会偷戴面具，混到里面，但还是舞步混乱被狠狠揪了出去，当父王的棍子要落到他身上而叹气收回时，他看到了父王的怜悯与无奈。在珞伽自己眼里"我努力了，是不是方式不对？但是没人告诫我应该怎样，从小就这样顺着来的，怎么越来越大反而不对了，到底谁错了？"

其实，珞伽身上发生的顽劣，一直有着他内心的迷茫。他被一种敬畏的"原谅"所疏远，他的很多挑衅其实是一种需要被人重视的方法，而没有人走近他，告诉他，发生了什么，他该怎么办。当看到别人的孩子犯了错误，得到棍棒的教训时，珞伽好想替他们去挨揍，享受那种被爱"重视"的感觉。父王似乎故意疏远着他，保持着一种姿态，让他有些受伤。本邦和周围的小邦和族群对他都是回避、谦让或者恭敬，兄弟姐妹之间既亲切又陌生。他就像一个彩色的气泡划过，被气泡包裹着生活，透过彩色气泡，他伤心地看到所有人"无所谓"他的行事，无所谓他的内心。

世事似乎看得很清，却隔得很远。看得见，却看不透。

还好有阿妈的温暖，他依偎在阿妈的怀里，吸吮着奶水，即便阿妈没了奶水，他仍然不愿意断奶。"珞伽，你长大了，该断奶了，阿妈老了可喂不动你了，再溺在我这里，大家会笑你的。"

"阿妈，我不管，我就是爱你阿妈，你是最疼我的。大家对我才无所谓呢，我像一个泡泡，只是飘过他们眼前。我没有什么朋友，他们为什么都跟我保持距离，包括父王。很久了他不再拥抱我，他对我连打骂都没有，为什么他不能成为爱我的阿爸？"珞伽抱怨着，阿妈抚摸着他的头，"每个人都很爱你，只是表达爱的方式有所不同罢了。要看内心，要敬畏每个人的内心。有时自己都无法看到背后，无法看懂自己，怎么可能看得懂别人。每个人降临这个世界都带着使命，一个人就是一个小宇宙，要善待自己的小宇宙，也不要误解他人的力量。今天你感受到你阿爸的漠然，也许是让你及早成熟的过程，减少你对家人的依赖。'爱的偏执'也会吃苦和迷茫的。记住你的阿爸爱你，我们都爱你。"王后的身体有些虚弱，生养她最后的这个儿子，她耗尽了太多的元气。她知道她陪他的日子不多了。她闭上眼睛和儿子一起躺在用夯土和白石搭起，又用厚实而柔软的羊绒垫子铺盖的土床上。她的头依偎在儿子的臂膀上，嘴里轻声念诵着"嗡玛智美，耶萨莱多……"这是象雄教法中力量之语，她希望不论她在哪里这个古老的力量之语都能保佑她的儿子平安。

珞伽轻轻地放下因疲劳而睡下的阿妈，他蹑手蹑脚地出去给阿妈酿制牦牛酸奶。这是阿妈最爱喝的，为此他废寝忘食地学习技术，终于做出了几个邦域里最好吃的酸奶，这是他唯一骄傲的。但他也经常为调制更好的酸奶配料，去别的领地偷蜂蜜，结果有时因躲避蜂蜇而撞坏其他部落和邦国的石土墙。父亲经常为他的鲁莽去道歉，用青稞种子偿还他的错误是常有的事情。

有一天，父王看着儿子为了引起别人对他的重视和夸耀，单纯到硬学着雄鹰叔叔翱翔。结果珞伽蹒跚爬到山顶，往下俯冲，差点要了命，让他心里既酸楚又惆怅。珞伽的成长，让他很徘徊。本该对自己的亲生儿子严加管理，可是儿子又是神的化身，让父亲对儿子产生了敬畏。爱得太深，又怕有一天他的离开，让自己无法承受，更成为儿子无法独立的借口。如何爱，如何管理，让老国王愁坏了。他深深地看到怜爱的儿子很是孤独，他知道儿子独特的白色毛发神一样被敬畏，让他在一众牦牛族裔中异军突起，不可一世，却也让他因为特殊而倍感孤独。儿子没有称兄道弟的伙伴，"被敬畏"成为了他成长的障碍，也成为他无理取闹通过捣乱来发泄心情的方法。老国王知道古辛说的时间到了，这个儿子需要面对他的命运了。

依着崖壁洞穴而建的神殿中，古辛和老国王在洞穴中低语着，其实小王子的一切古辛也都看在眼里。

一年之计在于春，古辛占卜了一个好日子。藏历二月二，欢庆的调牛节。经过学习和训练过的青壮年族人赶到地里，大家架好犁耙，套上农具开始娴熟地耕地。珞伽当然是欢蹦乱跳地跟着哥哥们在春天的耕地里享受着泛着新鲜气味的土地。他翻滚着，任由蓬松的土，沾满一身；他扔着青稞种子，享受着大把青稞落下的满足感。他尽情地跟着族人们在耕地的时候，跳起祭祀的神舞、唱颂着赞山神、土地神的歌，以祈求丰收。

他好奇而调皮地让眼睛一闭一睁，双手合十学着虔诚的族人念诵，看着古辛用牛角所朝的方向卜问全年的吉凶，撒一点青稞面入土祈福。祭祀完毕，他童真中的狂野与率性会淋漓尽致地表现出来。他撒欢地跟着族人由阴山呼唤而上，又由阳山呼唤而下，一路叫着本邦域山神的名号，祈求全邦域庄稼与生活的兴旺。夕阳西下，他又冲上山，与同龄的族裔一样，拿起两支用青稞秆做的火把，焦急地点燃，极其开心地跟着他们，摇着火把，由山上唱跳而下，这是对火神和山神的祭祀。夜幕中，那如繁星的，由火把形成的"摇灯之光"，如此梦幻与神秘，这也许是珞伽童年之性最后的发泄了，未来将是未知的考验与迅速地成熟。

古辛在这个春耕之后，开始按照计划管理珞伽了。珞伽离开了阿爸阿妈的呵护，他搬到了长老古辛的洞穴居住。

深夜，躺在厚实的茅草上，盖着用粗牦牛绒线编织的黑红竖条纹的毯子，珞伽辗转反侧无法入睡。他透过洞口，数着星星，轻松而熟悉地和北斗七星打着招呼，那是他知心的朋友，可以让他冥想在天宇中，在北斗七星的怀抱中摇曳而眠。几乎每天晚上北斗七星都陪伴着他，不离不弃。他还在襁褓的时候，阿妈讲述的故事就让他在朦朦胧胧中知道，天上是最美好的地方，那里住着神仙。白天，他们驾着云彩在虚空中来来去去，晚上化为星星，一个个提着灯笼在游逛。

他也从小就听到长老古辛口传着祖先的故事："我们的灵魂之神和生命之源最早都是生活在天上的，天界并不是我们看到的平平的，那天上有三十三层，我们都是从天界上下来的。后来一个牦牛首领为了守候高原雪山的家园，砍断了返回天界的绳梯，留在了这个雪域极地。我们牦牛世代信守着保护高原众生的使命，从而坚守在雪域，繁衍生息各自的家族，传承我们本初的信念。我们牦牛的祖训中告诫我们：保护世界的雪山神，也是我们最强大的高原极地本土神，让我们世世代代对神山圣水保持着敬畏，让雪域净土的巅峰极地成为世界众生世间的天堂。"

"雪山神是什么？他在哪里呢？为什么我们是保护神，谁来保护我们呢？"幼稚纯真的珞伽对着北斗七星自言自语道。

一向保持盘膝打坐而睡的古辛睁开微闭的双眼，在宁静的深夜发出和缓而深沉的语音："这是一个久远的故事……想听吗，已经很晚了？"古辛探询着。

"嗯！"珞伽凑近了古辛。

"高原人类祖先的古训里说：至少在四万年前，从黄河流域迁徙过来的进入雪域高原的族群最早进入到我们雪域高原，那时的高原祖先就已经具备了抗击雪域极地寒冷和缺氧的高原人的独特血液。他们带来了石器技术、原始而适合高原的建筑、烧陶的技艺、初始的意识形态、狩猎游牧而居的生活状态等。后来他们开始长期定居在雪域高原，耕种粟米以及今天我们耕种的青稞。再后来，随着各个部落交融繁衍、一些政权等形成，定居在极地高原的人类更多更紧密地开始与周边地区展开互动，带来了中原的茶叶、丝绸等，所以今天我们雪域高原的文化中具有非常强大的黄河区域文化的传承。"

珞伽听到这里有些迷茫："既然人类这么厉害，那需要我们保护吗？我们比人类更早就在高原生存了，这里是我们的地盘，他们为什么要猎杀我们，成为他们的餐食，但是到最后又把我们在岩画里画得那么彪悍巨大，成为他们的精神图腾。真是想不通，难道我们从身心这样奉献人类，就是保护他们了吗？"

古辛引导着："这个宇宙，这个世间，如果仅存你的我的，终将都会是失败者，真正的宇宙能量没有最终的胜者，只有应该的存在和存在的多少、存在的早晚。所有的存在都是相互依存的，不可独立和分割。既然我们的祖先是从宇宙下凡而来，并砍断返回天宇神殿的绳索，那我们就要坚定本源的初心，守护极地高原。宇宙之神赋予了我们牦牛不变的初心，赋予了我们强大的身心，就是让我们用本初去护佑又震慑带有越来越多欲望的人类。为保护人类的繁衍生存，我们用身体提供他们的衣食住行，为了警示他们的欲望，我们用彪悍与野性去震慑人类，不可在高原放肆。极地圣土天堂要敬畏，不可妄为。否则人类也会付出血的代价！"

"古辛，我们牦牛家族真的好伟大，被人类狩猎成为他们的食品，绒毛还成为他们的服饰和帐篷，被驯化成为他们生产生活的伙伴。精神方面我们是他们的榜样，我们是乐观、强大坚韧的高原胜者。守护者大概就是要这样吧！"珞伽很欣赏和接受自己的判断和理解。紧接着他又问出了一句话："这里这么艰苦，为什么人类会来，他们是宇宙降临来守护这里的吗？他们到这里来的目的是什么？"

古辛深深吐出一口气，接着说：人类迁徙到这里并未像我们一样带着宇宙之神的守护旨意，而更多的是人类的一种需要。他们中有躲避灾难、战争的；有躲避部落仇杀的；有证明自己征服高原力量的；有为了高原狩猎而生存的；有怀揣着探索之梦的……不论如何人类历经艰难险阻来到高原，他们让这个高原极地热闹起来，让这里更有了文明的智慧，这如同我们刚才讲的，也是宇宙存在的一种必然方式，丰富而共融。"

"古辛，文明的智慧是什么呀？"珞伽舒服地，美美地伸了个懒腰。

"随着历史的发展，不同方向和区域的人类族迁徙到这极地高原，与最早从黄河流域来的高原先民进行繁衍生息，每一个族群他们各自带来了自身的本土文化与信仰。

"这些文化有中原文化、草原游牧文化、波斯文化等，其中夹杂着原始的各族群的原始信仰。而雪域高原承载了一个世界最高的极地香巴拉（吉祥美好的天堂之地），保护着、传承着大大小小族群的初心和本尊，继续着他们古老的气息和特色。来到这里的族群们共同克服着高原的艰难，但又完成了适应高原的区域文化的形成。产生了共同生存的交流，大家彼此联系，繁衍生息，为了生存的共融，形成了高原的命运共同体，也为极地高原创造了属于自己的生产生活、文化特色，本教的信仰体系、产品的制造、艺术的诞生等，这些都是文明的智慧、强大着高原自身的力量，为极地造出了新的能量。"

"那我们牦牛族群又是怎么发展壮大的呢？"珞伽听得很是兴奋，他脱口而出。

"我们随着脚踏实地和狂野驰骋，又伴着传奇和神话而生活在高原。我们牦牛族群是雪域高原独特的物种，与世界另外的极地上的北极熊、企鹅是创世以来宇宙留给极地的最原始的动物礼物了。宇宙之神赋予我们强大的繁衍与生存的力量。无论这个世界如何发展，我们牦牛的血液和我们牦牛的内心，永远纯净而初心不改。至少 4000 年前，来自黄河流域的高原先民把野性不化的我们驯化成有技术和智慧的族群，更大地帮助我们繁衍，强大我们的族群，形成多元化的牦牛族群的发展。我们健壮的身躯，我们的勇猛、热情和智慧同样成为了高原人不可缺少的物质和精神世界的需要。在极地高原可以说没有牦牛就没有人类的常驻和安逸。

"我们彪悍、乐观、忠诚的牦牛族群坚定地履行宇宙使命，传承着纯正的血脉，拥有着抵抗高原缺氧和极寒的坚韧耐力。宇宙之神选择我们成为了雪域高原的守护者，激发出我们的智慧与正义。我们是高原卫士，捍卫这里的疆土成为所有生灵的和谐昌盛之地。极地高原任何的存在都是相互依存又相互敬畏和平衡，世世代代如果任何一方、一人、一物要想打破这样的'青山绿水'，那必定让世界承受地狱的灾难，让心性跌入野蛮残忍的炼狱。宇宙天神的旨意护佑牦牛族群天生拥有雪域上强大而安定的生存力量。"

"怪不得我觉得生活在牦牛中如此安逸。古辛，我们这么强大，为什么要接受象雄政权的联盟管理，还要接受象雄文化呢？不过您也是学习的象雄文化，就是从象雄请过来，护持我们邦域的呀。"珞伽露出幸福之色，他很满足这里的一切，但是现在他想知道得更多。

"古辛您好厉害！象雄国好强大呀，那为什么叫象雄？"珞伽托着腮追问着，他的眼前闪现着各种体魄强大的部族迁徙的画面。

"从黄河流域来到高原的先民的一支生活在象雄（阿里）神秘壮观的土林峡谷里，他们洞穴而居，他们地穴而葬，他们自由驰骋在高原，驰骋在波斯，驰骋在他们无边际的草原上。他们崇拜拥有巨大翅膀，可以翱翔穿越世界，获取宇宙能量的大鹏神鸟'琼'作为守护神，来守护部落的平安。因此强大的部落用琼鸟（神鸟）作为部落的标志，象雄是'琼鸟'故乡的意思。象雄部落后来征服了高原，成为雪域高原第一个部落联盟王国，形成了稳定的政权，为高原稳定的商贸交流、文化交流、茶马古道、高原丝路、麝香之路、盐羊古道提供了强大的政权国，护持雪域高原之路的通途。象雄人驰骋在这浩瀚的雪域高原和远方的帕米尔高原的广袤之地。象雄的强大和联盟不是屠杀和独裁统治，王权尊重各个部落的土著本土文化，缔造了高原人类的命运共同体。象雄国开放吸纳着各方智慧，其宗教祖师敦巴辛饶将象雄联盟众多部落的'本土'形态和原始仪轨进行了总结和提升，第一次有组织有系统地进行了融合和创新，形成了属于象雄文化的象雄本教其大圆满雍仲本教的永恒本质的教法成为高原至高的智慧之法，并向各个联盟部落或者联邦传授。同时依托象雄政权的强大载体将象雄文化中提炼总结的建筑、医学、艺术、天文历算等同步传播给高原乃至周围区域和政权，并护持高原所有部落、邦国政权，象雄本教成为整个高原众生笃信的本土宗教政权。象雄政权创造了高原的巨大文明，象雄文化是高原文化的重要源头，如同母亲般护佑着高原的人类，它永远是高原生灵的文化血脉，如雅鲁藏布远远流淌。雅隆河谷蕃嘎六牦牛部也是受象雄本教护持国政的联盟一员，共同信仰着大鹏神鸟——'琼'的力量，并传承着转神山圣湖、煨桑、念诵、白石崇拜、挂经幡等象雄文化。

"包容而创新的高原象雄文化创造了我们今天雪域高原的天文历算、艺术、医学等早期的系统，帮助我们实实在在地生活；接受自我，创新自我，敬畏保护自然的万物有灵，天堂地狱的因果轮回，天地人和的宇宙密修等核心法则来帮助我们在艰苦的物质世界中追求精神的喜悦和平衡，让每个人成为一个内外和谐的小宇宙，最终达到和宇宙共享的融合。提供这些修为，回归本初的状态这就是象雄大圆满的真谛。"古辛凝望着夜空中闪烁的繁星，眼里充满着喜悦与激情。

"啊！一个人就是一个小宇宙，阿妈也是这样说的，我也是一个小宇宙，要善待自己的小宇宙，也许是象雄大圆满的开始吧……"珞伽体会着古辛话语中的内涵。

长老古辛回应道："我们一直以来就信奉着象雄文化的二元世界观，这也是体会宇宙的一种方式。我们相信我们处在光明与黑暗、慈悲与邪恶的二元思考的世界里。在象雄文化的三界观中把整个宇宙分为三层，即上界神（lha）界，中界年（gnyan）界，下界鲁（klu）界。天界又有十三层，居住着各种不同的神祇。年界是人间，鲁界是大地，地下充满各种水栖生灵的世界。鲁是类似于龙蛇的各种生灵的总称，因此象雄文化中重要的龙蛇的图形代表了这种对鲁的图腾崇拜。"

此时古辛用拐杖在珞伽的眼前如同施了魔法一样显现了气雾形成的大琼鸟抓着鲁的图案。

"好神奇呀！"珞伽用手去触碰那缥缈的标志，他的手游走在琼鸟的雾气中，似乎有种闪烁的能量贯穿在他的经络中，让他有些飘飘然。

古辛解释道："这是'琼'之神鸟，如鲲鹏，是守护众生祥和平安之天神。以后你会见到他，他会来我们邦域的。象雄是我们信仰之神大鹏神鸟'琼'的故乡，大鹏神鸟用双脚抓起的蛇，代表着刚刚说到的水里的神灵'鲁'。象雄文化信仰琼鸟是因为当年传法的时候，水生世界的'鲁'界的神灵来影响传法，给人间捣乱或带来灾难。宇宙佛转世成为琼鸟来降服'鲁'。另一种说法琼鸟也是我们祖先的化身。为了保护人类，琼鸟留在人间，在世间传承后裔，那就是象雄家族的源起，因此大鹏神鸟——琼鸟也代表了祖先的起源。"古辛指着雾气中幻化的琼鸟图案。

"这个标志也代表着宇宙赋予我们的自然之敬畏，保持神山圣水的洁净与美好，否则就会触犯主宰山水的神灵，招来祸患。这些都是象雄本教文化中的内容，也成为了保护高原生态的重要基础信仰。记住供奉此标志，祈请大鹏神鸟——琼鸟的法力来护佑生灵。"

"供奉他，会很快见到他吧。神鸟，你是我的那个神呀，大哥帮帮我成为卫士吧。"珞伽不断地念诵着，也带着偷笑。

"象雄的子民们把自己当作大鹏神鸟琼的后裔。象雄国尊重各个部落的本部文化，同时基于神的祖先，象雄用万物有神的信仰通过游牧和商贸以及迁徙的道路传播，贯穿在我们高原的各个子民中，并且授予各个部落王神权和王权为一体。象雄用精神的信仰统治着高原，开放护佑高原四面八方的通途，建立起高原早期的人类命运共同体。我们作为象雄国的子民和联盟，必然传承着这种象雄的文化信仰。你的名字就是古老的象雄语，能够带给你宇宙的本源之力，珞伽其实就是宇宙世界的意思呀！"古辛意味深长地看着珞伽，"我们每个生灵都具备宇宙赋予我们各自的能量，这些能量具有不同的形式和颜色，它们如光环存在我们的身心灵中，成为我们各自存在的本尊护法。"

"人、物、神灵或者能量大小有所区分，使命和责任不同而已。不论对错，一切都是对境，都是存在，接受是尊重的开始。"

珞伽挺直了脖子，要飞起来的感觉，他极度兴奋。他的名字具有"宇宙世界"的意思，这让自己似乎一夜之间就成为了"大神"，他跷起二郎腿，拧成了"花"。

古辛没有理会珞伽的轻狂，他继续侃侃而谈："我们依山水而居，山水是我们生活的根本，高原山水更是神的栖身之地，洁净他们，敬畏他们，保护他们，朝圣他们，我们坚持的'万物有灵'的象雄国教的雍仲本教（本教）信仰让我们成为了保护高原生态的卫士，让这里成为高山净土，成为众生的香巴拉。你看我们每天的清晨在山上的煨桑，那是为山神去除晦气，给予山神洁净的气息，祈求美好的祝福，让他更加守护我们。转神山圣湖，都是在敬畏众神的存在，祈求他们神灵的护佑。对万物神的敬畏，深入到我们的生活和灵魂，哪怕是生火做饭的灶都是灶神，每一次烧水做饭都要把他清洁干净。当然还有水里的各种鲁神。天空中打雷的念神，我们的信仰和生活中无时无刻不充满了神。"

"我的那个神呀，这么多，搞不好我都得罪了太多神了。"珞伽突然害怕，冒出了虚汗。

"那是要敬畏的，不能打扰和惊动他们，这是一种对宇宙自然的尊重，敬畏我们依存的环境，通过对神的供奉也是对自然的保护和尊重。像所有的神山上不能大肆喧哗，爆炸动土，否则惊扰神灵，会受到生命的惩罚；不得在所有的河流、湖里大小便，否则会让你皮肤全部烂掉……"

珞伽有些害怕了，"他们会惩罚我吗？"

"无知者无畏，有了认知就需要去修掉自身的障碍，如今你没有一个知心朋友，这就是自我的障碍和业力。想要得到伙伴的认同，来到这里就是一个改变的开始。象雄大圆满是修出来的，而不是与生俱来的，即便是神也逃不过修行。更何况你现在只是拥有一个形式的名字，还没有一个来承担宇宙世界力量的身躯。但是接受自己，面对自己，改变自己是象雄大圆满的开始。"

古辛不再搭理他的情绪继续说："你想知道的雪山神在象雄文化中就是山神，也叫年神，他与赞神、龙神，分别居住在天界、地界和地下，是我们高原雪域三界的守护神。而那雪山神的栖息中心在遥远的象雄那边，那里有通往世界生灵之源——神殿天堂的天梯。那是世间与宇宙神秘空间的'天界之梯'，攀登上去，抓住那曾经砍断的天界之链，可以回到我们的宇宙天堂，可以得到宇宙永恒的能量存在……"古辛的眼里充满着向往。

"那里是神圣而神秘的，是世界的中心，是香巴拉，是去往天界的通途，是连接宇宙天河的通道，向宇宙发出无数神秘奇幻的彩色射线。普通的众生无法看到，但可以感受宇宙极乐世界的温暖。只有大圆满成功的修习者，只有具备强大的宇宙能量的生灵，才可以看到那魔幻的盛景。那里就是世界的中心，是雪山神居住的地方，越过那至今无人征服的天界的天梯，才能穿越到无极的宇宙能量中得到永生。那座神山是我们信仰与文化的源头，去那里是我们一生的梦想与追求，是我们灵魂得以安息的地方，这个世界上的太多生灵需要得到那里的生命之水……"古辛的眼里放着异彩。

珞伽随着情绪的熏染，托着腮，直直的目光透过洞穴射向远方，即便是黑色的夜幕，也阻挡不了他满脸浮现出对神山的向往，"古辛，那座山叫什么名字呀，我很想去。"

"冈仁波齐峰！终年积雪的冈底斯山的冈仁波齐峰雪山化成的雪水，从山顶东南西北四个方向汩汩流淌，沿着神秘的脉络恰好流淌成为森格藏布（狮泉河）、朗钦藏布（象泉河）、马甲藏布（孔雀河）和当却藏布（马泉河）这'四大圣河'。流向北方的是森格藏布，它的下游是信度河（印度河），注入大食（阿拉伯）海；流向南方的是马甲藏布，它的下游是恒河，信度教徒（印度教徒）的神河；流向东方的是当却藏布，它的中游是雅鲁藏布江，下游是布拉马普特拉河，流经信度（印度）东北部等区域，同恒河汇合后，注入孟加拉湾。当却藏布是雅鲁藏布江的源头，对象雄文明起过重大作用。流向西方的是朗钦藏布，它的下游是萨特莱杰河，河水从象雄文化发源地象雄往西流出雪域高原，流入信度成为萨特莱杰河，是信度河的主要支流。神山位于象雄拥有的这些河段和流域，正是象雄文明的中枢地带。象雄王国最强盛的都城穹隆银城以及众多的城堡和艺术建筑、修行道场等都在朗钦藏布流域，也是象雄文明今天最繁华地带。我们的象雄文明早在3000年前就以冈底斯山为源头从象雄向信度河流域传播出去，深深地影响着不同区域的文化和宗教意识。"

"冈仁波齐……"古辛突然顿了下，脸色暗淡下来，他又感应到了什么。

"古辛，怎么了？"珞伽双手扶着古辛的胳膊。

古辛凝重地说："我看到了一条路，一条黑色的路正通向那里。珞伽！在祖先秘传的口讯中，当冈仁波齐的前面出现了一条黑色的道路通往神山之时，雪山生命之水将干涸，世界的灾难即将来临……"

"啊，为什么会出现这条路呢？是谁干的？灾难不可避免吗？很可怕的灾难吗？有没有办法去阻止呢？"珞伽焦急地问出了一堆问题，他想知道他可以干什么。一种骨子里具备的担当在他幼小的身体里涌动。思虑是成熟的过程，他开始思索和面对。

"那条黑色的路是世界众生的贪婪与邪恶，掠夺与占有而形成的。在雪山神居住的冈仁波齐那里，蕴藏着无数的宝藏，那是荣耀和力量的象征，是生命之水的源头，是世界的中心力量所在。更是权力与贪婪的追逐之地，谁得到了冈仁波齐水源的控制权，谁就可以主宰众生的生命之权。"古辛的脸色深沉，眼里透出不安。

"雪山的纯净如同一面镜子折射出我们生灵的贪婪和欲望。我们本性中的善良也带着为了生存而具有的原罪。当我们可以丰衣足食的时候，欲望邪恶的一面，可以强大到覆盖生命中的善念。权力、金钱、掠夺和私欲的邪恶，成为了生灵的主宰。它们奴役着我们的身体和心灵，是它们耀武扬威地推动着我们向宝藏逼近，向控制地球的力量索要私欲。而我们内心拥有的另一面，很多时候竟然甘愿为他们效力。谁登上了冈仁波齐，除了掌控生灵的水源，他更会成为雪域极地之王，成为世界的掌控者，拥有强大的宇宙轮回的力量。世界的覆灭与重生，将掌控在拥有此力量的王者身上，同时天界的神梯会降临，赋予他宇宙的原动力，让他回到宇宙的神位。"

古辛的声音有些激动，突然他皱紧了眉毛，胸口有些不舒服，他停顿了一下，思索着诵出："王者的发心是善还是恶，将决定着宇宙之力的黑暗和光明互相依存的力量之争。因为不论黑暗与光明都是宇宙世界中必须存在的能量，它们同样赋予了宇宙的每一次重生，在每一次的重生中，宇宙同样在成长。黑洞不会消失，但是穿越黑洞吞噬后的世界还会是光明。黑暗与光明它们不断存在、消失，互相轮回，较量是需要能量之间付出代价的。同样在世间的生灵，当拥有权力之时，当执着欲望之时，善念与恶念就开始了较量，发心的干净与否决定了这个世界的黑暗与光明。记住不论谁赢，都将是下一个开始。"

古辛加重了语气，微微攥紧了拳头，珞伽跟着古辛的情绪出现了不安和焦急，他抓住古辛的手，仰视着师父。

古辛的眼里有着愤怒："善恶永在，如同光明与黑暗，是宇宙必然存在的共融体。不是黑暗就是光明，黑暗当然是一场浩劫。世界将被邪恶掌控，冰川或被化成洪水，覆盖生灵，或被阻止变成干旱，作为被邪恶奴役的筹码，让生灵归顺。为了水源，为了生存，要挟着无数生命的互相屠杀，无数生命因干旱而亡，高原上弃尸遍野，植被荒芜，我们的家园不复存在。剩下的是被黑暗邪恶主宰的炼狱。"

消沉的气氛下，古辛眼里突然涌动出一丝喜悦，"黑夜之后总是光明的到来。光明是一把拨开黑暗的利剑，如同太阳用温暖养育了生命的繁荣和祥和，带给了雪域高原通向世界大和的繁花似锦。所有生命的共同体将展现出极乐盛世的包容与和谐。"

"面对这繁花似锦的美好，需要祝福，需要感念祈祷，当然很多时候需要较量，甚至是需要战斗，当然还有逃避。在浩劫之时，曾经被祖先砍断的，可以返回天界的绳梯会重新降临，顺着雪线的天梯攀登到山峰的顶端，一旦抓住返回天界的绳梯，将得到宇宙之神的永生。但是绳梯的出现时间是我们默念13字咒语的时间，只有在13字咒语按照标准语速念诵三遍的时间内抓住绳梯攀登到顶，才能重返天界。否则天界的神梯会再次消失，更替下一个宇宙能量的轮回了。放弃抓住天绳的生灵，肉体不能永生，只有灵魂轮回在这个世界。也许孤独，也许眷恋，也许愤怒，也许欣慰，也许圆满，那将是一场灵魂的邀约，与世同存。"古辛突然低头，语气和缓地问道：

"孩子，当灾难来临，你会选择什么？是权力、逃避，还是归顺？"古辛深远的眼神探询着这个涉世未深，但又具有使命的孩子。

珞伽从兴奋到黯然，思绪被突然打断，显得有些迟钝，慢慢地吐出一句话："嗯，古辛，说实在的，我真不知道自己能否到达那个天界的神山。如果灾难发生了，我觉得我应该先保护家人，尤其我的阿妈，她是那样慈悲地爱我。"

"好吧，但至少，我不会当邪恶的坏人，勇敢地面对也是我们牦牛世家的祖训和本职呀。真有天绳的机会吗？还是好想上去看看天宇世界呀。"珞伽带着童真，憧憬着。

"我很想知道那 13 字咒语怎么念？"珞伽不知为什么这样好奇这些咒语，他也知道能够遇到天界的绳梯，这是一个不可能去实现的事情。而一旦可能发生，他似乎已经选择了逃避。

"这是你的选择吗……"古辛皱起了眉头，压住了一口气。

"有去无回呀！"古辛带着些许的遗憾。

"守护神就是从上面下来的，古辛您放心，肯定有机会再回来的，我相信一切皆有可能的。"珞伽拍着小胸脯，依赖地趴在古辛盘起的腿上，很是落寞。

"古辛，其实我心里很孤独和难过，有时好想逃离这个亲切又陌生的地方。"珞伽委屈地趴在古辛的腿上，眼里的泪水模糊了视线。

"每个人对我都很奇怪的好，我故意去搞事情引起他们的重视，得到正常的惩罚也好。但是好像我做的任何事对他们都是无所谓的，我能感觉到他们内心想要靠近我，可是为什么在要靠近的那一刻，他们犹豫了，到最后还是给了我距离。我很想被拥抱，就连我的阿爸、阿妈都很久没有抱我了。我看到了他们要拥抱而收回双手的惊恐和难过，我也很伤心，我不知道我为何会失去阿爸、阿妈的爱……"

"我好想和大家成为真正的好朋友，我好想阿妈再抱抱我。"珞伽的泪水终于止不住地落了下来，打湿了古辛的袍子。

古辛仁爱地看着他，用手抚摸着他的头，"记住他们内心都在爱着你，只是他们在敬畏你的出生，用疏远的爱在训练你的意志呀。珞伽，有些事情该让你知道真相了。你的出生是与众不同的，这要讲到我们祖先的降生。"

珞伽抽泣的声音盖住了古辛的声音，他依然沉浸在难过中。因为在他的记忆中，阿妈已经讲过祖先的降生了，是一个老套的故事，祖先有多辛苦地扎根这里。

无所谓珞伽的情绪，古辛继续着："宇宙有一个中心，它是三界宇宙的中心，是贯通宇宙三界的神山。这个中心就是刚刚我说到的雪山之神居住的地方——冈底斯山的冈仁波齐峰，它是世界的中心所在，离我们非常遥远，那里正是我们古老祖先降生的地方。"

"啊，是吗？这么神奇。"珞伽从抽泣中抬起头，等待着古辛继续说下去。

此时，在停顿的话语中，厚重的沉闷被部落远处传来的"嗷——嗷——"狼的饥渴而又狡诈的嚎叫打破了，狼群此起彼伏的嚎叫，穿过静寂的夜幕，阴冷而诡异。

珞伽依偎着古辛，他知道这是邦域里最受尊敬也是法力最厉害的上师。珞伽还没有和狼群交过手，还根本不知道狼的险恶和高原生存的艰辛，但是他从小就知道狼群是他们的天敌。

古辛用额头碰碰珞伽的额头，长长的胡子蹭到珞伽的脸，一种力量传递给珞伽，他勇敢地直起了身子，与古辛肩并肩地守望着远处，继续说着话。

"冈仁波齐峰很遥远吗？"

"这座宇宙中心的冈底斯山脉冈仁波齐神山离我们确实很遥远，它在离我们邦域非常遥远的象雄王国区域，强大的象雄政权核心都城所在地琼隆银城附近。如果要想到达那里，需要用三个月穿越极度高海拔、缺氧、寒冷的艰难环境和通过一个个易守难攻的象雄联盟部落、邦国的堡寨；历经饿死、冻死、雪崩及狼群等动物的攻击和蚕食。"

"我们不是这些联盟的一员吗？他们会让我们通过的。"珞伽似乎胸有成竹。

"但是别忘了，当利益来临时，当权力被争夺时，再好的亲情也要受到考验呀，心性会变，有时是一种自我保护和自我欲望的本能。"

"古辛，我们祖辈这么多年来，为什么一直没有去冈仁波齐峰那里呢？父王的威信在遥远的雅隆部落都是很高的，而且父王搬起巨石的力量在这一河谷邦域里也是第一的，所以才得到了这么多邦国、部落的推举成为首领。难道父王都没有去过冈仁波齐峰为追寻荣誉吗？"

"每个人的使命不一样，你的父王只是一位守护邦国的王。他拥有强悍的力量，因此在争夺王位时，他力排众人，搬起那块白色的巨石。

"我知道我的父王胜出了，我好崇拜父王。就是我出生时他已经老了，看不到他年轻时的强壮了。"珞伽有些遗憾。

"他完成了拥有力量成王的使命和责任，他统领邦国，按照象雄仪轨共同立石为盟，不征战、不杀戮、和平共处、互相帮助。守护好祖辈留下来的富饶生活，信守承诺。每日的清晨和夕阳西下，你的父王风雨无阻地带领全体族裔在神殿的山上，五体投地地面向我们起源的冈仁波齐神山进行朝拜。他不是为自己祈祷，是为整个生灵祝福和祈祷。没有族群，就没有个体，这是一个共同体的生命召唤。信仰不是形式，是心灵的拥有。"古辛的话回荡在依崖壁而存在的洞穴里，两个人遥望着洞外的星空，似乎穿越到了那座白雪皑皑的神山。

"从明天开始我再也不会睡懒觉了，以前我真的不知道有那么多的故事和责任，觉得生活充满着一种无聊的形式。现在我知道了，众生之间需要更多的祝福，这种祝福会成为很重要的力量来保护我。哦，是我们。"珞伽成熟了很多，今夜的谈话，让曾经前世的信念萌动在他的体内。

"古辛，我想去冈仁波齐峰行吗？会不会父王不让？我一直让他很失望。"珞伽有些惆怅，他叹息道。

"你一定会去的，很多东西是注定的。羊年是转圣湖纳木措，虎年是转黑河当惹雍措。而每逢马年都将是各个部族、邦国整装待发去转神山冈仁波齐峰最为重要的年份。但是登上神山不是普通者所为、你的邦国至今没有人登上过冈仁波齐峰，更别说是回到天梯之顶了。"

"啊，这么无能吗？"珞伽脱口而出。

古辛抬手给了珞伽后脑勺一巴掌，"不得无礼你的族人！我刚才告诉过你，那是雪山之神的居住地，不是谁都具备登上神山的能力，每个生灵的使命和责任不同。没有你们世代族人的努力，哪里有你今天这份安逸成长！"

"古辛，我知道错了，可我是无心的，我真的着急。"

"那古辛为什么马年才是转神山最好的年份呢？您不是说过，每一天都是美好和重要的吗？宇宙万物是一种平等的存在。"稚嫩而可爱的珞伽扭着头看着古辛。

"象雄的神鸟——琼鸟守护神告诉我们，在马年我们这个世界上所有正义的神灵会在冈仁波齐峰聚会。马年，世间的正义力量将被聚合，对于来冈仁波齐峰转神山的生灵，都会具有最强大的加持力。这种正义的聚合之力将达到最大力量的传送，向宇宙发射出去，感动天神，护佑世界。"

珞伽的眼里充满了喜悦与期盼，"太好了，再过几年，我长大了，刚好马年就到了！我要去转神山，我要和那些神灵交朋友！"没有畏惧的珞伽，骨子里的天性被带了出来。毕竟他也是守护神，而且是世界上肩负重大使命的高原守护神呀。

"就算是转山也不是谁想去就可以去的，到达那里是要不辱使命的，各部落、邦国会选出转山的代表。选出的代表，必须要符合所有的要求和考验才能带着族裔的期盼去朝圣，并带着吉祥的能量回来，甚至成为雪域高原的保护者和守护神。"

"哇，听上去很有挑战呀，马年我应该成年了，这些年我要好好强身壮体，跟您多学些功夫。我的阿爸曾经那么强壮，我的身体应该继承了阿爸的强壮呀，我一定要争取这个机会。"说着珞伽使劲举起双臂，来了个大力士的举动。

"这个去神山的代表不是一般的牦牛勇士，考验也不是一般的考试，是要经过数年的刻苦训练的。而即便努力终身，也许仍得不到最终的神力，也仅仅会成为一粒尘埃而逝去。你能否吃得了这样的苦？能否接受无果的必然呢？即便通过孤独而艰苦的修炼，也需要达到超出极限的耐力和心性。众牦牛都是心里有数的，眼睛雪亮的。你能否让众人信服，是要靠自己持之以恒的努力，以及守信、真诚的品格和勇敢机智的品性。而且为了修行这样的能力，连亲情都要回避。"古辛用探询的眼神看着稚气的珞伽。

他顿了顿，继续说道："这个马年我们的家园会出现灾难，代表众牦牛的这个朝圣者必须要具备强大的能力和心理考验来担当，才能踏上拯救家园的冈仁波齐神山的朝圣之路。"古辛把手放在珞伽的头上，抚摸了几下，将一股热流灌入珞伽的体内。顿时，如亲人的慈爱涌入珞伽的内心，泪水模糊了双眼，他不想家园遭到厄运，责任的使命回归到他幼小的身躯里。

"不管是天灾人祸，还是人祸天灾，正义与邪恶如同宇宙里黑暗与光明永恒的存在。我们崇拜太阳和火，它们代表了光明，光明是一切善和美好事物的来源，是我们生命的原动力。一切智慧和伟大创造都与光明有关。岩石上画出的这些旋转放射的符号都代表了太阳和火发出的能量，照耀着我们，为我们指引着光明。我们传承和信奉这些火与光明，这也是正义与生命的源起。那些岩画上的宇宙生命之树，可以与我们的灵魂能量相通，向天宇中传递和接受宇宙的能量通往我们的灵魂深处。修习强大的我们可以插上巨大的羽翼，跳起神舞，念起咒语，召唤雪域高原的生灵为我们祈福，托载我们的灵魂穿越在不同的空间集聚能量。在这个高原上先祖让我们成为众生灵中拥有最强大的身躯和力量的物种，天神让我们成为守护雪域高原的卫士。牦牛，是整个雪域高原的图腾崇拜！"古辛的语气坚定、自豪而不容置疑。

"古辛，我们这么厉害，没什么可怕的。"珞伽昂了昂头，带出了牦牛本性中野性的勇气。

"有，从内，可怕的是我们内心；从外，天灾、生老病死那是命运的经历。而生存中对于我们最可怕的敌人是狼群，狼是雪域高原的战士，也是高原的武士。一头狼是敌不过我们一头牦牛强大的身躯的，但是一群狼，那是一场对我们牦牛血腥撕扯的开始。所以你要时刻警惕着狼群的围攻。你现在是有心无力，你还不具备战胜狼群的能力呀。"古辛严肃地说。

"我不管，我一定要去冈仁波齐峰。古辛，这座神山是什么样子的，高原上那么多的雪山，我怎么知道是哪座神山呢？"珞伽性急地问道。

"由于象雄联盟的区域非常广大，到了帕米尔高原等地。因此为了方便象雄政权的联盟管理，象雄分为三个中心：里象雄、中象雄和外象雄。里象雄在象雄，中象雄在黑河草原上（今天那曲所在地），外象雄在康区（今昌都）。我们部落大体靠近中象雄。冈仁波齐峰也叫雍仲九层山，它终年白雪不化，又称为白色神山。那上面叠叠层层如阶梯的雪线就是我们祖先神灵从天宇中下凡时的雪线天梯，如果要回到天界也是要经过这个天梯回去的。因此冈底斯山冈仁波齐神山是连接天界的梯子。"

"什么样子的雪线是天梯呢，很多山，就像我们智隆色季拉姆神山上冬天也有雪线呀？"珞伽还是不明白。

"冈仁波齐峰如同金字塔般矗立在里象雄的中心，从地平线上直冲云天，峰顶一带常年云雾缭绕，当云雾散开，会耀眼地呈现出银光的雍仲符号"卍"，顺着方向旋转层叠的雪线，一直延伸到峰顶。那是众多教义和众生的极乐之路，也是生命通往光明天堂的路，生死淡然的不归之路！"

"这么有挑战的路途，是不是吓到了很多众生，去的众生很少呀？"珞伽有些沮丧。

"不是，除了推选的代表，所有众生只要有机会都要去冈仁波齐峰转山朝圣，那是高原乃至世间众生的灵魂归宿。像我们本教、还有外域的信度教、耆那教等很多宗教信仰都要去朝圣它。古代信度文化中曾被奉为至尊、无所不能的大自在神的栖身之地不在信度，而是我们的冈底斯山。大自在神源于冈底斯山并从其南传到信度，信度教和耆那教供奉的大自在神、梵天都跟此山有关。只要在神山转得越多越会得到更多宇宙之力，来世不会投胎恶道，会顺着天梯进入天界。这坚定的神山信仰也是来自于白牦牛之神的信仰传承。"说到这儿，古辛看着珞伽，等待着他的回应。

"啊，我就是白色的牦牛呀，而我的家族和其他部族邦国里都没有白色牦牛，为什么唯独我与众不同，难道跟白牦牛之神的信仰有关系吗？那我是谁，我来自哪里呢？"珞伽低头俯瞰着自己在月色的反光下透出幽兰的白色毛发，这个疑问在他的内心从小就是个谜，一问到这个问题，所有人就回避。阿爸告诉他，有一天他会知道的。

古辛凝视着珞伽，加重了语气："这是信仰，也是一个宇宙的源起，白色牦牛是这个雪山连接天界与人间天梯的保护神！"

"哇，难道我是保护神吗？怪不得我的力量那么大，不知道哪里来的力气和冲动。这个保护神有名字吗，他好像很厉害吧？"珞伽突然间有了莫名的力量，他站了起来。

"今天，既然缘分已到，跟随我去山顶的神殿吧，在那里去接受宇宙能量的轮回！"古辛披上长袍，快步带着珞伽在这个黑夜，爬到山顶靠近崖壁的洞窟里建造的神殿。喘着气的珞伽跟着古辛进入神殿里。这里是神圣不可侵犯的地方，珞伽从小就知道。

深夜的神殿更是透着浓烈的静谧。珞伽有些惧怕，开始意识到敬畏的真正含义，面对无知，心存恭敬。他谦卑地跟在古辛的后面，古辛点燃了底部带有雍仲符号，柄上刻着代表时辰横隔的黑陶土制的酥油灯。漆黑的神殿，被点燃的酥油灯照亮，包裹在昏黄下。紧贴着崖壁的洞穴内改建的神殿内，天然土层的墙壁上挖建的一道凹进的土层供台上摆放了五尊土陶神像，一些祈神的法物。

"这里供奉着我们雪域高原本土的象雄文化本教的四大主要神灵，这是萨智艾桑，在我们象雄的文化信仰中尊为万物最早的母亲；这是贤拉俄噶，是智慧之神；这是桑波本尺，这是敦巴辛饶·米沃。"古辛双手托举着，用这个恭敬的手势尊敬着辛饶·米沃，示意给珞伽看，"这是我们开创象雄文化国教，提倡慈悲信仰雍仲本教的祖师辛饶·米沃。他是象雄一联盟的王子，他用智慧和勇气，整合了高原所有的迁徙部落带来的本土的部落文化，他总结各种存在于土著部落的'本教和初步的仪轨'，创造了有组织、教义和系统化的，具备轮回、因果、慈悲等价值观在内的雪域高原本土的'雍仲本教'，这也是我们共同的本土信仰。

"他亲自作为译师，将从象雄文化中提炼总结的教法'五明学科'：工巧明（工艺学）、声论学（语言学）、医学（藏医学）、因（外）明学（天文学）和内明学（佛学）前往信度、汉地、木雅、尼泊尔、乌仗那、萨霍尔、门隅、契丹、回纥等地传播，使此教法成为不灭之教。就是他改变了杀生祭祀的残忍，用朵玛等替代物代替了我们牦牛等动物的祭祀，才得以让我们牦牛部族保存更多强壮的生命承载生命的图腾。他是高原生灵的救星呀，我们世代都在供奉、祭拜他，这就是我们象雄文化雍仲本教（本教）的重要祖师之一，以后你也要完成象雄大圆满之法，好好地修习。这些历史的进程与本土的信仰终将成为整个高原文明的根基，终将创造更奇妙的高原世界。"

珞伽给辛饶之像行恭敬的顶礼，以长头叩拜。此时珞伽年轻少壮的心涌动着热流，充满着激情。

在最后一尊神像前，古辛停住了，他顿了几秒钟，然后呼了口气，语重心长地说："这是鼓基芒盖神，代表着最本质的东西即混沌初开时的空间，他也生自爱神和自性，繁衍自初世之卵。他下凡时以白色的野牦牛的形象出现在冈底斯山背面的贝钦下凡山，这是此神下凡间的第一个落脚点，作为雪域高原本土象雄文化教法（本教）的保护神而来，名叫什巴贝钟钦波。而什巴贝钟钦波显然是我们高原文化的牦牛图腾崇拜的来源。知道吗，它承载的高原祖先文化是多么的强大，可以强烈地影响到我们世世代代的部落邦国文化，护佑着我们成长在这个雪域高原。"

古辛表情凝重地看着珞伽，昏黄的光线映照在他的身上犹如金色的光轮，发出着能量。

"古辛，我知道了，我身上赋予着守护神什巴贝钟钦波的力量，他是雪域高原生灵的保护神，为什么不早点告诉我呢？现在我好像知道我存在的意义了。我将接受我的使命和孤独，接纳大家的尊敬。可是我知道我现在还不如我的哥哥们英勇和智慧，我该怎么让自己胜任这个职责呢？我可以吗？"珞伽举起双臂好像大力神，但是很快泄气地放下了胳膊，他知道此时的他还是一个弱小的牦牛，怎么可能去完成使命呢？

"气馁了，小家伙，让我看看刚才还精神抖擞扬起双臂的小战士，现在怎么这么快就泄气了。"古辛用手托起珞伽的头，再次在他的额头上碰了碰，他要给这个孩子一些力量，这也是他的使命。

"承载使命的力量和能力也是要依据成长的状态来传承，要通过后天的训练来展现，毕竟你已是世间躯体，再强大的神力也需要一副强悍的身体和超人的智慧来展现的。神力不是神话，前世的神力轮回需要客观存在，不断努力、修行的实实在在的载体。每一世的客观能量都是不同的，想要神力回放，需要面对新的环境，付出更多的努力来精进。今天的你，是神力的原动力。你就是你，你的本心，你的原始动力，是谁也替代不了的。因此抓住当下，坚定你的内心，开始大圆满修行。就如同牛奶从乳牛而来，凝乳从牛奶而来，奶油由凝乳而来，清奶油由粗奶油而来，精制奶油由清奶油而来。当它是牛奶时，没有人认为它是凝乳，或是粗奶油，或是清奶油，或是精制奶油。因此无论何时，我们只论当下的存在的状态，而非过去或未来存在的状态。"古辛一口气说着。

"古辛我有些晕……"珞伽的面前出现了旋转的卍，他自言自语，"这是神的能量吗？"

"当下你就是个臭小子，而非过去的神。成就神的造化是要靠后天努力的，命运使你有了命的安排，更要有运作，才是命运的结果。皇子都是有继承皇帝的命，但是只有一个皇帝。说你是保护神，看你这初生牛犊，还真成神了。说你是神，不给你吃的，神体也就归西了。现在你就是一头无知无畏的小牦牛。"古辛拿着权杖，敲了几下珞伽的头。

"身体和意识都没了，神也会弃你而走。你是世间修行，经过种种的修习和考验，才能精进。纯粹的神是不会享受到精进的乐趣的，因为他用法力心想事成，而你在用身心灵修炼，可以超越神的意识。记住，考验随时会来，因此你必须从当下开始修习。"

"通过你的修炼，神接受你强大的载体，不断让神前世的法力通过你这世的修炼过程而推动出来。这个过程是没有止境的，唯有精进，一步一步往前走，直到修行到大圆满。你要学的还多呢，从明天开始，披星戴月进行修习，不得延误！哎，该长大了，贪玩、粗心，这次轮到我管教你了。我等了很久了，再等下去，我都虹化了。小子那时你只能看到我的牙齿和头发了。"古辛又要用拐杖打他，珞伽顽皮地躲闪开。

"哦，不学不会成为神呀，怪不得我上次飞翔差点摔死。"珞伽用指头弹了下额头，若有所思。

"古辛，我明白了，从今天开始，我要做一个勇敢和智慧的勇士。"

"是卫士，守护好有时比创造更重要。"古辛叮嘱着。

"不要忘记敬畏和慈悲，这也是保护之力的初心。"古辛又重复着平日的告诫："万物有灵，这是我们雪域高原人的宇宙观核心，万物都是有灵性的神物，哪怕一个美感的巨石都是神灵的化身。敬畏万物，敬畏你的内心，敬畏他人的存在，这便是你的因果。狼也是高原的生灵，丰富着高原的生命，生存与繁衍同样是他们的职责，我们要怀有慈悲，但狼也是高原的勇士，当他们战争时，也是带着他们的使命，雪域之王也是他们的梦想。我们同样要敬畏。"

"让我在此祈祷鼓基芒盖神，护佑这个白色牦牛王子珞伽吧！"说完古辛叩拜长头，珞伽的眼里噙满了泪水，他一样叩拜。

回到长老古辛的洞穴，释然的古辛沉沉地盘坐睡去。珞伽轻轻为古辛盖了毛毯，他步出洞穴，站在高高的崖壁上。他仰望天空，静静地听着来自天宇的声音，定思在静谧的气息中。今晚他的内心升腾起一股稳定的热力，这个力量随着流星划过，带向了狼嚎叫的地方。灵敏度极高的狼，嗅到了突如其来的温度变化。热浪席卷着暗夜的阴冷，挑衅着他们的气场，狼群发起了此起彼伏的刺耳的嚎叫，长调的集结声，可以传遍 10 公里之外。"嗷——"之声音变成散发着强大气息的挑衅，这是一种挑战的信号。

浑然不知的珞伽回到古辛的身边，身世的揭秘让他兴奋不已，他无以发泄，使出孩童的喜悦与顽皮，自不量力地学着古辛双盘打坐的睡姿。他的腿别出了骨头声，疼得他直咧嘴，又怕惊动古辛，不敢出一声。

"呼"，他无奈地吐了口气，最终还是老老实实地四脚朝天，瘫在柔软的垫子上睡了。外面的星空璀璨闪烁，星星互相眨着眼睛，点着头，微笑着。

第二章　危机逼近，共赴使命

"叮当、叮当、叮当——"扁铃的声音在耳边骤响，珞伽嘟囔着："别闹了，困死了。"他不情愿地翻了个身继续睡。此时古辛在他耳边大声地吼道，"起床上课！"珞伽一下子被惊醒了，他昏昏沉沉地蹦了起来，意识到今天要开始修行了。

"是，古辛。"珞伽在胸前把两个胳膊一抖，来了个弓步，振奋起精神，"加油，我可以的，我是雪山之王。"

披星戴月的早上，珞伽跟着拿着酥油灯、权杖的古辛，进了上课的洞穴教室。经过皈依上师的仪轨，古辛用厚实而暖暖的掌心在他头顶的百会穴上念经灌顶，这个清晨珞伽成为了长老古辛的弟子，古辛清楚地知道自己的生命不多了，珞伽是他最后的弟子了。

"珞伽，从今天开始我就是你的上师，叫我师父也行。你要刻苦努力，危险也许近在咫尺，随时考验你的使命。修行象雄大圆满你要有耐力，有觉知。首先要定心，就是整顿你的内心，而不是去限制它。观察你的内心，然后接受你的本性。你不但要学会气息的协调，还要感悟苦修和禅定。"说着古辛将两臂支撑在土夯的地上，双腿盘过头顶，架在双肩上，沉稳地呼吸，他深厚的力量与柔韧绽放在珞伽面前。珞伽呼吸急促，瞪大着眼睛，"这就是年老的古辛吗？"而上师练功的土夯处经过他长期的练习，俨然已经凹陷进去，证明着上师的努力与力量。

珞伽的内心涌起更大的敬仰，他喃喃低语道："师父。"

上师迅捷地收回姿势，"从今天开始，不但要学会生存的本领，还要修习各种教法和仪轨，更要修炼象雄各种健身气功和密法内功。有些是可以公开的，因而你会有同伴共同修习，而有些密法是必须一对一的，私密的，就你我师徒之间耳传修炼的，这才是象雄大圆满。那个密法修炼之地，等你有了爬铁索的本事后才能上去。上师的话能听懂吗？还有，凡是违抗上师，顽劣、不思进取者，我权杖伺候。"

上师一边严肃地说着，一边从袍子里取出一个铸有琼鸟抓住"鲁"图案的天铁之物，挂在珞伽的脖子上。

"这个'托甲'，是具有神力的卫士和王佩戴的护身符。它是用天降陨石打造而成，遇到打雷，可以躲避雷击。这个托甲虽然油润黝黑，但可反射金属光泽，为护身之用。当天铁或者修习的功力敲击它会发出响亮的声音，可以震慑和驱邪魔，可以镇住惊狂，使人沉稳坚定，勇敢善战。"

珞伽恭敬地给上师磕了一个长头，摸着护身符，带着儿童般的稚气和憧憬说道："听懂了上师！我会努力坚持修行的！"

"洞口藏着的其他弟子们还不赶紧进来跪拜师父！"

还没等珞伽反应过来，一堆学友鱼贯而入，黑牦牛兄弟姐妹们、小黑猪（藏香猪）、獒犬热那、岩羊、盘羊、雪鸡、兔子、马、黄鸭、鸽子、野驴……现场有些混乱。学友们与珞伽瞬间克服了尴尬和王子称谓的敬畏，在师父的情绪带动下，他们带着少年的冲动和友好，冲珞伽笑着，打着招呼。

"兄弟认识下，我是木祖，旱獭木祖。"旱獭木祖伸出厚实的小手。

"你好，我是獒犬热那家族的热那。"热那露出憨厚的姿态。

"跟王子是同学，运气太好了，来握个手，我是野驴德勒！"

"嘿，哥们儿，咱俩搭在一起是一对儿，绝配！"旱獭木祖扯着嗓门，对着野驴喊着。

"什么，我耳朵长听不清。"野驴竖起长耳朵，凑上前去。

"傻瓜，'木祖'就是吉祥，德勒是如意，合一起不就是吉祥如意吗？"旱獭木祖奚落着野驴。野驴俯视着弱小的旱獭，一副无奈和生无可恋的样子。

两小无猜的公雪鸡母雪鸡为了早上丢了一粒青稞吵着嘴，只给上师打招呼了，忘了珞伽的存在，他们进了教室还在争吵。公雪鸡满是委屈，又带着不耐烦的口气质问母雪鸡："不就是一粒青稞吗，我送给你一堆青稞的时候忘了吗？"

"我就是要吵，知道吗中原有句话，一粒米是恩人，一担米是仇人。今天我就是计较，这么不上心，以后你娶我怎么让我安心……"

一贯睡懒觉，快要迟到的小黑猪最后一个冲入教室，"不好意思了，王子，让让。师父让我们和你平起平坐，不分你我，否则你成不了大器。"珞伽一下子被小黑猪挤到了教室的最里面，有些"委屈"的珞伽，突然感觉到了真正的友谊和兄弟间的快乐。

在春暖花开的日子，少年痴狂和好动爱玩的珞伽开始了和众多伙伴的成长之路。这是一个大熔炉，热烈得让人眷恋，严格得又让人无奈,他们快乐而艰苦着。

在时而明亮,时而幽暗的教室里,弟子们互相挤着,摇头晃脑地跟着上师念诵经文。

天天披星戴月地学习,让曾经想睡觉就睡觉的珞伽在课堂上,困得打瞌睡,甚至还会打呼噜。上师讲什么,如同漏斗,全部漏了出去。有时听了很多,一句都记不得,忘得一干二净,珞伽被上师一棍子打醒,继续学习。

"听课要有听课的样子,打起精神,就像野兽吃草时那般专注,以至于连猎人射箭都难以察觉。"

珞伽睡眼惺忪地自语道:"师父我不是野兽,是家养的。"

"放肆,明天就让你在旷野里生活!"上师用权杖敲打着珞伽的头,然后板着脸问道,"谈谈什么是苦谛?"

"前天,妈妈给我吃的草药很苦;昨天,头撞到树上很痛;今天修行更苦……"

上师的权杖再次重重落在珞伽的头上。珞伽的脑袋肿起了包。他揉揉脑袋,咧着嘴,有些疼,心里想:"师父,内功厉害呀,敲了一下,头顶起了一堆的包。"

看到珞伽摸着一头的包,其他弟子们吓得不敢吱声。

"给我好好记住,苦是贪念、嗔、愚痴、傲慢、嫉妒五种情绪造成的。去面壁思过,中午不许吃饭。"上师的权杖指着珞伽。

"知道了,师父,这也很痛苦。"珞伽郁闷地走到角落,垂头丧气,师兄们则一个个憋着窃喜。

"都给我听着,收起你们的愚痴和窃喜。也许有人能背诵很多经文,但是如果他不去实践那些教导,还不如不学。不要让自己僵硬和我执，那只是形式。有人不懂经文或是知之甚少，但是他如果如法地生活，从起点到终点，都走在正道上，一步一步前进，那就是圆满的精进。"上师瞪着皱纹包裹的眼睛，权杖敲击着地面，大声地训斥。

不一会儿，师父看着知错的珞珈，语气缓和道："任何痛苦的生起，都起于习性的反应。种什么因，得什么果。同一个地方，同样的环境，一个种甜瓜，一个种苦瓜，结果一个是甜，一个是苦。天天念经说保佑得到甜瓜，那怎么可能呢？做了什么，种了什么，就是结果的依据。去做、去经历、去修为才是尊重宇宙赋予你们力量的使命。"

"甜瓜？西瓜……好吃。"小黑猪流着口水。

"苦瓜？什么东东？"

"师父画来看看，以后以免种错！"

"……"

大家带着无知无畏的困惑，吵吵着。

上师在他们面前用权杖幻化出西瓜和苦瓜，用意念让他们品尝着自然之物的甜与苦。孩子们沉浸在甜与苦的情绪中。

看到收不回神的孩子们，上师的权杖敲击在地上，大声问道："青稞是什么味道？说不出来的不许吃饭！"

"无味，唉……"小黑猪一脸无趣地顺口回答道，他的眼前是野桃的美味。

学习的日子这样生气勃勃地过着。

在明媚而带着泥土气息的早上，在露水打湿的草地上，弟子们席地而坐。上师背着手，踱着步，慢条斯理地讲着："修习气功，锻炼身体，第一步是预备式擦身法，而后是简易健身操、复杂健身操，在此基础上方可修炼七种运气法、脐火观想十八法，最后才是正式的三十二节瑜伽功。其中七种运气法中的命力修法可以逃脱死亡……"

"哇，好耶！"弟子们流着口水，眼前都晃动着自己成为自身形象的无所畏惧的大金刚之身。

上师顿了顿："真正的大成就是象雄大圆满，那是绝世秘籍。集大成就者方可破解，这是你们毕生的目标，它来自于宇宙之源……"上师怀着敬畏仰望清蓝浩瀚的苍穹，似乎看到了秘籍的真相。

弟子们照猫画虎，跟着上师一同仰望，聚精会神地看着，神化着看到的天象，各种神灵、神仙召唤着他们……

在漫野鲜花，开阔的河谷草原，上师一改平日的长袍、权杖打扮，一身镶蓝色星月符号滚边的白色短衣、短裤打扮，帅气十足，尽显出上师健身的强大肌肉，让这帮乳臭未干的弟子们崇拜不已。

"师父，你好帅哟……"母雪鸡崇拜着，余光中的公雪鸡自惭形秽。

上师露出了一抹窃喜，似乎回到了自己英年勃发的样子。马上他便又正襟危坐，"赶紧收心练功！"他盘起练功的姿势，演练着，回到自己沉静的空间，干脆利落地口述着要领。

"双腿左内右外盘腿坐，双手掌心向下，捂住双膝，腹部由右向左扭动，又由左向右扭动。共三次；……盘腿不动，双手不离膝，抬右膝、抬左膝，又抬右膝。共三次；……双腿盘坐，双手握拳，交叉放置心窝；手指向外，双手甩向前方，伸展手掌，两掌并排，逐渐放低，触到前方坐垫，慢慢收回，从盘腿外逐次推拿至心窝；在心窝处手掌相碰时，两手握拳分离，双肘撞击肋间，这是一次；双手又甩向前方。如此共进行三次……"上师修炼的时候，那是一个精神抖擞，动作成熟稳健，看得弟子们瞪着眼睛，傻掉了。

上师继续修炼着，根本不去理会弟子们的热闹场面。由于族群不同，筋骨不同，肌肉不同，这些弟子们不是盘不上腿，就是别得腿、脚疼得龇牙咧嘴，或者扭得东倒西歪。有的击打的部位不对，痛到自己，叫苦连天，有的连手脚都不分。小黑猪胖得够不着脚踝，使劲蹬着腿；盘羊倒是爬岩石锻炼的利落，直接盘上了麻花腿；獒犬热那总是忘记，喊着"师父您再说一遍"；兔子倒是聪明，第一个端坐在那里；珞伽压根就左右不分，他问着旱獭木祖："我一直四个腿走路，只分前腿和后腿，你帮看看哪里是左腿呀。"

旱獭木祖"哈哈"大笑，回答道："问对人了，我是左撇子。"

鸽子和母雪鸡纯粹跳起了改编的健身操。

现场是一片混乱……

他们在视野开阔的高山上，迎着清新的山风，放眼四周的河谷美景，注视着世代生息的邦域。

他们修习定心之法。一个个、一副副高大上的气质刻画在每个弟子身上，他们跟着师父静坐、观想，禅定、修心。

上师双盘，闭目而坐，腹部鼓起，又下去，缓缓地道来：第一步，双腿盘坐，闭上眼睛，双手掌心向上，右手搭在左手上，放在盘腿的上面。打坐的要领，要身体端坐，肩膀后张，脊椎正直，脖子后仰。第二步，调整呼吸，清净内心，吸气腹部鼓起，呼气腹部收扁……调整腹式呼吸；第三步，感受温暖的阳光，感受微风拂动，静静地坐在这个地方。不要刻意禁止自己的随想，内观、接受自己，随心观想，尽情地闭上眼睛去想，融入到自身的坛城，开发自己的能力，启发自己的智慧，找到自己的喜悦……

弟子们的眼前出现了各自的嗜好，表情出现了各种沉迷的神态：好吃的草、野桃浮现，满心欢喜；好玩的，用骷髅吓唬人，得意洋洋；恐怖的，碰上狼在追杀，恐惧焦虑；舒服的，睡懒觉……

珞伽闭着眼睛控制不住地"咯咯咯"地笑了起来，他看到了自己把自己拉出的牛粪晒成饼状，涂上糌粑粉，骗偷东西的草鼠吃，草鼠无知地说"臭的，过期了……"

上师睁开眼睛，举起画着修行图的牛皮画，严厉地冲弟子们吼道："观想这个。放任思想，接受状态，不是让你们甘愿堕落，收不回情绪的要用戒律。"说完，上师的脸上诡异地一笑，原来那牛皮画上面竟然画的是上师举着权杖龇牙咧嘴的画像。

大家吐着舌头，忍着笑意，收回着瞎想。

日子在一天天地过去，珞伽和师兄们在成长着。课程有时是枯燥的、反复的，年少的天性还是会展现出来。但是他们开始成熟了，僵硬的双腿已经被训练调整到可以很长时间盘腿，挺直腰板听课了。当然他们还是会趁上师不注意，把腿伸出来，踢到他人；伸个懒腰，扭了脖子。

学生们时常童真而顽劣地齐声晃着身子，回答上师："人生苦短，唯有解脱是正道；解脱就在当下，精进正在进行时……"

课堂上，上师依旧反反复复强调着："你们要知道自己生活的状态，否则容易掉进陷阱。"上师指着驴子，"好比你懈怠，不认真打坐，不努力学习，时间都浪费在没有意义的事上面。"驴子快速交出藏在腋下的玩具纺锤。

"好比你昏沉，每天都是睡不醒，昏昏沉沉，不清醒。"上师指着小黑猪，"还不赶快用木棍支起眼皮。"小黑猪找不到木棍，鸽子立刻得意地拔下两只羽毛，帮小黑猪撑起。

"好比你习惯遗忘，经常忘记经文的内容和苦修禅定的方法。"上师指着獒犬热那，"不要总是习惯叫唤，要用方法训练记忆。否则就变成了习性，让你愚痴。"獒犬热那吓得捂上嘴。

上师用权杖指着公雪鸡："好比你爱发情绪，心思外散，收不回来。"公雪鸡斜着头，眯着眼睛看着身边的母雪鸡，眼前出现了一颗"红心"，心里念叨："因为我早恋了。"

上师又指着盘羊："好比你不作为，不去研究，不去调整，放着不管，懈怠，回避。"盘羊很委屈："人家只会吃草，养膘。狼来了，是獒犬热那的事。打不过，不能送命，这不是您教的要符合自己的本能吗?！"

"那不是认命，是逃避！"上师训斥道。

"还有你。"上师的权杖指向了珞伽。

"我知道了，上师，不该管的去管，不该调整的去调整，首先要做好自己分内的事。"珞伽耍小聪明地说。

"你以为很聪明吗？这不是智慧。回答我：海马有耳朵吗？"

"海马是什么，长什么样？是马在海里的样子？"珞伽丈二和尚摸不着头脑。大家哄堂大笑。

"智慧是让你在思辨中找到真相，勇敢中表现慈悲。正知正见是首要的，狂野的念头决定你的行为。"上师的权杖再次落到珞伽的头上。

珞伽本能地摸了下头，心里默念："没有包了，我抵御的能量精进了。"

"那是你不缺钙！"上师的话如雷贯耳地穿过珞伽的思绪。

上师的严厉与诙谐，让孩子们与上师是师生，是朋友，是父子。

每天的课程在严厉的氛围中开始，在欢闹的氛围中结束。在邦国里高贵而威严的古辛，在这帮学生身上自由奔放。上课没有完全固定的地方，他们像游牧一样游走在美丽的雪山、草原、山谷之间，尽情地享受着上师对于他们的自由而有系统地开发。

上师经常告诉他们，"教育的目的不是把一百个孩子变成同一个孩子，而是把一百个孩子，变成一百个孩子。这才是接受宇宙一切皆为存在的真谛。接受存在的状态，寻找到属于每一个状态的智慧之路，殊途同归。"适合的状态，适合的教法，上师用慈爱和严厉与智慧磨合着他们顽皮的天性。

每年金翅大鹏神鸟——琼鸟，从遥远的象雄故乡飞来的时候，上师会让琼鸟在岩壁上画出各种象雄崇拜的神像、符号、仪轨、塔形建筑、宇宙生命之树等，让珞伽他们认知，并考试。

在努力用功的精进中，珞伽开始开启自己具备的神力。神力的力量是逐步提升的，当琼鸟迅速画出众多的神一起让珞伽辨认时，众神同时出现，跟他打着招呼，让珞伽眼花缭乱。最后珞伽瞳孔放大，耳边响着各种神对他说的话语，他眩晕在旋转的卍雍仲符号和"喜旋"里了。他自身中潜在的神力在众神的召唤下，跃出他的体内，旋转的能量带来的眩晕感，是一种托起的美妙，让他置身于宇宙能量的旋涡中，漂移，让他可以托举其他的物品。

琼鸟赋予不同的众神之力，给珞伽体验。被重视的优越感和体会到的众神之力，让珞伽陷入到被师兄们羡慕、夸赞、崇拜的虚荣中。他开始在师兄们面前自大炫耀和随意启动自己保护神具备的能量，让伙伴们体验被托起漂移的感觉，达到自己内心虚荣的满足。

为了让本邦水渠里的水流更大更多，浇灌到自己本邦的青稞田里。珞伽带领师兄们，看他使用神力，如何违反自然规律，擅自截流河水到本邦中。他用漂移物体的神力从山上移动巨石，堵住河水流动的方向，让下游的部落、邦国河水吃紧，甚至一些部落的水源断流。得知真相，这些受害的部落族人找到古辛来投诉，要不是古辛的劝和，部落间差点引起冲突。

上师对珞伽产生了从未有过的怒气。他当着下游来投诉的臣民，毫不讲情面地把已经知道惹祸、为了赎罪，再次用神力挪开巨石的珞伽和所有弟子叫了过来；同时让士兵用山上的燃香和鼓声召唤来本邦及其周围区域的部落、邦国首领、国王、大臣们。

面对着众人上师没有解释什么，他用不可商量的口气对着珞伽说道："把我面前的两只罐子，一个装上酥油，一个装上石头，封上口沉到这个水缸底下。然后用棍子敲碎它们，告诉我会发生什么？"众人都有些茫然，不知道古辛的用意。

珞伽低着头，不敢看上师，他照着上师的吩咐，不敢怠慢，打碎了沉入缸中的两只陶罐，然后迅速地答道："上师，酥油浮了上来，而石头依然沉在水底。"

"好了，年轻人，按照你的神力，请你去施展你的法力，说：哦，让石头浮上来，浮上来，让酥油沉下去，沉下去！让我看看会发生什么？"上师不动声色地命令道。

"哦，上师您在开玩笑吧，这怎么可能施法，这是大自然的法则，石头比水重，只会沉到水底，酥油比水轻，当然是浮上来了。"珞伽不假思索地说。

"年轻人，你懂得自然法则，但你尚不懂得如何体验这个法则。违反自然之法则，修心而没有正见，施法而没有仁慈，业力之重会让你坠入恶道。神力如果不为公平和正义而用，那将成为邪恶之源。你会让什巴贝钟钦波护法神的神法，变成魔法，它能像火焰一样烧伤任何人，像地震的巨石一样压垮人们，像无情的洪水一样卷走生命。正见是你最首要的，你狂野的念头决定了你的行为。你离雪山之王的位置还远着呢！面对你所做的，去忏悔和救赎自己本性的良知！鼓基芒盖神——什巴贝钟钦波护法神允许我卸掉你的神力，直到你的借身能用正知正见在生活里修行，圆满功德！"这严厉的处罚让所有的人都不敢喘气而呆在那里。

顿时珞伽瘫软地跪在了地上，他的头"嗡嗡"作响，他的意识里失去了明亮的光，灰暗笼罩了过来，他失去了知觉。众人吓坏了，惊恐地看着古辛，毕竟他还只是个年少的孩子。

"做好自己，才是英雄！从现在开始让他回到一头普通牦牛的本能，去真正面对艰难、危险和挑战，任何人不得给予帮助。连狼都没有正面交锋的牦牛不是勇士，更不是保护我们的守护神！神化不是用来愚痴我们的精神的，而是给我们警示和力量的！"上师当着众人的面，在珞伽还没有清醒过来的时候取走了他身上的托甲——琼鸟天铁护身符。

从那天开始，珞伽失去了光环，失去了那属于他的天铁护身符，他不再是王子和保护神的化身了。除了跟师兄们继续上课修炼外，他必须去完成耕地，驮货物，砌石屋，制作磨青稞的磨盘，拜师学医，上山采草药帮助治病等应尽的责任。

珞伽每天起早贪黑根本没有什么时间睡觉，累得经常忘记吃饭和洗澡，就一头栽到草垫上睡着了。他白色的毛发开始出现了灰暗和打结，师兄们背着上师，偷偷帮着他梳理，他都疼得叫唤起来。甚至于脏到极致的时候，虱虫都敢在他的毛发中驻扎，时常咬得他四处乱跳，抓得浑身血道子。面对生活的经历，他挺住了，他耳边总是出现师父说出的，如扁铃响起一样的紧箍咒：修行乃是生活，圆满不是臆想，不是静止的修炼，是来自世间的各种体验。

母亲可怜自己的孩子，悄悄地擦着泪，偷偷地在他简陋的居室里每天放上一碗牦牛奶，增加他的体力；姐姐们织起一张绒毯，悄悄地铺在他洞穴的地上为他御寒；哥哥们为他制作了一个褡裢，里面装上了放牧的投石绳和一些石子，碰上狼的时候可以抵御狼的攻击；母雪鸡公雪鸡在他熟睡的时候，轻轻跳上他的身躯，帮他捉去虱虫；师兄们舀来水放在水缸里，让他不用去远地洗澡；野驴驮来了更多的牧草，默默地放在珞伽的洞口；獒犬热那家族们更是暗地里保护着珞伽，生怕他被狼干扰和袭击……大家默默祝福着这个少年王子能够尽早修炼成保护神。

古辛发出的话是不可抗拒的，国王和大臣们只能疼在心里，不敢轻举妄动，只能心里祈祷珞伽顺利平安。但是其他人的暗中帮助，古辛早已心知肚明。他静静地看在眼里，眼睛里闪烁出慈爱，他没有刻意地做出惩罚。

而他故意安排了更多的功课。他让岩羊和盘羊，教会珞伽更多攀岩和爬山的本领；他让鱼教会珞伽在水中憋气；让黄鸭教会珞伽游泳；让马教会珞伽踢腿、腾飞；让獒犬教会珞伽用嗅觉辨别道路；让鹰教会珞伽从山上俯冲而下，而毫发不伤；让兔子教给珞伽迅速反应，奔跑的技巧；他让旱獭木祖教会珞伽辨别哪里是草甸，哪里是吃人的沼泽；远道请来猕猴，教会珞伽爬藤条、铁链的功夫；让牦牛将领教给珞伽用牛角战斗的技巧；让牦牛军师教给珞伽用白、黑石子，象雄古法石棋布阵的队形……

而此时年长的古辛也增加了星象的观察，感应和推断出高原的变化。他也知道总有一天，珞伽要完成一个使命，这是天意。

獒犬热那带领着獒的部族，在晚上分别守护着邦城。

热那低声震慑着准备靠近而嚎叫的狼群："闭嘴，远离我们，回去告诉你们的大王，不许靠近这里'嚎叫'，影响王子珞伽的休息。他是高原的保护神，不得干扰他，否则小心我们一口咬断你们的喉咙！"

狼的首领哈让，听到了部下的禀报。

狐狸（达日）在一边撺掇儿，"大王，听说那个白色牦牛珞伽早就被卸去了神力，他连一个普通牦牛的能力都不如，娇生惯养，哪里有抵御之力？我看神也帮不了他了，更何况他从未敢正面和我们交过手，估计见了我们早被吓软了。在雪域高原上，您才是真正的王呀！为了一个区区小牛犊，他们还敢不让我们叫唤，哼哼，他们也太欺负我们了！"

狼王哈让顿时怒火中烧，怀恨在心，阴险地说道："区区一个痴狂少年，毫无本领、乳臭未干的臭小子，何以能阻挡我们狼氏家族的威望。我们的狼牙被无数族群和邦国供奉和携带，在这个高原我们才是人人惧怕、敬畏的神。早晚有一天我会和那小子碰面的，到时候他会成为我嘴里的美食。我要让他的头，祭祀我们的先祖！哈，哈——"远山的旷野中传出了狼群恐怖的嚎叫，送上了挑衅和宣战。

珞伽从梦中惊醒，他也听出了信号。他矫健地步出洞穴，在伸手不见五指的黑夜，迎着皎洁的星空，在银河星光的指引下，迅速爬到山顶。银河之光铺泄下来，笼罩在他白色而光泽的毛发上，发出幽蓝之色。他昂起头，用浑厚的内功，传达出"嘎、嘎、嘎——"的回应，这如号角的声音回荡在山脉中，粗壮宽大的牛角如同剪影留在了月光下。珞伽从体内向外散发着他的威武与豪气，他正式宣誓着自己的职责和使命。

上师听出了狼群的挑战，也听到了珞伽的迎战，獒的家族回望着那发出怒吼的山顶。他们都预感到不久的将来一定有一场艰苦而持久的战役。而此时上师也深知：珞伽经过长时间的训练，已经精进很多。他的辩经，没人能胜过；他的象雄气功和密功，在这里是第一的；他的战略战术已经完全可以迎战狼群；他的内心已经被锻炼出沉稳与勇猛。珞伽已经蜕变成一个高大伟岸，筋骨结实粗壮，体力和内力勃发，身手英姿矫健，皮毛丰厚浓密，牛角硕大锋利的强壮青年了。

上师也深知，珞伽虽然具备吃苦耐劳、文武双全的能力，但毕竟他没有跟狼群和凶狠的狼王哈让真正交过手，毕竟没有真正亲历过极端的艰难和考验。

上师爬上神殿祈求神灵的保护。

"保佑我们的珞伽吧，他已经蜕变成一个勇士，我将把他带入到象雄大圆满的修行中，生死不灭。在可以的时候，请你们赐予他神力吧！"

黑夜还未褪去幕布，上师出现在珞伽的洞穴。梦境中的珞伽感觉到了，他立刻睁开眼睛，一个翻身站立在上师的面前。

上师欣慰地看着珞伽。

"珞伽，今天开始我将带你进入象雄大圆满的真谛中。能不能融合到那宇宙的温暖、空灵，自由地汇聚那不同色彩和层次的能量，要看你自身的悟道和造化了。走吧，跟我去那个垂下铁链的象雄大圆满修行洞窟，完成你最后的功课。"说着上师抚摸了下珞伽的头，再次用已经满是皱纹的额头碰了碰珞伽的额头。

"师父——"珞伽跪在地上，抱着师父的双腿"呜呜"地哭了出来，憋得太久的泪水，终于夺眶而出。

上师轻轻拿下珞伽的双手，从袍子里取出了那属于珞伽的天铁护身符——琼鸟托甲。他坚定地，重新给珞伽佩戴上，刚好卡在了珞伽雄壮粗大的脖颈处。然后他给珞伽做了个灌顶加持，一股神秘而涌动的热流再次回旋在珞伽的体内，稳定而透彻。

随后珞伽和上师一同上山，徒手攀上铁链，进入到那个硕大的象雄大圆满山洞。上师用酥油灯照明，指点给珞伽看山洞坚硬的岩壁上留下的先祖修行高人的脚印和手印。指着珞伽脚下深凹的土地，告诉珞伽这是功力强大的先人和自己久坐练习内功留下的。珞伽小心仔细地一一摸了摸这些脚印和手印，然后恭敬地坐到了地上那凹下的地方，他要继续完成祖先的精神。

这个清晨开始，珞伽暂时脱离了团队，他和上师进入到了一对一的，秘密、耳传的象雄大圆满的修行中。大家都静静地关注着，祝福着。

"心有凡夫心、清净心、觉悟心。凡夫心是凡人之烦恼心；清净心是远离烦恼和情绪的状态；觉悟心是彻底认识本性的心。本性好比衣服，有时候衣服也会脏，脏物可以用方法洗掉就好。脏物和衣服是两个不同的东西，我们洗掉的是脏东西，而不是把衣服洗没了。脏东西好比自我、烦恼、痛苦等，但是它们可以转化为本性本来就具备的清净，进入到"空"的状态，最终是温暖的融合。要想成为大圆满，你的静心，指点心性，内观和审视自我，这些修心的基本功必须具备……"

"要明白人体五大元素的起源，对于象雄大圆满的修行是至关重要的。宇宙形成的时候，无边无际的是一个空的概念，很强的能量风出现，空上面有风，风上面有火，火上面有水，水上面就变成了地。如同牛奶上面的精华就是油脂的奶皮，奶皮就如同形成了地。包括退去的时候，反向从地开始，到水，到火，到风，到空间而退去。宇宙形成的五大元素：空间、风、火、水、地，是宇宙的精华，它们关系着生命的起源。空间、风、火、水、地的五大元素也是人类产生五大器官的起源，起源的这些能量通过形成人体的五脏表现出来。风的能量成为肺形成的种子，火的能量打造了心脏的种子，水的能量是肾的起源，地的能量是肝的基础，空间的能量是脾的种子。还有骨头也是地的能量，人的气是风的能量，血是水的能量，人的身体的热量是火的能量。而这更对应着五行的颜色，那就是五色红、蓝、绿、黄、白的源起，黄色是土地，那是脾；水为白色，对应着肾；火为红色，对应着肝；风为绿，对应着肺；而空为蓝色，对应着心……"上师的声音回荡在洞窟内。

外面清晨的薄雾渐渐退去，苍茫的雪域大地，蜿蜒的河流，展现在高而险峻的洞窟下面，一览无余。浩渺的天，在最后一抹日出的红霞后，升腾起多姿的云。上师与珞伽，师徒二人在洞窟里面对着，保持着打坐的姿势。

上师指着外面的美景，"你看我们需要来到一个安静的地方，象雄的教法修行最好是在最高的地方、最美的地方，但也是最艰苦的地方，既是苦修，也是敬畏与沟通。这就是为什么我们高原部落、邦国都会在山顶修建神殿和神权的象征，这是对天的敬畏和亲近，对天堂的臆想，对身体的苦修。这是象雄大圆满修行的内涵。"

"现在我们师徒二人在此清净之境地，瞭望山河之壮观，亲近天宇之神气。象雄大圆满是秘密、耳传修行的，我们必须要以一问一答方式，谈论最真实的自己，就是现在的你的所思所想和认知。不掩盖自己的过错，不伪装自我，放下所有的尊严、自我、自以为是等情绪，用最真实和赤裸的心态，与师父交流。说出心里话，让它们成为没有情绪的心灵甘露……"

"师父，我可以微笑、包容地面对别人，但是我还是很享受自己的冲动和率直，我高兴就是高兴，不高兴就是不高兴。我没有必要去求什么，我也不需要那么多欲望，我其实内心就是个很有野性的男孩子，我就是喜欢享受自己的状态。我不想改变自己的性格，我也戒不掉属于自己的本性。我时常觉得对于变成一个大家需要的祥和、慈眉善目的人，我是失败的。可是我就是想坚持自己的坦然和率性。"珞伽有些懊恼地说。

"为什么要变成统一的形象，大德优秀的修行人哪里长得一模一样，脾气一模一样，关键是发心的纯净和慈悲的心是一样的。很多真正修行的高人，也许就是一个纯真的孩子从你身边不经意地擦身而过。所以敬畏自己的本真，敬畏他人万物的灵性之躯。接受它们当下的状态，融合一切存在的必然，然后去分辨和辨别正知正见，并找到属于自己的能量之正道修行。但是慈悲也是要具备外在的礼貌和敬畏的，最后内外融合、贯通而产生平静中的温暖，去影响众生。"

上师深深地看着珞伽，接着说："宇宙是多么的伟大，它创造了万物之源，又犹如一位母亲，而将光明与黑暗，温暖与冰冷，拥抱其中，尽享孩子们的无常存在。这就是宇宙母亲的胸怀，就是慈悲的温暖。记住，珞伽，存在和敬畏同在，这才是宇宙的真理，这才是一个有意义和圆满的宇宙，这也才是象雄大圆满的真谛：达到本初，接受、融合而影响。"上师眼角多了很多的皱纹，他知道他的老去，将融入宇宙之星河，将成为下一个生命的起点，但是他没有畏惧，他的眼里流露出光芒的坚定。

"存在和敬畏同在……"珞伽喃喃自语道。

"师父，我接受我存在的性格和情绪。其实很多时候，我还是很累，别人对我的期待和自身需要的自豪感，让我很是压抑。我时常敏感别人对我的眼神、话语，也因为没有实战而缺乏内心的自信。我的内心很享受被别人夸赞、崇拜，有时又希望被别人'抽'的感觉。那种虐待身体的疼痛感，可以激发出我的一种亢奋，是一种压抑和孤傲中的愉悦。其实我喜欢打架，傲慢地挑衅。打赢了当'头儿'的感觉，那是一种男人的刺激，赢就是赢，输就是输。所以真实的我喜欢打架，带着傲慢去挑衅。只不过修行让我有了强大的克制。我内心很着急，有时控制不了自己上来的情绪。岩画里的狼我看多了，故事里狼的凶残和狡猾我也听多了。那个晚上，我听出了狼的宣战，我的身躯已经控制不住，我的灵魂召唤我要冲出去，哪怕战死在狼的杀场，死就死吧，没什么可留恋的，我觉得战死的那一刻是我灵魂最好的轮回。总比抑郁而自杀，不能转世轮回投胎强！"

"年轻人，这就是你现在该有的状态。从婴儿，到成年，最后老去，我们需要接受每一个生命状态在那个时候的真实存在。掩盖压抑不是最好的修行圆满，经历是一种修行，但是经历过要醒悟。童真、成熟和精进这些丰富的感受，才可以成就大圆满的真谛。但是在尊重每一个时期的状态时，我们需要人生不同的老师来教会我们分辨和提高生命的意义，我们也需要通过智慧带动勇气来完成每一个状态时的要求和责任。"

上师和珞伽就这样面对面毫无保留地聊着。

"如同早期的天文历算我们必须接受地球的自转，形成了白天和黑天，形成了左旋的万字符'卐'的能量，代表着消弱障碍和吉祥顺利；我们的祖先也知道并接受地球围着太阳公转，形成了四季，形成了另一种右旋的象雄雍仲能量符号'卍'，它代表坚固、永恒；上万年前的岩画上面两种符号都有，我们象雄文化的仪轨先行用了右旋的符号代表我们的本质而纯粹的宇宙能量。其实不管是哪一种能量，都是来自宇宙存在的状态，都是不同的能量必然的存在，没有好坏，只有适合。转山转湖有的正转，有的反转，方向虽然不同，但都是在同一个地方转，都是宇宙的能量转换，何必计较形式呢？

"我们没有必要去争什么你好，我好。很多时候是我们在传播自己的思想，为了宣传自己的好而刻意加上了很多我的执着和人为歪曲的东西，反而看不到真相了。孩子你能看清楚自己的本真性格，并接受它的美妙，融合到自身，并用你的纯朴、善良、勇敢、直率去让人接受并影响它们，你已经开始了正道。"

"危险总是会来的，狼的迎战一定会来的，等待是为了更好地面对，修炼心性吧！"这是师徒二人第一次如此近距离地敞开内心，珞伽的开悟从内而生，循环在体内打通着他的经脉。

"师父，真正的象雄大圆满是什么感觉呢，怎么修呢？"

"真正的大圆满是没有戒的，在空灵、静谧的时空，感受温暖与阳光的沐浴，静静地自由融合。每个人的方法都不一样，是自己身心灵的感受，好好地修吧，你在这里将融入宇宙的星河，开启通天的神力，自己去感知吧！"师徒二人相视一笑，然后面向脚下浩渺的山川。

又是一个春天，珞伽开始了独立而秘密的修炼。

珞伽远离着家人的爱，家人把他献给了宇宙之神。师兄们轮流给珞伽定期送些必备的物品。

上师庄严地给弟子们讲述着："破瓦法，神识转移往生法。让我们的灵魂自在地转移到清净、舒畅的净土或另外一个世界的方法。如果破瓦法修得成功，生死轮回将会不复存在，一切将回归于无思无念、无取无舍、不增不减、不垢不净的本性中。生本来就是死的因素，死也是另一个生的开始，它们是因果、缘起之间的关系。此时的我们如同雪化于地，生死化为一体，没有任何可怕之处。自破瓦法和他破瓦法，七天之后，你的顶轮出血、痒，可以扎入吉祥草等，这就是成就的现象了。"

在闭白观的修炼完成后，珞伽开始闭黑观修破瓦法。闭黑观是非常考验人的意识精神的。在山洞里留好简单的吃的和水，把洞口用土石封上，不得见光。洞内的地上原来就留有一条深不见谷底的黑黑的裂缝，来进行大小便。黑冷而静寂的洞穴里，只能从地缝中听到阴邪的风声，其余就是伸手不见五指的黑暗。长期的孤独与黑暗，功力不够的话会让人产生意识、思维的分裂，而出现精神疯狂问题。

所有的弟子们听了上师的教导都跃跃欲试，要尝试下，但是上师目前只让珞伽一个人修，怕弟子们功力不够，出现神志问题。好强而又好奇的徒弟：獒犬热那、公雪鸡、旱獭木祖，非要在下面的山洞，逞强地，学着珞伽闭黑关，进行体验。上师拗不过弟子们，于是干脆答应，刹刹他们的锐气。

珞伽进入洞窟，盘膝端坐在舒适的带有太阳、月亮符号和宇宙生命神树、牦牛与鹿岩画图案的羊毛藏毯上，进入禅定状态。他本性平静的意识中观想出在由神兽抬举的广大无边宝座上，有日座、月座。在这些座的上面观想白色光芒的一面二臂，手结定印，两足盘膝的大悲白光佛；周边由历代上师、菩萨、本尊圣众、空行母、护法神等一切皈依者围绕着，如星光灿烂，阳光普照大地一样；然后观想出前面的虚空。

此时珞伽的身体开始内外透明，身体里的中脉犹如竹子般，从肚脐到头部顶轮之间连续着。顶轮处的中脉犹如正在开放的莲花般下细上粗，至脐部往下四指处封闭着到了心间逐渐变粗，到了顶轮粗如长号般。他心间观想出自心的本质是一个白色的能量区域点；自己的顶轮往上一尺处，出现五种颜色的彩虹圈，这个圈里再次出现这个白色的白色能量的区域点。他关注着心间的这个白色的区域点，并开始念诵。珞伽心间关注的白色区域点忽然变成指甲般的明点，快速如流星般升腾而融入到顶轮空中彩虹圈里的白色区域点；紧跟着马上珞伽嘴里又念出象雄"阿"的音，让这个明点即刻回到心间那个白色的本质区域点；如此反复念诵，如此让明点的灵光升腾和回旋在顶轮空中彩虹圈和心间的白色区域点之间，循环往复地将能量贯通。

没有时间、空间的概念，珞伽不断地念诵和观想，直到从身心灵体内爆发出五彩之光的能量极，像天线一样接引到宇宙空间能量的对接，达到天、地、人合为一体，神识上升，没有我的存在。这时珞伽的能量融合可以如同婴儿投入母亲怀抱一样迅速上升，也可以如同牵引大象鼻子般走路迟缓和沉重，他内在的能量在自由变化着级别。

这期间珞伽也经历了恐惧、孤独、寂寞，意识里的万马撕扯、鬼哭狼嚎、意识出窍等等的幻象。他会用功力控制和平衡，让他的四周开始腾空在一片白光中，上升的温暖和光明笼罩着他。他看到了始祖，听到了宇宙之神的召唤。他舒服、喜悦地融合在那宇宙本性的空和静中，宇宙之音的"嘎，嘎"不断地烘托着他。

在珞伽闭黑观的山洞下，那三个好胜的闭黑关的师兄，果不其然，分别在很短的两、三天里，纷纷敲击土石洞门，哭着喊着强烈地要出来。当每个洞窟被师兄们打开迎接这三个师兄的时候，公雪鸡如同喝醉了酒，疯疯癫癫，见着人就抱就亲，嘴里喊着："亲，你是我的宝贝，我的宝贝。"弄得师兄们身上到处都是他的口水。

"恶心死了。"母雪鸡气得一个巴掌打过去，让他清醒，"我要跟你分手，这日子过不了了。"

高大威猛的獒犬热那则步履蹒跚，目光呆滞，傻傻地笑，看到人立刻又藏回洞里，颤抖惊悚地喘息着说："你们是谁，是魔鬼！啊，太吓人了！别过来呀！"

原本胖嘟嘟的旱獭木祖，变得骨瘦如柴，时常臭美的皮毛脏而散乱地耷着。他一手蒙着怕见光的眼睛，一手一把鼻涕一把泪地在洞里哭诉："兄弟呀，害死我了，这是地狱呀！"

几个师兄的惨状，大家又好笑，又为珞伽焦急起来，他们都侧耳倾听着洞里的声音，生怕错过了拯救师兄的机会。

小黑猪困得倚靠在岩石上睡得很香，不小心碰到了一块石头，石头滑落碰到另一块石头，发出碰击的声音，如同珞伽敲击土石门的声音，差点害得大家冲过去砸珞伽的洞门。

在七日之后，珞伽用内力推开封洞的巨石。眼前明媚的阳光直射，让他多日在黑暗中不见光线的眼睛，刺激得无法张开。他适应着光线，活动了下长久盘膝的双腿，做了几个胳膊和胸的扩展运动，然后他仰望雪域高原的蓝天白云，那一刻他如同雄鹰展翅，想要自由地飞翔。

其他看管的师兄，被珞伽从上面推落的土石打中惊醒。他们揉着睁不开的眼睛，仰头看着一轮光环笼罩着珞伽。这时师父突然出现在山洞下面。

"珞伽，你确认可以让我手中这根吉祥草插进你的顶轮吗？"上师如约而来。

"是的，师父，我接受您的验证！"珞伽胸有成竹，他飞身而下，再次盘膝禅定在地上。

空气是明朗的，风似乎静止住了，一朵云挡住了阳光，让这里有些阴暗。鸽子飞到一丛植物上屏住呼吸，伙伴们悄悄梗着脖子，探着头，用手捂着嘴，睁大了眼睛，静静地看着这一幕。

这时云彩突然移走，天空放晴，炙烈的阳光投注在珞伽头顶的顶轮上，上师手中那根吉祥草缓缓而顺利地插入了珞伽的顶轮。那顶轮直立的吉祥草犹如破土而出的春芽在心灵的滋润下，在阳光的照耀下茁壮成长。

上师露出了久违的笑容："你已经进入我们象雄密法中的根本密法，象雄大圆满。"

插着吉祥草的珞伽笑了，伙伴们再也抑制不住内心的高兴，欢呼起来。山间回荡着欢声笑语。

这样一日复一日，一年复一年，这个冬季珞伽照往年一样入冬就登上了山。他跳跃式地，攀爬着长长的铁链子，依然进入了他长久闭关修行的山洞，修炼象雄大成就之象雄大圆满——气脉明点修法。冬天，寒冷的气候修炼这个密法的功效是非常巨大的，可以让身体在极冷的情况下，产生热量，抵御寒冷而存活。

呼气、吸气、憋气、压气。拙火、调整筋脉、协调气血、协调心态、协调体内肉、血、热量、呼吸、意识而对应的地、水、火、风、空五大元素的身体进化之果。肢体动作与修心同步，身心灵的合一，和谐与和善的觉悟之道。珞伽已经熟练地掌握了。

这个冬季下了一场罕见的大雪。雪足有一人厚，雪域高原的极度寒冷倾泄而下，邦城都被厚厚的雪封闭起来。高原的冰冷和极度的缺氧，让各个族群抱团蜷缩，呼吸困难，呼出的雾气马上变成了冰。

各个邦国里出行的土石路被大雪挡住。虽然各自为政，但是在存在是第一的生命敬畏下，大家互助而艰难地清理出生命的通道。他们仰望着被严实的雪层包裹的珞伽修行的山洞，关注着王子的生死攸关。国王和妻子及家眷更是焦急无助，珞伽的阿妈眼里流出了泪水，邦国被笼罩在焦虑的阴影中，他们去找古辛。

古辛依旧闭目、盘膝而坐在神殿里，外面的窸窸窣窣的脚步声，他早已听到。直到族裔们费力地把洞前的雪铲开，大家一个个随着国王的家人进入，古辛才睁开眼睛。

古辛看着焦急无助的他们，平静地告诉大家："我已经请求鼓基芒盖神，护佑我们的白色牦牛王子珞伽修行圆满。这个冬天很快就会过去，但是一场灾难却即将到来。人类的欲望如同我们族群繁衍生息的需要，无度地放任占有的扩张行为。森林的砍伐，草场的争夺，水源的掠夺，我看到了那黑色的路已经通向了世界中心的冈仁波齐峰，那是我们祖先的源起，更是生命之水的源头。古老的咒语曾经预言，当一条人类欲望开启的黑色之路通向冈仁波齐的雪山，当冈仁波齐的雪峰变为了褐色的山峰，世界的水源即将枯竭，世界万物将从现在开始消亡。我们牦牛族群通往宇宙源起的天梯将受到惩罚而被收回，我们将在炼狱的地球受难，永世不得超脱！"古辛的额头皱起了更深的皱纹，如同深渊让人恐惧。

收起迷茫与恐惧，古辛的眼里透射出坚定的智慧："通知所有我邦及其他部落、邦国，整理、划分好草场，建设水渠，不得砍伐树木，自然的造物必有之存在的道理。节约粮食、草木，收集冻死的家禽和猎物、储存雪水。这场雪是珞伽走前带给我们最好的礼物，可以让我们等到他遵循着鼓基芒盖神的神意，完成使命。现在让我们各个族群克服内心的恐惧和担忧，共同发出纯净的祝福，这发愿的强大如同助缘，帮助珞伽度过考验，共同挨过灾难。"

从对珞伽顺利修行的喜悦，到灾难的即将降临，大家一时无法接受这么快的情绪转换，有些不知所措，他们开始交头接耳，有的又急切地看着古辛。

国王："嗯、嗯"了几下，想要再问些，但他还是收回了往前的脚步，欲言又止。

他转过头去，挥着手说："回去吧，按照长老古辛的话，去尽快准备，祝福珞伽，一切都会好起来的。"

众族人步出神殿，古辛语重心长地自语道："他终于到走的时候了。"

而此时洞里的珞伽早已感觉到了气候比往年不一样的格外寒冷和缺氧。厚实的大雪封闭了洞口，洞里的光线没有了。他用内力调整着呼吸，呼出去的气很快结成了冰碴糊在嘴上，厚厚的，像个老人。山洞里脚下的缝隙，可以听到呼呼的飓风，如同马匹撕裂的吼叫之声，股股的高寒之气从缝里灌了进来，冰冷到可以冻得浑身失去知觉的麻木。洞穴里，如同一个冰柜，这里没有任何取暖的用品，只有一些已经冻成冰坨的酥油茶。闭关期间不得用食，只能依靠酥油茶和体内的功力来维持，一直到冬天的雪化才可以出关。

"来吧，象雄圆满大法。"珞伽大吼一声，活动了下筋骨。他牢记师父的话：当身体热量不够时，开始修炼"热气"。拙火气是通过"热气"来修持的。"热气"代表五大元素的火元素，热气是脐部至腹部之间，形如八福法轮，颜色为血色的红色，用来增长热气，补足阳气，增加能量，感受空乐不一的智慧。当体内热量不足或是着凉的时候更是需要实修它。长修此法会让人获得火烧不毁，水淹不死，随心所欲入海、入火等五大自在，身体融化等很多成就。

在这个冰洞里珞伽重温着上师的教法，他面向被封住的洞口，背靠岩石，两足金刚跏趺，两手定结，双手的大拇指压住无名指。他用鼻子慢慢地吸气，用两手辅助深呼吸，吸得不能再吸时，就慢慢压下并憋气，能憋多久就憋多久。憋气时用两手使劲抚摸身体的每一个部位，让吸入的气用意念逐步推入到身体的每个筋脉，通达所有的筋脉死结，最后一口气把它使劲从鼻子呼出去，用意念从头顶排出去。

珞伽沉静在自我的修炼中，他看到了火，看到了自己手持着天杖，看到了红色的能量区域。身体里的热量不断集聚，最后犹如一股股持久的热力引燃了火山的爆发。

大家看到了珞伽闭关的山开始冒出蒸腾的雾气，雪开始融化，很快就化得一干二净。强烈的光线再次射进珞伽修行的洞里。珞伽的阿妈，在山洞下，燃起了松柏枝，撒上了糌粑，她希望这浓烈的香烟升上去，让儿子能够感知母亲的爱，让天神能够知道儿子担当使命的不易。梵香之烟雾，犹如白色巨龙，腾空而起，直冲并绵延在天地之间。

在藏历年里这个冬天结束得有些早，阳光带来的温度出奇热烈，早早把雪山的雪水化入了河流，春天的嫩草似乎一夜之间就布满了山川、河谷。似乎天神都知道灾难的即将来临，为淳朴的众生施予灾难前的物资和甘露。

早春时分，珞伽被上师提前叫了下来。

"是个温暖的早春呀，师父，闭关的时间还没有到啊！"珞伽和上师绕过到处囤积的水罐。

"跟着我，仔细观察这个春天的变化，然后告诉我。"上师带着珞伽行走在山涧和河流中。珞伽远看着雪山，感受着山谷中吹荡过的风，观察着河水……

"师父，由于早春，温暖的气候过早地把雪山的雪化得太快了，上面的积雪已经很少了，河流的水比往年大了，风有些干热。草鼠早早地频繁出入草场了，师父你看它们在草皮上打的地洞比往年的多很多，土层和牧草破坏很大，对我们很不利……"珞伽指着地上大大小小的鼠洞和鼠丘跟上师交流着。

"是的，这些都是大旱的前兆呀！遇到干旱，草鼠的繁殖迅速，草坪被它们打洞会变成千疮百孔，牧草的根受到过多的草鼠的破坏，草皮定会遭到严重破坏，草场退化甚至沙化，让牧草越来越少。草鼠的存在有它的必然性，维持着老鹰等一些物种的存活，这是自然法则的平衡生态。但是牧草的稀少严重影响到我们、羚羊和其他食草动物的食物来源。更为重要的是，草是高原的保护层，也为高原制造氧气，而氧气是我们所有在高原生活的物种的必需条件。"

"鼠类极易适应人类的生活环境，生命力很强，几乎什么都能够吃，在什么地方都可以住。鼠类非常灵活且狡猾，怕人，活动鬼鬼祟祟，因此绝大多数人能生存的地方老鼠能生存，人不能生存的地方老鼠也能生存。"

"上师，我小时候听路过牦牛部落的老人说过有一种方法可以治鼠害。当时好奇，也为了以后可以给老鼠搞恶作剧还特意把方法背了下来，看来今天是派上用场了？"

"噢，说来听听。"古辛有些好奇。

"银环蛇站岗法。取黄麻秆或其他木本茎秆，比如我们的青稞秆，用刀剥皮，剥一截留一截，使之呈银环蛇形状。亦可用稻草芯、缠绕黑白相间的牦牛绒线或者羊毛线，然后将之摆于田边坎头，隔2米摆一根，将草场或者农田围住。银环蛇是老鼠的天敌，老鼠看到田边有'银环蛇站岗'，便不敢进入该田为害了。"珞伽胸有成竹地说着。

"不错不错，记得还挺牢的。"上师的眼里流露出欣慰。

"要是有银环蛇更好了，直接吃了它们，免得祸害其他的草场。可是目前我们居住高海拔地区，如果从中原带回银环蛇，它们能在这里活下来吗？"珞伽紧锁双眉。

而此时师徒俩并不知道，他们的谈话被刚好在草鼠洞里休息的草鼠听到。草鼠气急败坏地咬着牙，听完珞伽详细的叙述，他的内心里充满了对珞伽的怨恨，听不下去的草鼠顺着暗洞逃开。至此他开始酝酿报复珞伽，让他吃些苦头，以解心头之恨。

马上，古辛的神色又开始凝重："干旱是避免不了，看来雪域高原要受到人祸天灾的惩罚了。"

"师父，为什么是人祸天灾，而不是天灾人祸呢？"

"那是因为众生的各个族群和部落、邦国的贪婪，让过度的占有变成了战争。为了各自生存的更大优越和利益，他们过度开垦草场、砍伐森林、扩建地盘、开垦耕地。雪域高原的草对于人类和动物种群是极其重要的。在人类漫长的破坏中，这些对于自然的过度掠夺，让高原的环境趋向恶化。过度开垦、掠夺的行为让高原的环境受到破坏，失去植被保护的高原气候变暖了，生命之源的雪山之水很快被融化殆尽，累积到一定程度就会引起天灾。那世界第三极的普若岗日冰川已经迅速退化了很多了。

"牦牛家族的荣誉感是非常强烈的，浓厚的尚武精神和豪爽的气质，粗犷的性格是多么的原生态。但其实我们的部族具备'智慧'之后，反而开始跟人类的思想接近了，开始与他们又是何其的相似呢？各个部落和邦域间由于欲望、占有、扩张，导致牦牛群落之间也开始掠夺、抢劫。国王不是随便当的，你的父王有的时候也是挣扎在善念与恶道中。财富被当作最高的福利而受到赞美和崇敬的时候，我们看不到约束和谴责。

"孩子，让自己纯真幼稚的视野变得成熟起来吧。你仔细观察下每次众牦牛部落、邦国的集会，你会看到嫉妒与野心的眼神，无一不刺痛你父亲的内心，但是你父王不能让熟视无睹成为逃避的借口。王位的权力也是共同生存的信仰，一旦邪恶的心掌控权力和欲望，信仰会让部族和臣民成为坟场。生命之源的水，因为'失去'的恐惧，会让善的信仰改变。拥有了洁净的水源就拥有了生命之源，当水源成为占有的私欲，这种私欲就会变为奴役生命的手段。生灵的私欲导致的黑暗已经降临，加之远方频繁的地震已经开始波及我们邦城，如今我们脚下的草木开始干涸。我相信不久水源就会断裂，生灵的疫情会非常严重，瘟疫袭击，死亡将威胁高原的生灵，我们的生命一样会被奴役或者消失。"

珞伽的眼里流露出不祥的担心："师父，我们能做些什么呢？"

上师凝望远方，然后转过头面对着珞伽，终于说出了珞伽此生的使命。

"好好听着，珞伽，你此生的目的就是来拯救我们高原的灾难，不论生死都要去那神山寻找和保护我们的生命之水。今年的大旱是躲不过去了。关键是今年如果无法找到和保护好高原生命之水的源头保护地，我们赖以生存的极地高原从明年开始会出现频繁的大地震，使得江河改道，生命灭亡，高原将面临前所未有的毁灭性灾难。而第一个找到那水源的人，会成为真正的极地之王，因为他控制了生命之水，他就控制了我们高原乃至依赖这生命之水的无以计数的生命。但是这个具有保护神力量的极地之王，要具备勇气、智慧、慈悲，才能让纯净的生命水源，源源不断地流经到雪域高原和域外世界成为永远平静而祥和的极乐天堂。如果狡诈、阴险、凶残的魔鬼捷足先登，那高原将永世笼罩在暗无天日的地狱中。"

此时上师的眼睛里飘过一丝忧郁，天上的乌云开始低低地集结在地平线上，要重重地压过来，阳光被瞬间遮挡，空气有些窒息。

"师父，这个预言肯定有很多人知道，也有很多人都会去承担这个责任，难道除了我就没有人能够完成这个使命吗？我可以胜任这样的责任吗？万一我完不成……？"珞伽没有逃避，他只是有些担心和困惑。

上师双手用力地按住珞伽的双肩，是一份期待的肯定与执着，"还记得小时候在神殿里告诉你的身世起源吧。名叫什巴贝钟钦波的鼓基芒盖神他代表着最本质的东西是混沌初开时的空间，他也生自爱神和自性，繁衍自初世之卵。他下凡时以白色的野牦牛的形象出现在冈底斯山背面的贝钦下凡山，而只有你才是鼓基芒盖神的化身呀。也只有你才能爬上冈底斯山那拥有天梯的冈仁波齐雪峰，找到和保护好高原的水源，而你也会因此抓住天绳回到你的宇宙圣殿！"

"师父，我明白了，那水源在冈底斯山的冈仁波齐神峰，也是雪山神栖息的地方，找到那带有层层天梯的雪山，就找到了水源。保护好水源，我也可以回到我生命的天河中，回归到我的神殿中永恒，这是我的使命，我必须去完成。不可逃避，不可推卸，唯有担当！"珞伽满怀着坚定。

上师点了点头，"不去干扰他人，守护好，做好自己的使命和职责。

这段寻找天河的路，异常艰苦漫长，危险和死神相伴，神力也只是一个助缘，考验你的时候到了。"上师拍了拍珞伽的肩膀。

"师父……"珞伽"扑通"一声，跪拜在上师面前，"师父，很长时间，我内心都在抱怨您对我的苛刻和严厉，甚至于要求我难以完成的训练，以至于让我早早地离开母爱。虽然我都忍过来了，但是直到今天我才真正地理解您对我的苦衷呀！"

"起来吧，准备就绪，赶紧前往那个终极的领地，找到水源，保护它，守护好，时间不多了。注意身后狼群的危险，狼王是你最大的挑战，他也是高原的王者，该是面对他的时候了。"说着上师搀扶起珞伽。

"珞伽，记住，在我的内心，你就是我的儿子。你长大了，我已经老了，恐怕我们今后再难以见面了。我这个老头子，也希望神灵保佑我，下世我们还能相见。如果我走了，我会祈福灵魂去保佑你的。"说到这儿，上师布满深深皱纹的额头与珞伽的额头相碰，给予顶礼。珞伽的泪水终于止不住地流了下来。

"一定会见的，师父，我相信轮回，来世您还是我的恩师，这世没有好好侍奉您，来世再报恩吧。"

大颗的春雨，飘洒下来，只是在他们师徒的头上，那是太阳雨。明媚的光线穿透乌云，映射在雨滴上，如同晶莹的泪水，但是却散发着七彩的光晕。

这个清晨，露水还挂在娇嫩的草叶上，所有的族裔都盛装出门，早早地汇聚在珞伽即将远行的路上。两边的山上也早已点燃了松柏的枝叶，香气弥漫，祛除着污浊，驻守着清洁，表达着祝福，承载着吉祥。人们端着纯净、清甜的青稞酒、糌粑、酥油和吉祥的"切玛"，静静地等待着他们的珞伽。

今天，矫健的珞伽郑重地穿戴起所有的装束。他头插鹰的羽毛，那是他们对神鹰——上天的崇拜；他颈戴从冈仁波齐神山那边传承的琼鸟（神鸟）的托甲护身法器，那是对象雄故乡的回忆和坚守，更是呼唤琼鸟护佑的最后盾牌；他身披白底蓝色滚边和雍仲符号、日月符号的褡裢式的披风，那是对宇宙之力的崇敬。珞伽在神殿里叩拜完神灵，跟着上师走到寨口。

人们躁动而热情起来，不舍与期待的眼光包围着珞伽。珞伽忍住泪水和师兄们一一拥抱着告别。鸽子、雪鸡、驴、马、兔子、旱獭木祖……大家都控制不住，抱着珞伽"哇哇"大哭，旱獭木祖更是把眼泪鼻涕一大堆擦到了珞伽的身上。

"嘿，兄弟注意形象。"獒犬热那埋怨道。

野驴拥抱着珞伽，用嘴去碰了碰珞伽的嘴，"哥们儿，记住我的初吻。"然后抽泣起来。

鸽子嘴上衔着一朵紫色的悠玛花，飞到珞伽的头上，将花别在了珞伽的耳朵上。

公雪鸡母雪鸡跳上跳下为珞伽最后整理着毛发。

"你跳高些。"公雪鸡对母雪鸡嘟囔道。

"哼，就你表现好。"母雪鸡习惯性地回击着。

"好了好了，我看你们俩不是冤家不聚头，不是一家人，不进一家门。给点面子，我要出发了，给我个祝福。"珞伽开着玩笑，调和着分离的气氛。

"当然是一家人了，珞伽，我有了，但不是你的，是他的。"说着母雪鸡含情脉脉地瞅着公雪鸡。

"老婆是真的呀！"公雪鸡从珞伽的背上飞下来，拥抱着老婆，不停地亲着。

"公众场合注意，少儿不宜。"盘羊赶紧蒙起看傻了的孩子们的眼睛。

这个时候珞伽的家人从族群中穿过来，珞伽看到了苍老了很多的阿妈，皱纹中的阿妈还是那么的慈祥。

母亲抓住珞伽，碰着额头，拥抱着自己的儿子。

"照顾好自己，阿妈老了，不中用了，也许等你回来的时候，我已经去了天堂。好好前行吧，我会在天堂看着你，你是我的骄傲！"

珞伽眼里的泪水在打转，他尽量控制着自己。阿妈的泪水已经止不住滑落。

父王在一边安慰着妻子，"好了，这是欢送，按照我们高原的惯例，我们是要欢庆的。来吧，大家一起跳起舞来，端起酿制的美酒，挥撒收获的青稞，为我们的王子送行，请求什巴贝钟钦波的鼓基芒盖神一路护持王子完成使命！"

"阿爸，你从未给过我夸耀，但我知道你爱我。你一定等我回来，我给你捶背，你的腰肌劳损只有我能治。我有耳传大圆满秘诀，不能外传的。"珞伽缓和着气氛，俏皮地贴着阿爸的耳朵说。

父王扭过头去，偷偷抹了下湿润的眼睛，递给珞伽一碗青稞酒。

"臭小子假孝顺，就你那些年没少给我惹事。快点，三口一杯，喝了，不得怠慢。"

珞伽用手蘸起青稞酒，敬天、敬地、敬先人，然后分三口，又分三次添满，把这碗青稞酒一饮而尽。

光线越来越明亮起来，上师走到珞伽身边，提醒着，催促着他要上路了。珞伽的亲人们一一与他拥抱，碰额头告别。然后上师从珞伽的背上拔下几根白色的毛发，侧身交给珞伽的母亲："这是'央'，珞伽的替身，拿好它，把它们放到珞伽的洞穴里，他虽然离开了，但是他的意识和身影依然存在于我邦，守护着我们。"

此时牦牛大臣们手持用死去生灵的两个头盖骨顶部黏合而成的，以羊皮蒙面，并在黏合处（中腰）系皮带，鼓腰左右两侧又系一皮绳，同时连着软物制成球状槌的"达如鼓"，开始摇鼓作声，吹起亿万年的海螺。他们击打起的象雄圆鼓，鼓面圆周带有火焰，鼓面中心显示着彩色喜旋符号。当鼓声阵阵地传出后，凝聚着天宇间贯通的神秘力量。

"哎咳咳咳、哎咳咳咳！"的叫喊声、说唱声，此起彼伏，各部落邦国的其他族群的公牦牛们手持红色的，先人留下的牦牛尾巴，击鼓鸣响起单钹。他们戴上白色盘羊面具和众多的族群跳起了体现崇拜和信仰的"抛娃朵夏"（热巴）舞蹈。人们将青稞酒、装在切玛里的糌粑粉等撒向蓝天，祈求神灵为天下的众生降幅，祈求王子能够平安完成使命。

珞伽和上师、阿爸、阿妈等亲人再次拥抱，他仰起头，抖擞身体，挥手与大家再见。他终于告别了生养他的地方，踏上了艰辛的征途。

就在他开始远行的时候，山的那边他听到了狼王哈让的嚎叫，回荡在山谷中。此时狼王哈让的嚎叫声十分独特，他从全身五孔中同时发出九种不同的声音，响彻山峦。古老的寓言再次提示着，"听到狼嚎声，这是一种震慑和挑衅，灾难就要降临"。

上师领头，弟子们跟着用长调唱诵起象雄咒语，用宇宙箴言的振动来增加珞伽的力量。

"呵——嘎——嘛——智——美——耶——萨——来——多，——嘎——嘛——智——美——耶——萨——来——多……"这是来自宇宙沉静浑厚的声音和能量，伴随着珞伽逐渐远去的身影。

珞伽坚定地迈开步伐毫不畏惧地前行。

红着眼睛的狼王哈让在远山之巅，仰着头，他那狼族护法神特有的冠冕人头骷髅法器项圈，让他与生俱来拥有着强大的力量。他用嗅觉辨别着珞伽的味道，支棱着耳朵，听着珞伽的动静。他早已知道了珞伽的行动和使命。

珞伽和上师在山谷里的对话全部让草鼠吉瓦听到了。怀恨在心的吉瓦知道自己族群的应战实力很弱，为了消灭未来会治理鼠灾的珞伽，他决心投靠狼王哈让。狼王哈让答应给他更多的繁衍之地，并受到狼族的保护。

"谁先找到水源之头，谁就能控制整个雪域高原，谁就是真正的宇宙极地之王。控制生命圣水，王者天下，唯我独尊！天神会眷顾雪域之王，这也是狼族的世纪箴言，狼族至尊荣耀的回归！"狼王哈让的脑子里萦绕着这些血气之语，他的眼前出现了他幻化为雪域之王的画面。他伫立在山巅的岩石上，抖了抖硬朗的毛发，正了正戴在脖子上的骷髅项圈。哈让在岩石上磨了磨像刀尖一样的爪子，他贪婪地看着在阳光下，折射出锋利之光的利刃，嘴角上扬起阴险毒辣的鬼气，他吐出"呲呲"的声音，龇出无比尖利的狼牙，眼里喷射出凶残的目光。

"我才是真正的王，谁敢跟我斗就是死路一条！"狼王哈让再次使劲仰起灰色凌厉的头，冲天长嚎。然后他朝着珞伽的方向奔跑下山，后边矫健、强壮、浩荡的狼群快速地跟着他们的首领，一同冲下山去。

在狼群的队伍中，有着一只高傲而献媚的高原狐狸达日，她算尽机关加入狼群。她聪明的内心是这样的：旱獭是狐狸族群的美食。为了借助狼王哈让拥有大片草场的力量，轻易霸占旱獭的巢穴，摧毁他们的家园，稳定而大量地捕获旱獭。可以让她达日拥有狐狸族群的威望，成为她嫁给族群狐狸王室家族的雄厚根基。同时她还可以跟着狼群一路捞到不费吹灰之力的羚羊美食，虽然是残羹，但也比消耗自身的力量要好呀。不劳而获的轻松，是她一个女子的虚荣。

草鼠吉瓦用他娇小的身躯成为了狼群的探子。吉瓦为了解珞伽曾经要铲除他们对草场的隐患之恨，又可以借着狼王之势占领更大的草场领域，而正式投靠了狼王。

狐狸本来也是草鼠的天敌，但是有了终极美味旱獭作食物，为了利益，区区一个草鼠不值得她去放下自己的尊贵，更何况吉瓦是狼王的探子，得罪了狼王那可是悲惨的结局。草鼠吉瓦自是了解狐狸其中的算计，因此也就"心安理得"地加入有着潜在危险的队伍中，但是草鼠、狐狸天生的精明和诡诈，让他们各自还是留着一手。

这边狼王和狼群根本没把狐狸、草鼠看上眼，食物的猎捕对于他们绰绰有余，但是狼王确实需要草鼠吉瓦和狐狸达日的聪慧谋略和通风报信来探知珞伽的行踪。

于是在这个草木丰茂的日子，狐狸和草鼠各怀鬼胎相视一笑，同样迅速跟随狼群飞奔而去。

第三章 黑河草原，失落之战

　　沿着河流，珞伽按照上师明示的方位图和星象的布局一路朝西北黑河草原而去。他要闯过象雄疆域广大的黑河草原，经过众多陌生的联盟部落或者邦国往更高海拔的象雄都城琼隆银城进发。为何选择这条艰险的路，而绕开易走的南线途径，想必自有古辛的安排。

　　天如此湛蓝，大块的朵朵白云飘浮在前面，阳光明媚。珞伽沐浴在阳光里，他摇着脑袋，哼着牧歌矫健地前行。鸟儿在他的上空，跟着他嘴里的小调"叽叽喳喳"地鸣叫。路边黄色、蓝色、紫色的野菊花交叉绽放着，展开着枝叶，迎请着勇士。这个季节是高原最美的季节，空气里多了很多的氧气和水分，珞伽深深地呼吸着空气，让自己的腹腔充满着能量。

　　当路途走出一大段，最初的兴奋有些退去。哼唱小调的珞伽声音放小，最终止住了歌喉。耳边只有湍急的河水，绕着岩石拍打起水花的声音，风声有些凝固。这是他第一次远离自己的家乡，未知世事的他兴奋与好奇中，还是掺杂了虚空，有时心里真没底儿，之前在众人面前的强大和无所畏惧在此时有些茫然了。

同时珞伽开始有了征途的孤独感，这是他第一次无人陪伴出行遥远的陌生之路。未来面临什么，考验什么，虽然有上师的明示，但大家都知道那不是全部。上师告诉他，这一路将有众多危机跟着他，躲不过的最大的问题是狼族。狼王哈让的先辈曾经称霸高原，后来因为贪婪和残忍触犯天规，被剥夺王位，由牦牛各个联盟执掌王权。狼王哈让一直在虎视眈眈牦牛部落和邦国的地盘和失去的高原统帅的王权，他找准机会处决杀死牦牛部落的头领和将士们，将他们的头颅咬下，悬挂在山头之上，增加他们的神力，助长狼族的势气，延长狼王的寿命。至今在一处高崖之壁上仍挂着排排的牦牛头颅。更可怕的是，一旦让狼王知道此次使命的意义，狼族一定会拼死控制水源，这样高原极地他们会再次称霸，他们本性的贪婪和凶残一定会让世界生灵为了求水而活下去，忍受他们的奴役和杀戮。世界将被强大的邪恶势力笼罩在暗无天日的黑色穹窿中，每天将是血色黄昏和嗜血的黎明。

这些年狼族的繁衍迅速壮大，他们天生拥有强大的围剿队形和战斗力。即便狼王不出手，如果牦牛将领体力不支，都会被狼群撕咬吞食。如果狼王出手对决，狼王的矫健和灵活的奔跑，独家秘笈的擒拿撕咬之术是狼族战斗的信心与秘诀。加上狼王哈让脖子上戴的狼族护法的骷髅项圈，为狼族和狼王增加了必胜的法力，狼王毕竟是王者的后代。谁能得到狼牙也就是拥有了神秘而巨大的护佑震慑之力。

由于狼族强大的战斗力和神权的背景，珞伽从很小的时候就被古辛艰苦地磨练与训练。他知道牺牲自己的肉身不是大事，保护身上的神灵之位不被玷污，保护生命的水源不能落入邪恶之势力才是最重要的。

"刚从部落出来的时候，感受到了狼族凶残的气息。如果他们跟着我而来，危险随时降临，也预示着他们恐怕已经知道了我保护水源的使命，这样为到达目的地，增加了太多的不确定性。他们真是很强大的，我不能有丝毫懈怠！"珞伽警觉起来，本能地保护起自己的安全，突然他注意到了身后有些异样，他冷不丁回过身子，愣住了。

躲在岩石后，露出肥嘟嘟脑袋的旱獭木祖和体魄矍铄的獒犬热那被珞伽突如其来的转身吓到了，他们三个人如同雕塑一样都呆愣在了那里。

"啊！嗯、嗯！"

"哦！"

"就是你喘气声太大。"

"噢，我们是来……"旱獭木祖翻着厚实的小眼睛，埋怨着獒犬热那首先发了话。

"嗨，是这样，上师……古辛怕你孤独，让我们来陪伴你一起远行的，我们可不是私自出游呀。"旱獭木祖从岩石后探出身子，看着珞伽的反应。强者的独行与责任是要面子的，而他们的出现可能会让珞伽没有面子。

"哦，不用担心，有你们我太快乐了，我确实有些孤独。寻找水源的路从来没有走过，虽然上师指点了我根据太阳、月亮和星位的走势来判断，有了你们两个的智慧，估计我们能尽快顺利到达冈仁波齐峰吧。来吧，别躲在后面了，还不跟我一起上路。"珞伽跳跃起，给了旱獭木祖和獒犬热那一个翘起尾巴的白屁股。

"我就说嘛，珞伽需要我们。鬼鬼祟祟的搞得我俩憋死了，哥们儿走吧。快出来热那。"旱獭木祖一个蹿腾跳到了珞伽的背上。獒犬热那摇着尾巴，欢快地跟了上来。

从智隆河谷一路向北穿越黑河（羌塘）草原，再向西进发进入象雄。高寒草地的植物明显沿海拔梯度上升分布，由于是最旺盛的草木季节，沿途的水草很是丰富。几个伙伴不愁吃喝地一路欢闹。上师早已让珞伽辨别了黑河草原的很多植被，所以珞伽知道黑河大草原上盐湖旁沙地或沼泽草甸的碱茅在花果期的 7-8 月草质是最好的、营养也是最佳的。

这是他们第一次离开自己的家，去往遥远而陌生的区域，花鸟水美的风情，让他们大开眼界，好奇与无畏，占据着他们的初心。毕竟是要体会位于昆仑山脉、唐古拉山脉和冈底斯山脉之间的著名大牧场，早就听说这里是动植物的天堂，同时也是一个具有丰厚沉积层的文化沃土呀，可以捡到高原人类几万年前的祖先留下的各种旧石器，让他们开了眼。跟随着梦想，他们哼着歌谣，踢着碎石尘土，穿越着牧草野花，健步而行。

而他们的脚下，却涌动着不安与躁动，草鼠在纵横交错的暗道中通报着他们的行踪。这条被上师指引的线路，当珞伽他们踏起尘土的时候，在他们后面，悄然地跟着庞大的狼群。在他们当中，眼冒狡诈与愤恨的狼王哈让和狐狸，各怀鬼胎地远望着欢歌笑语的他们。这个季节孕育着丰厚的生命，同样也孕育着生命的角逐。毕竟这个繁盛的草木之后，随着寒冬的来临，一场天灾也要降临。生物链的繁衍是一个不可替换的法则，不是你死就是我活，神也好，魔也好，来到世间就要在世间经历生死的对决。

踩着大小的鹅卵石，蹚过清澈川流的河水，穿越在河岸的草木沼泽中。棕鸥飞过，烈日的阳光早已晒得趴在珞伽身上的旱獭木祖昏昏欲睡，旱獭木祖用宽大的如同大蒲扇一样的高原阔叶植物"轩，拉普休"，罩在身上。迷迷糊糊中，他还不忘把红色的茎秆掰开来，咀嚼里面绿色的生津止渴的汁水，酸酸涩涩的汁水搞得他闭着眼睛昏睡，还龇牙咧嘴。獒犬热那看到木祖赖在珞伽身上享受，有些不悦，珞伽善意地点点头，感谢热那的关心。随后他刻意找到一片"轩，拉普休"，盖在了獒犬热那的头上，轻松地对热那说："嗯，是哥们儿，就认了。"

"这弟兄太不靠谱了，几乎没走一步。"獒犬热那很无奈。

也许这就是同甘苦共患难的开始吧。

披星戴月，骄阳和雨水，交替着打在他们身上。雨太大了，他们躲在凹丘处避避。为了旱獭木祖，雨小些了，他们才继续前行。珞伽和热那不畏风雨，高原的气候随时变化，只要雨没有大到模糊双眼，他们总是继续前行。旱獭木祖倒是后来也随遇而安，找到了避雨的办法，大风雨中他抓着珞伽肚子下丰硕的羽翼，遮挡风雨，同时练就着臂力。木祖经常搞笑地贴在珞伽胸怀的厚毛处，倒挂着，四肢抓着珞伽的胸毛，他还真就练出了二头肌。当珞伽抖动身体上的雨水时，木祖经常被抛到地上，成为落汤鸡，惹得热那大笑。

晚上，三个小伙伴挤在一起，就数木祖舒服，躺在珞伽厚实的白毛肚子处，歪着嘴甜美地酣睡，哈喇子时常粘在珞伽身上，让珞伽歪着眼睛嫌弃。热那的鼾声太大，实在吵得木祖不行，他会厌烦地用他的小腿狠踹热那的脑袋。热那知道有珞伽在，自己可以不用哨位，所以顺着木祖踹过的方向继续"呼呼"大睡。珞伽习惯了他们的睡位，但是他总是不能沉睡，似乎有种警觉总是跟着他。在这个寂静而又嘈杂的夜，他听到了一种刻意的挑衅，没错是狼"呜呜——呜——呜——"的嚎叫。

暗夜星空的一处山丘上，狼王哈让的眼睛折射出诡异的亮光。跟着珞伽他们的线路，他保持着距离，等待着最好的机会干掉他们。同时又能够让珞伽他们指点道路顺利到达冈仁波齐，成就自己的荣誉和宇宙之神的权利。

"等好吧，你还太嫩了，什么什巴贝钟钦波护法神，到了黑河草原那就是我狼群的地盘了，围剿你们简直是易如反掌，让你们一片尸骨不留！哼哼……"狼王哈让再次昂起头，自信地用挑战的嚎叫，传递着较量。一路上狐狸和草鼠，退在后面，依靠着冲锋陷阵的狼族，狐狸的美味不用吹灰之力。草鼠也收获了更多的草场，并且憧憬着今后可以通过狼王灭了要害死他们的宿敌珞伽，他们可以稳稳地安享晚年。

这一夜，珞伽处于半梦半醒状态，漆黑的天幕似乎盖住了他的呼吸，让他承受着厚重的压力。他知道，狼的胃口远远不止这个王位，他要的是拥有整个极地高原的水源，统治宇宙中心的雪域生灵，从而掌握生杀大权，让极地生灵成为他们的奴役，那时暗黑之夜将彻底笼罩极地。

天还没出现青灰，星星还挂在黑幕上，珞伽轻轻叫醒了伙伴。热那和木祖看到珞伽有些憔悴的面容，也不敢嬉闹，默默地跟着珞伽。一段时间以来，这是珞伽第一次面色凝重地不语前行。

当天色出现灰蓝，天际辉映出了日出的射线时，珞伽终于停下步伐回头对伙伴说："昨天深夜，我听到狼王哈让的嚎叫了，他一直跟着我们。他在挑衅我，我知道危险将要来临。很快我们就会进入旷野的草原了，那里是狼群施展身手的地方，而我们势单力薄。其实这次的使命是很艰巨和危险的，上师说过这也是对我生命的考验。今天的阳光很好，我希望我们都还能活着，继续一起看阳光。他们是冲我来的，伙伴们你们就送我到这里吧。保重，哥们儿！"

说完，珞伽忍住眼泪，一扭头径直朝着一望无际的黑河草场，迎着远处被光晕斜射的雪山奔跑而去。前面依稀可以看到天边一条浅蓝色的湖岸，湖岸袅袅的炊烟，还有那轮廓逐渐清晰的大黑牦牛帐篷，他的眼泪也流淌了下来，是家的幻象，还是一条不归路。

当酸楚流过每个人的内心后，珞伽听到了"静寂"之后的脚步。

"嘿，护法神，等等我们，没有你的护佑，我们会饿死在回去的路上，哈让不会放过我们的。"

"真是的，你上天堂了，总要有人回去报信呀，不然家人还傻等着呀，等等！"

热那和木祖一边呼喊着，一边快速奔跑地跟上来。听到他们的呼喊，珞伽停下脚步，猛地回头。珞伽第一次看到胖胖的旱獭，满身大汗地跑过来；第一次看到热那如此焦虑地疾奔而来。终于他们再次拥抱在一起，笑了。

朋友无需更多的话语，一切尽在不言中。

他们踏上布满沼泽地的黑河草原，各色的野花、白的、粉的、蓝的、黄的……顺着他们的步伐铺开。这里有着众多的牦牛部落、邦国，也有着高贵的羚羊庞大的家族，还有凶悍的棕熊部落，太多的高原动物部落在这个草木丰厚的季节栖息。当然他们在整个西北部更是狼群的势力集结地。

黑颈鹤优雅地戏弄着河水里的鱼儿，一群群羚羊，公羊带着他们的家人、孩子们，都在溪水边汲水，清早这里汇聚了太多的动物。

白色牦牛这一陌生客人到来，引起小羚羊们的好奇了，他们在问阿妈："好漂亮的白色牦牛呀，我们还是第一次见呢！"

"他们从哪里来的，为什么这边没有呀？"

"……"

"看，白屁股羊，他总是把白心印在那么明显的屁股上，好像让谁都要知道他的心是白的，不是黑的。而且是一个整屁股的爱心，真搞笑。"木祖经常口无遮拦。

那边的窃窃私语还没完，这边木祖的话算是惹怒了低头不语的高原原羚家族，原羚的家族也是繁衍庞大，这不一大堆围攻过来，还真是把珞伽他们吓一跳。

"哪里来的不懂礼貌的客人！不要以为披着罕见的白色的毛就比别人高贵。"高原象雄联盟的原羚部落的将领侧着细小的羊角，质问道。

"太不懂规矩，真没礼貌……"

"该给他们点颜色看看，以为我们好欺负吗？"

"除了狼，我们还真没怕过谁，更何况一个不速之客……"其他的羚羊你一句，我一句附和着，气氛越来越紧张。

此时木祖早就吓得钻到珞伽的厚毛底下了，热那羞愧得无言以对。珞伽知道自己的伙伴错在先，赶紧道歉："大家好，是我们说错话了，对不起！平时他爱开玩笑，对我们也一样，但今天确实场合不对，我们失礼了，我给大家赔个礼。"

说着珞伽弓腰，双手合十，低头，给大家行了礼，木祖和热那也跟着道歉行礼，总算是让气氛缓和下来。这时越来越多的动物族群聚拢过来，想要看看这些家伙是什么来头。

"我们是从智隆河谷过来的，我叫珞伽，这是我同行的伙伴热那和木祖。我们初次冒昧打扰这里，是去寻找冈仁波齐峰水源的，希望能保护那里。"珞伽真诚、恭敬地解释着。

"冈仁波齐的圣水还需要你们去保护的吗？冈仁波齐峰是护佑我们

的神山呀，那上面有雪山神，你这小子真能说大话。"一位彪悍的高原原羚大叔，胳膊抱在胸前，蔑视地回应。围观的各族群发出了嘲笑的声音。

珞伽正在为难开不开口解释的时候，突然围观的动物们自动让开了一条路，一头健硕高挑而优雅俊美的独角羚羊缓步走进来。那种高贵，不可撼动的气势，让珞伽他们惊讶。

"你是智隆那边的白牦牛珞伽王子吧，我有幸亲眼见到你的尊容，真不愧是什巴贝钟钦波护法神的转世呀！"独角羚羊欣慰地感叹道。

"头领，你怎么知道他是护法神……"

"难道这就是我们圆寂的老古辛说的预言吗？"大家七嘴八舌地议论开来。

"您是，您怎么知道我……"珞伽红了脸。

"我是这里推选的头领，我叫赤威。我们部落的老古辛圆寂前，告诫我们，当一条欲望开通的黑色的路通往冈仁波齐的时候，雪山将融化，不复存在，没有了水源，世界的生灵将被涂炭。即便化解了危机，而一旦水源被恶魔掌控，暗黑之夜将彻底笼罩极地，生灵将被奴役，极地将成为炼狱之地。唯有一头什巴贝钟钦波护法神化身的白色牦牛降临人间，才是灾难的解脱。很早我通过烽火台狼烟和鸽群的传递，知道了智隆后裔出生了一个叫珞伽的白色牦牛王子。我想今天出现的你，就是那个白牦牛王子吧。"

"是的，头领，今天我们冒昧打扰，就出现了不礼貌的事情，还请大家原谅。"珞伽低着头尊敬地说道。

"该注意的言语和行为是要注意的，你们记住对任何事、人、物，都要怀着敬畏之心。一路艰辛，危险重重，后面的路还很长，不是耍嘴皮子就能度过的。一句不适当、不注意的语言也会成为阻碍和怨恨的缘起。"头领话里点着木祖，接着说，"路途遥远，你们有什么需要帮助的吗，尽管说。"围观的各族群，大家带着崇拜和喜悦，呼应着头领的话。

"噢，其实还确实有些事情请教，黑河草原一望无际，白天很多时候，我很难判断去往冈仁波齐峰的方向，怕迷路，如果仅靠晚上星象的提示，又怕耽误行程。"珞伽真诚地请教。

头领赤威听完珞伽的困难，他立刻取下独角，从里面倒出三粒白色的石子，然后把独角又安了回去。珞伽接过神石，他知道，独角的羚羊是非常罕见的，他们具有巨大的运气和祝福。也许宇宙之神的力量真的给予了他珞伽，才会让他碰上如此的贵人。

"珞伽，这是我们部落老古辛留下的神石，占卜用的，当你手握这三粒白色的石子，通过九宫，用咒语念诵，它们就会指向须弥山—冈仁波齐的方向。顺着可以预知事件和方向的神石指引就可以到达群山之王，宇宙中心的冈仁波齐峰那里。记住那座神山可以显现东面银质，南面琉璃，西面赤晶，北面黄金。四面天空及海水，各呈各的宝物光彩。世界神山高出海面八万旬。冈仁波齐峰那里就是四大生命之水的源头所在地，四条水皆具形态，必须按照形象来找。一条像孔雀，那就是马甲藏布；一条像狮子，那就是森格藏布；一条像马，那就是当却藏布，还有一条像大象，是朗钦藏布。有了这三粒指路的神石，你们就不会迷路了。"头领语重心长地嘱咐着。

紧接着头领赤威有些惆怅地说道："我知道我们也都是从冈仁波齐峰头顶上的天界而来，也必须要从那里返回天界。天梯在这世的轮回，只会出现一次，那是我们众生回到宇宙无极的愿望。机会不是留给每一个众生的，当我们赋予使命被降临到极地的时候，就背负着守护的职责。这里已经是我们的家，我们坚定地护卫我们的家园和生命。我们不能也不再选择生死的去处，这里就是我们的归途。"头领赤威扬起头，看向遥远的蓝天，周围的族群们都在默默地领悟着头领的话。

而此时，危险的气息逼近了众多围观的动物族群，他们在聚精会神听头领和珞伽对话的时候，疏忽了庞大狼群的围攻。狼群从四周匍匐着，低着头，尽量压低着身子，嗅着草丛中羚羊们聚集的气息，他们关注着小羚羊，悄然紧盯靠近了他们。

这时沉浸在向往"宇宙之力"的头领赤威，突然敏锐地反应过来，他大喊着："狼群来了，保护孩子、老人！赶快跟着我跑，不要脱队，不要散开。都把利刃的角一致冲外。"

带队的狼王哈让，看着那些走路稚嫩的小羚羊惊恐地躲在母羚羊的后面，跟着羊群步履蹒跚地使劲地跑，这些即将到手的美餐就聚集在那里等候着弱肉强食的命运，那种让狼势在必得的血腥在哈让的体内被激起。

"真是天公做美！"哈让庆幸珞伽的出现，让羚羊们放松了警惕，让他们的早餐如此丰厚。

"哼、哼！"狼王哈让伸出闪亮锋利的爪子，踏起飞土和草叶，急速凶猛地向羚羊群扑了过去。同时在他的左右，随行鱼贯而出的是浩大的狼群，他们分成几路呼啸而去。狼群把声东击西的战术和天生的猎捕队形用得天衣无缝，毕竟草原是他们杀戮和奔跑的战场，他们更加全然不顾珞伽他们的存在。他们冲散了羊群，红着眼的狼群，带着闪亮的利爪，腾飞着，离那些奔跑在后面弱小的羚羊越来越近，而有的已经被按在了狼爪之下，流出了鲜血。

珞伽、热那、木祖刹那间看到如此之多的狼群，好像被震慑住了，几乎是同时，珞伽和热那毫不犹豫地冲向了狼群。木祖喊叫着，一蹿一蹿地使劲弓着身子跟着珞伽和热那。众多狼群奔腾的四肢很快把木祖淹没了。

珞伽脖子上护身的托甲在阳光的折射下，发出冷冷的青光，他顶起坚韧的牦牛角，如同一团白色的闪电冲进了狼群。就在几只娇小的羚羊快要被扑倒的瞬间，珞伽的突然闯入，撞飞了爪尖还带着羚羊茸毛的几头狼。狼重重地摔在地上，发出惨叫。这些惨叫在一片羚羊的哀叫和喘息中，是那么的清楚与震荡。正当头领赤威，用独角对峙着穷凶极恶的狼群，护佑着身后的母羚羊和小羚羊们的时候，狼的惨叫，让他和对峙的狼们同时顺着叫声回过头去。只见珞伽怒发冲冠地挥舞着前蹄和犄角，英勇地与扑过来的狼群展开搏斗，他庞大健硕的身躯为后面跌倒的小羊们竖起了屏障。首次战斗的珞伽毕竟是淳朴而善良的，他没有体会到生死的抉择。珞伽没有用坚韧的牛角挑开狼的胸膛，而只是把他们撞飞和踢飞。羚羊头领赤威的眼神中闪过了不经意的欣慰，善良是一股如此热血的清流带给了冷血战场暂时的温存。然而魔性的弱肉强食很快又占据狼的本性，狼王哈让，阴冷地用嚎叫和霸气，再次吹响了狼群继续厮杀的命令。

而此时獒犬热那被更多的狼群围攻了，在撕咬和打飞了几批冲上来的恶狼后，他的脖子和身上也被狼爪撕开了带血的伤口。他吼叫着，如同视死如归的战士，捍卫战场。在他身后一头尊贵的母羚羊用身躯护卫着两只乖巧嗷嗷待哺的小羚羊，惊恐而又难过地看着眼前突发的一切。

狼王哈让在一片追杀、撕扯中，看到了那只尊贵得让人供奉的母羚羊和她身下的两只小羊，他似乎察觉到了什么。他停下追逐，突然转身，从后面向那头母羚羊包抄过去。獒犬热那和身后的羚羊们忽略了后面，他们的后面是已经逃开的羚羊群留下的空旷草原。

此时那头尊贵的母羚羊在混乱的战场中搜寻到头领赤威。她看到赤威挑开了几头疯狂的狼，带着羊群突围奔跑出去，她的眼神中充满了欣慰和喜悦。是的，那是她一生的尊胜佛，是她的爱，是她的夫君，是整个羚羊部落的护佑之神。她在回眸中，下意识贴紧两只小羊，这是他们的孩子和部落其他族人的后代。

突然尊贵的母羚羊感觉到背部的剧痛，狼王哈让一张血盆大口，狠狠咬住了她的后背，哈让锋利的牙齿，扎进了她金黄的茸毛中，血瞬间顺着牙齿扎进去的地方溢了出来。钻心地疼，尊贵的母羚羊知道被突袭了，她顾不得回头，推开两只小羊，用身躯阻挡着狼王对孩子的杀戮。她使劲对孩子们大喊："快跑！"同时她腾起有力的后腿，用尽全身的力量踢开咬着她的狼王。哈让被突然的力量踢中了身体下身的要害，他痛苦地叫了两声，松开了牙齿。在母羚羊跳出之前，他两只锐利的爪子，依然抓到母羚羊的后腿，撕下了一块带血肉的皮。金黄的羚羊茸毛被抓下，弥散在晨光中，晕染着生命的璀璨。

"阿妈，阿妈！"刚逃开往热那方向跑的两只小羚羊中的一只母羊，看到母亲受伤，她毅然地跑回来。受伤的母羚羊奔跑已经不再敏捷，她知道她要面对生死的抉择了。

"孩子，不要回来，去找你的父王。他在那边，快跑，我会照顾好自己的。你一定要保护好自己，你要为部落负责！"悠玛作为孩子的母亲，满眼的慈爱与期望，她焦急地对女儿喊着。

这是爱我的阿妈，小小的妃玛坚定着爱的信念，她不能舍弃她挚爱的母亲。她不顾自己的弱小，继续用纤细的腿脚奔跑过来。

"不要，孩子。听阿妈的话，你不能连累尼日。"她看到了另一只刚刚她一起保护的小公羊尼日，他正跟着女儿妦玛毫不迟疑地奔跑过来，更多的牺牲即将发生。身为母亲的悠玛发疯似的冲着孩子们大叫，同时她利用受伤的艰难，吸引着狼王哈让可以得到他的战利品而朝着与孩子们的另一个方向跑去。

奔跑中，她看到了孩子们的婚礼，她满足地笑了。她知道他们俩终将会在一起，延续她和赤威的爱情。羚羊族群的皇后悠玛加快了奔跑的速度，疼痛跟着她的起伏加剧着。

但是她却往另外的方向孤独地跑去，她知道狼王的目标是她，用她可以牵制狼王哈让，她要把危险留给自己，不能危及孩子们。她听到狼王在她身后奔跑的喘息，突然她一下子转身，把头扬起，停止在那里，怒视着狼王哈让。

那种优雅的生命之力，震慑的威严，让高傲的哈让陡然收住脚步，一愣，尘土被戛然而止的速度扬起停滞在那里。哈让知道他的实力势在必得，但是他却停步了。

"阿妈！"远处突然又传出了女儿的大声呼叫，打破了他们的对峙。狼王哈让毫不犹疑地转身冲向妦玛和尼日，他知道对付母亲的孩子在此时是破解的有利策略。

就在同时，妦玛大声而清脆的呼喊，划破了惨烈的战场，吸引了珞伽、葵犬等，以及远处带着大部队逃开的领头羊赤威。此时他才开始注意到他的爱人和孩子没有在大部队中。他循着熟悉而稚嫩的声音看了远处危险横生的画面，女儿妦玛和大臣的儿子尼日即将被狼王捕获。而王后不知为何却没有守候在孩子们的身边，独自一人在另一边向孩子们迟缓地奔跑过去，好像是受了伤。

就在这刹那间的反应中，珞伽、獒犬、领头羊、狼群……都往妃玛和尼日这边疾奔过来。木祖的脚扭了，他被摔在草地上，痛恨自己的无能，捶打着自己的胸口。

尘烟踏起，沧桑的爱，如此浩瀚，就在朦胧的尘埃扬起中，妃玛被追杀的气氛吓住了，尼日下意识地挡在她的面前，用幼小的身躯抵抗着狼王飞扑过来。同时珞伽已经腾跃到妃玛身边，他一把抱住妃玛，另一只手去抓尼日，但是还是晚了一秒，狼王哈让一口咬住了尼日的前腿，把挣扎的尼日拖开了几尺。

"救救尼日……"虚弱的妃玛瘫在珞伽的怀里。

"放过他，我比他有价值！"此时流着鲜血的母亲悠玛，使出最后的力量，用她的头和蹄子朝狼王的脑袋砸去。

是生，是死，全然止步，时间顿固在那里，悲哀、挚爱、眷顾、震惊、仰望、野蛮……跟着尘土的落下，再次弹起，弥散……母羚羊砸在狼王的头上，带着嘴角流下的一抹血水晕红的微笑与眷顾，睁开着美丽纯净的眼睛，重重地倒在地上。

被砸眩晕的狼王本能地松开了尼日，珞伽眼疾手快，把妃玛交给热那，赶紧抱起尼日，交给了赶过来的赤威头领。当他反身去抓狼王时，清醒并反应过来的狼王已经用利爪按住了极其微弱而昏死的母羚羊悠玛的脖子。狼王锃光发亮而尖利的牙齿已经触及了她脖子的血管，血顺着哈让的爪子流了出来。

狼王斜着挑衅的眼神，杀气十足地说："谁想做交换，换下你们美丽的王后。她的肉据说是神仙之身造就，可以让我延年益寿。除非赤威兄弟，你来交换你的爱人，听说你的独角，可以让我长生不老。怎么样，看着她在你面前死去，这就是你让众人皆知的爱吗？可笑，男人爱江山，不爱美人，爱都是那么不堪一击呀！哈哈哈哈！"狼王哈让阴笑着。

"哈让你听着，我赤威生来是遵守誓约的勇士，更不能违背爱的誓言，我来担当。今天你们已经得到了足够的口粮，弱肉强食，我认。但是狼也是有度的，为何不放过她们？！还要大开杀戒，这是为何？！"

"为何？！为了我家族的永久生存和失去的威望！我们凶残，但是我们也是血肉之躯。不多多储备即将到来的灾荒口粮，难道让我们饿死自己，断送繁衍的子孙吗？拿到长生不老的神药，更是壮大和恢复我狼族的势气，为族群而战难道不对吗？请问哪位可以去改变宇宙布下的存在之道呢？哼，哼，生死由命，我们狼群不畏残酷地竞争，活着而且体面地活着，难道这不是真理吗？！"

狼王的话音弥散在杀场上散落着的羚羊尸身上，血腥乘风而起，散在周围。

"体面地活着，也要有戒度！你忘了你狼族因为野心而被废黜吗？让我们更多地活着，才是你们持续的生存之道。"

哈让与赤威的较量成为了一场真理的驳论。

赤威悲情而温柔地看着妻子："悠玛，我答应过你，生生世世在一起保护你，我决不失信！"

随后赤威傲视着狼王："狼王你说得好，都是为了生存！好，愿赌服输，我替她成为你的生存！"

说着赤威把受伤的尼日交给珞伽。

"头领，不要……"在众人震惊的疾呼下，赤威恭敬地摘下那顶黑色的独角之冠，双手托着它朝着哈让一步步走来。部落的族群都知道，当狼王哈让吃下这独角之后，赤威就会化为一缕青烟。

突然狼王被爪下抖动的身躯，惊了一下。

清醒过来的悠玛王后，缓缓地吐了口气，血水再次溢出红唇，她温柔而虚弱地送出让所有人动容的话："赤威，不要过来，你有更多要爱的人，有更多爱你的人。独角不是属于你的，它是属于众生的正义之心与护佑之法。死亡不可怕，重生是信念。

"刚刚你说的，我听到了，我满足了，这一世我们无怨无悔地幸福过了。我们孩子未来的幸福，我也看到了，谢谢宇宙之神安排我们的相遇相知。我准备去天堂了，你活着至少我可以坚定地到天堂，也可以在星空的苍穹中看到你。你走了，这个世界还在，但是我们的族群部落需要你，你不能为了一个我放弃部族的生存与荣耀。你走了，我不会坚定，没有你坚强，我会痛苦到不知道白天会有多长，不知道你会去向哪里。宇宙浩大，我不知要多少世才能找到你。但是我走了，你能找到我安息的地方，因为你是王，你拥有比我强大的力量，你是族人的希望，是我坚定的夫君！"

"阿妈，不要离开我！"妦玛声嘶力竭地哭喊着，众人的泪水倾然而下。红着眼睛的狼群却安静下来。

狼王哈让似乎看到了儿时为了保护他而母亲被猎人射杀的场景，他的心猛地一紧，狼爪不经意地收缩了下。但是很快，狼的生存与战斗的习性，让他又使劲按住了悠玛。

悠玛痛苦地"哼"了一下。赤威刚要冲过去，被珞伽抓住了胳膊，他悲伤地停下来。

"狼王，我不怪你，为了部落的荣耀和生存，你做了你该做的。我已经是你的嘴下之物，好好享用吧。但愿今天的生命交接，能够让你们更好地繁衍，也能够让我的孩子们过上同等的生活。一物换一物，一心换一心，这就是定下的规矩。今天放过其他的生灵，多要的终有因果。我唯有请求你最后一件事……"悠玛的话语逐渐虚弱。

"你说吧，我狼王也是个一诺千金，守信的王者！"

"谢谢，请让我体面地死去，把我的尸骨留些肉身弃之于此，让更多路过而饥饿的秃鹫可以食用。请让我的爱人赤威把我的头颅供奉在纳木措北岸木祖岛的雍仲洞，让我的神灵可以守候仙人留下的箴言，让我在天堂可以和世间对话。"

"我答应你。"狼王顿了顿，扬起头，大声传令，"将今天所有羚羊尸骨同悠玛王后一样安葬，不得有误！"

王后悠玛最后抬起头，她用这一生最美的温柔看着她的爱人和孩子，"退下吧，让我体面地死去，记住爱与灵魂常在，下一世我们还会在一起。"然后她闭上了眼睛，不再眷顾这个世界，她知道在另一个世界中，她依然可以看到她的挚爱们。

草原、山间响起了羚羊的哀鸣，众人缓缓退下，带着崇敬的悲伤。

次日清晨，太阳升起之前，地势平缓开阔，桑烟升起，秃鹫盘旋，亡灵安然。让高高竖起的祭祀的砾石像神明一样供敬着她，让绿草像缎子裹着她，让她的灵魂不再受惊吓，让她的肉体不再受骇惧！

一如狼王的承诺，悠玛王后的尸身供养着更多的秃鹫和鹰类。她那优雅的头颅供奉在了象雄圣湖纳木措北岸的雍仲洞中。她遗落的羚羊绒被部落的老者织成了塔塔，围绕在妃玛的脖子上，给了她一生的温暖。

悠玛王后安然地走了，就如同她承诺的，她用箴言护佑着部落。她在星空眨着眼睛，关注着她的爱人们，赤威在梦里与她相遇。女儿带着塔塔，在星空里看到她的笑容。

獒犬热那的伤也养好了，珞伽他们终于也要启程了，继续他们的使命。送别的日子到了，各个部落的族群都来了，大家往珞伽他们身上点洒着纳木措的圣水，用草原的花草给他们制作了花环套在脖子上。

头领赤威拍着珞伽的肩膀说道："还真有些舍不得，以后咱们就是联盟的兄弟了。很快也要入秋了，等你再回来时，我们迁徙到其他地方去了。但是我相信，有一天还是老地方见。"

"其实，我们一直很内疚。要不是我们进入到你们的领地，也不会造成王后……"珞伽说不下去了，泪水在眼里开始打转转了。

"我刚可以安然面对这事，你不能再火上添油了。"赤威笑着，取下羚羊角，从里面拿出了一个小的羚羊绒的袋子，"这是我的爱妻用她身上的羊绒做的袋子，是我们曾经的信物，很柔软和温暖。"

赤威轻轻抚摸着柔软的袋子，久久不能释怀。珞伽攥着赤威的手，"这是你的纪念，好好地留着。"

赤威强收住泪水，"不，我的爱妻留下的羊绒织物具有奇效，可以幻化成披盖抵御寒冷，也可以作为拯救之绳。这个袋子里面是用我的羚羊独角磨下的粉而做的具有奇效的甘露丸。等下你用那三个'德乌'的神石占卜出线路后，把它们一起放在袋子里，带在身上。"说着赤威拉过珞伽的双手，把羊绒袋子放在珞伽的手心里，珞伽紧紧地握着王后用生命换来的圣物。

"后面的路艰辛得很，还要经过很多考验。你们不是为自己去守护水源的，要用信仰和慈悲的正义之心去完成使命。记住用我的羚羊角做的13颗甘露丸，在紧急的时候可以用，什么时候用，自有命运安排。还有这个用我爱妻最珍贵的羊绒做成的袋子，寄托着她的神力，一定要好好保管和使用。"

"我们不知怎么才能报答你们，如果有一天完成使命，我们不论谁还活着，一定会报答你们的。"生死之战，珞伽已经有了悲情与面对的勇气。珞伽感动得不行了，他的双肩因为激动在颤抖。木祖和热那，偷偷抹了泪水，他们会怀念这里的。

"好了，让我们唱起'昌鲁'，欢送和祝福他们吧。"赤威带领着大家开始放声吟唱属于这里的"昌鲁"的歌调。

广阔的黑河草原上，珞伽他们沿着圣湖的浩大与蔚蓝，顺着纳木措闪亮的波涛，一路前行。他们的心跟随着"昌鲁"唱词中规律而密集的节奏，跟着唱词中感情咏叹时的宽放与自由而内心激荡，温暖涌动。

赤威拉着女儿妊玛和尼日的手，目送着他们远去。

"阿爸，我还能见到他们吗？"妊玛踮着脚，看着他们逐渐缩小的背影。

"会的，不管过去、今生，还是来世，只要一面之交，终会轮回再见。"头领紧紧地拥抱着两个孩子。

第四章 尸林迷阵，生死考验

　　沿着纳木措圣湖，珞伽他们顶着烈日继续前行。西北高原的草原一望无际，远处终年不化的雪山，一个接一个地映照在一汪一汪的水坑和湛蓝的湖泊中，倒映出风和日丽的美景。草木还算旺盛，不同的高海拔植物，供养了他们的生存。

　　旱獭这个与草鼠在高原草场竞争的对手，木祖刨地的本事和灵敏的嗅觉，总是让他能偷到草鼠们的屯粮，改善大家的口粮，尤其是美味的青稞。这也让草鼠吉瓦为防范粮食被偷，绞尽了脑汁儿，但他还是防不胜防。吉瓦也只有咒骂的分儿，"这帮死家伙，等把你们带到那目的地，让狼群干掉才好。我看你旱獭木祖还能霸占我们草场多久，哼！"草鼠咬牙切齿地暗自咒骂。

　　此时的季节已经开始立秋了，草原上迁徙而遗弃的动物尸骸，提供给了獒犬热那及时的口粮。再加上木祖会用青稞、野葱、蔓菁（元根）的炖煮搭配美食，他们反而茁壮了不少。

　　珞伽他们也走了几个月了，高原上最后几场的雨水笼罩在黑河草原上。天气变化很快，时而乌云密布，时而艳阳高照，时而雨水飘飘，时而冰雹倾泻。天气的快速变幻，丝毫没有伤到他们，让他们展现出高原适应的强大基因。在一场生与死的考验后，木祖主动伺候着两位英雄，做饭、梳毛、捶背、按摩，也让珞伽和热那享受到了出行的舒适。

但是每天清晨和入睡前珞伽练功打坐的时间，木祖和热那是从来不会去打扰的，他们静静地替他放哨，同时他们也按照上师的教诲，练着适合自己的功。

渐入秋夜，西北部开始有了寒气，海拔也越来越高。按照这样的速度和线路走下去，怕在这个缺乏食物的冬天前难以尽快到达神山。珞伽有些睡不着，他拿出三粒白色可以用作打火的德乌神石。这是他第一次深夜拿出来，在这漆黑的夜，神石从内部突然发出了透明的光，映照在珞伽的手上和周围，如同夜航的灯，给了迷茫中的指引。珞伽惊讶神石的神力，他立刻起身用神石在地上画出了一幅九宫图，然后把三粒神石抛在了九宫图上。

石头翻滚着，在九宫格里打出了"存在源泉"的幻析方位。珞伽根据所学，确认着极为重要而必经的位置是一座巨大的冰山。接着从三个石头内部发出光线的核心区，展现出三组不同的实景画面，如同身临其境。一座不可逾越的巨大冰川豁然出现在眼前，在巍峨挺立的冰峰之巅有着幽蓝的光源闪烁。这幽蓝之光却又变成红色的血色辉映着线路，从巨大的冰川-生命的禁区直线跨越，指向了另一石头。那块石头中展现出一片浩瀚蓝得如宝石的圣湖，然后线路却折进入了最后一块神石，那里面出现了一处圈圈点点的不曾见过的石屋，线路停在这里不断地闪烁，但是幽蓝之光又变成了红色。

根据上师的指导，珞伽一一辨认三个神石中显现的地名，"冰川一定是世界第三大冰川，普若岗日冰川，那里从未有人征服，动物们都是望而却步，绕行远去，但是这里却是生灵重要的水源地之一。可为什么，有平坦的路不走，非让我们翻越这个不可能翻越的冰川呢？这幽蓝和血色之光，难道又是生与死的抉择和考验，还是另有他意？那幽蓝之处是要拿到跟水源相关的什么东西吗？而且应该是成功拿到，并且携带它到了那片浩瀚如蓝宝石的圣湖，这圣湖一定是象雄最深的圣湖当惹雍措。那片圆圈的石屋，是不是师父提过的神秘石屋？线条在石屋这里不停地闪，幽蓝变成了红色难不成又会是一种警示，是提醒我们有危险的事情发生吗？哎，这么多的问题，都是一环扣一环，我怎么脑子还是跟糨糊一样。算了，不想了，该来的还是要来，人算不如天算呀，加油和努力吧。"

珞伽一边自语，一边恭敬地收起三粒神石，涂掉九宫图，进入梦乡。草鼠震惊地看到了眼前的场景，它迅速回到狼群总部，去汇报。狼群们除了守卫，都睡了。草鼠推醒了狐狸，告诉了他看到和听到的，草鼠不敢轻易去找狼王，他让达日去向狼王哈让汇报。达日来到最大的帐篷，她掀开帐篷的门帘一角，看到属于狼王的八角大黑牦牛帐篷中已经熄了火，她犹豫再三，最终还是怕误了机会，鼓足勇气走进了睡得正酣的狼王。

狼王突然一个挺身，用利爪按住了狐狸的喉咙。

"谁？"狼王质问道。

"是我，狐狸达日。我是向大王来汇报珞伽的事情，这么晚是刚刚收到消息，怕误了您的事儿。"狐狸断断续续，胆战心惊地说。

狼王一把推开狐狸，坐回到垫子上。狐狸讲述了草鼠的所见所闻。

"放着好好的路不走，非要去世界上第三大冰川穿越极冷的高海拔，饥饿和艰险这不是死路一条吗？至今无人穿越，难道让我们也跟着去死吗？还是要把我们引入歧途，置我们于死地。大王不能让他得逞呀！"狐狸达日故意愤怒疾呼道。

狼王咬牙切齿地挤出两个字："休想！"然后他低着头，开始盘算着。他沉思了下，踱着步子，来回走动，"不对，既然是神石指路，那里一定会有所收获，不会轻易让他们死掉的。何况神石指引冰川的圣物会被携带到圣湖，说明有人安全抵达，这是很有意思的事情，你们不觉得吗？这神石倒是魔法之器，看来可以预见未来。我要想办法得到它，这样就不用跟着这些乳臭未干的臭小子了。早早咬下他的头颅，挂在神山之上，提升我的势气，让他们成为我们口中的美味，成为我光复家族的证明！"

黑暗中，狼王的眼睛闪烁着红色的诡异，狐狸达日有些害怕。

"本王，非常感谢你和草鼠的忠诚。"

狼王步出黑牦牛帐篷，大声宣布："传令，升达日为我的参谋大臣，保证她的丰衣足食和安全。草鼠吉瓦，今后赏给他象雄万亩草场，不得侵犯。"

"是，大王。"黑夜中，狼群逐一传令下去，不得有误。

狐狸达日和草鼠吉瓦这一夜美美地睡了，他们殊不知，那场穿越冰川的极地之旅是何等的生死一劫。

按照神石的指引，珞伽他们进入到了普若岗日冰川附近的区域。这里海拔越来越高，长途跋涉，让他们有些气喘。但是这里的风景别具一格，一个接一个的湖泊，淡水的、咸水的连成了珍珠。众多的温泉，腾起热气，让渐冷的季节，增添了暖和。清爽幽蓝的天宇上，大团大团丰满如棉花状的云朵簇拥着，时不时笑脸相迎，时不时又调皮地泼下雨水。旷野总是没有边际，沧桑的高山泛着五彩的矿石之色。夏末转秋，这里矮小的草，在绿色中开始泛黄。看着大片被啃食的草场，珞伽判断这里居住着大量的同类和羚羊，他必须要找到他们，因为他知道翻越这座不可征服的冰川，他必须是有备而去，这些同伴们应该能帮到他们。目前珞伽无法预测生死，但是神石的指引，告诉他至少有人会活着去到当惹雍措和神秘石屋。不管是谁，他都要为信守的使命而战。

他带着木祖和热那，顺着羚羊和牦牛的蹄印，顺着他们啃草的方向，追寻而去。离远方的地平线越来越近，阳光开始倾斜，傍晚金黄色的余晖，洒在草场上，犹如童话故事一样的唯美。忽然眼前的景观让珞伽他们欣喜若狂，十几万头的羚羊、牦牛、原羊、野驴等，他们披着霞光一个家族接着一个家族，沿着泛着银色的淡水湖，嬉戏欢愉地跳跃、奔跑和汲水。家庭的美满与和谐，让久违的亲情之爱，升腾在珞伽他们心中，他们好想融入这份家的回归。这里绝对是动物的天堂，一个香巴拉，在这里可以感受到一种暗中的护佑。数量庞大的牦牛群用他们健壮的身躯，一望无际的羚羊们、野驴们用他们的智慧，齐心协力，共同打造了如此庞大的安全之所，狼王的部落、邦国根本无法进入。它们站在很远的山峦之上，遥望着那片被神力包裹起来的香巴拉，揣摩着下步的进展。

"大王，这里是人与动物较量的两股势力聚集的地方。我听我的家族说过，珞伽他们进入的区域是动物的极乐天堂，而冰川那侧是人类把守的地盘，那里的水源也是世界不可或缺的圣水。两股势力几千年来各自信守着约定，不跨越一步。"狐狸达日回忆着那曾经的历史。

"噢，这是为何，人类能守得住如此美味的粮仓？"哈让疑惑道。

达日叹了口气，"其实这个和我的家族还有关系！"哈让惊讶地看着达日。

达日遥望着远方，缓缓道来："2500 年前，这里有很多来自不同区域的部落，他们彼此依存混居于此，他们游牧而居，猎杀动物得以生存。而他们死后又通过陪葬羚羊、鹿、马头、牦牛头等动物来引导其升天。也因此这里视野开阔的平坦之地上分布着众多坐北朝南的巨石群，耸立的石头被称为'斯贝多仁'——宇宙之碑，一些古老的部落称它们为阿苏达（Asota），众多的阿苏达石头圈就是这些居住在高原西北的游牧部落的葬俗。这些游牧部落里的王、酋长或者地位高的族人去世后，部落中的巫师用游牧丧葬的仪轨，将他们的尸身葬入地下的石棺。然后填土，在土堆上放上一堆或者是成堆的石块。石块有时摆成圆形，有时则为方形或排成直线。一堆石块中往往有一块或三块较高的耸立着的石柱。如果有这三块这样竖立的石柱，那么中间的必定要高于另外两根石柱。如果在一个地方埋葬的人越多，那么竖起的石柱也就越来越多。但是总是有一个石柱是最高的，意味着他的地位最高。这些石柱都是冲着太阳升起的方向，代表着太阳的图腾。部落的人也会在石柱上涂抹酥油，来进行祭祀仪轨。几千年来，随着部落首领和地位较高的人去世得越来越多，竖起的列石逐渐就形成了一个个的列石阵，供奉着众多的灵魂。"

"说那么多墓葬跟冰川有什么关系！"狼王有些不耐烦。

"就是这些布成迷阵的列石墓葬会阻止我们到达人类把守的冰川禁区。"达日的眼中显出了焦虑与绝望。

"什么迷阵？"狼王急切地问。

达日没有回答狼王的提问，而是沉浸在回忆中，"人猎杀动物生存，又以动物献祭，从而达到投胎转世。被献祭的动物们的灵魂很多很多，终于有一天这些被祭祀的动物的灵魂不满死去人类灵魂的欲望，他们在托载人类灵魂之躯通过中阴界，让人类的亡灵投胎转世的中途发生了冲突。动物的灵魂阻止了人类灵魂的转世，把这些人类的灵魂禁锢在阴间，让人类的灵魂们也尝到了生不如死的痛苦。而这些动物的灵魂依靠着他们团结而具有强大反抗力的愤怒咒语冲出了列石墓地，附在活着的动物的身体上，指挥着他们对人类展开了血腥的杀戮。"祖先视死如归的反抗之举一幕幕再现在狐狸达日眼前，让达日忽然强大起来，她刚还侧着脸对着狼王说着，而此时她放下了对狼王的惧怕，她正视地看了一眼狼王，她的眼里闪现着豪情。

达日继续叙述，狼王没有再打断她，她的眼前出现了9根一字排开的巨大石柱。

顺着眼前的幻境，她紧张地诉说着："不远处附着死去动物灵魂的动物们向人类发射着利器，一只飞过去的利器，误伤了一只幼小的草狐狸。她痛苦虚弱地跑到石柱后面躲了起来，她蜷缩着身体，颤抖着。不一会儿人类的反击开始了，他们绕过列石的墓葬石柱，挥舞着打制的狩猎工具和拉着弓箭，夺回了被毁的家园。就在他们进行胜利的欢呼时，有人发现了这只躲在石柱后面受伤的小狐狸。他们把她倒挂在木架上，准备焚烧去祭奠亡灵。

"这时充满哀伤凄凉的草狐狸可怜而求生的眼神，触动了酋长唯一的儿子。他借口要调教这只小狐狸，让她成为他的奴隶而拼了命地把这只小狐狸保护下来，让她得以养伤痊愈。后来，在一个黑夜，酋长的儿子给了小狐狸拥抱和亲吻把她偷偷放归自然。

"小狐狸带着人类的气息回到动物界，愤怒的动物灵魂嗅到了人的气息，小狐狸说出了真相。善良也是可以震慑魔咒的，从此动物愤怒的灵魂不再指引着动物们的身躯对人类进行反击。他们通过小狐狸的传书，达成了动物与人类从此各不相干，不得跨越动物与人划分的疆界。

"高原联盟公认的，也是我们高原象雄本教信仰的师祖敦巴·辛饶米沃为了不再让动物成为献祭的牺牲，他倡导慈悲，他用酥油、糌粑等制作供品如朵玛／切玛来替代动物的献祭。

"大王，您看越过这里，远处无边之处就是竖立着无数石柱墓葬的地方，也被动物界叫做尸林。那里就是人与动物的界线，双方无人可以越过这片尸林，里面布下了诡异的咒语和迷阵。几千年来全部触线者亡。

"这些尸林是人类用阿苏达的列石古墓作为了壁垒，因为墓葬里留下的被禁锢的灵魂无法转世，他们充满着巨大的忧伤和愤怒，他们徘徊在布满石柱的墓地上，用咒语指挥着列石迷阵，狰狞着等待着他们的死敌的到来。咒语中告诉他们，当一个动物被杀死在这个墓地时，死去人的灵魂就会有一个转世。所以几千年来，这些恐怖的列石迷阵，也让动物界不敢跨越。"达日的眼睛充满了恐惧，她笔直的眼神忽然侧向了旁边的狼王。

"那只受伤的小狐狸就是我的先辈，而要去往冰川必须要穿越这片死亡的列石迷阵！"

狼王没有吭声，他转着圈踱着步子，突然大声笑道："跟着他们，就算看到他们死，也是我的胜利。如若天神真的帮助他们穿越尸林，此阵已破，我们不就可以不费吹灰之力通过了吗？哈哈——哈哈！"

就在狐狸和狼王的谈话中，珞伽他们已经和各个族群的朋友们打成了一片。

"嘿，伙计，你们从哪里来的？又多了玩伴，欢迎加入我们。"野驴可爱而憨厚。

"孩子们，看你们一身疲惫和尘土，一定从很远的地方来，赶紧到部落去休息下吧。"端庄优雅的羚羊们关爱着。

"看这一身英俊的毛发，还是第一次见呢，好让人羡慕。难道他是古辛们说的那个什么神？"小牦牛们看着珞伽一身纯色的白毛，异常兴奋地讨论着。

珞伽他们有些飘飘然了，走起路来都带着气宇轩昂，这引起了牦牛部落大力神嘎布的嫉妒。"他一来就夺取了我的地位，等着瞧，我看你什么时候栽在我的手里，让你颜面全无。"嘎布的内心在呐喊着，他攥起拳头，在珞伽走到他的面前时，晃了晃。珞伽他们感觉到了他身上与祥和气息相反的挑战。

"你好呀，哥们儿，开心点，我们是路过的，不是来和你争地盘的。"旱獭木祖圆着话。

獒犬热那不知道说什么好，他冲嘎布点了点头，友好示意，然后快步往前。

珞伽特意慢下来，他还是决定消除误会，"嗯，你好。"

"这是我们的大力神，嘎布。"一只青壮年的牦牛在跑过他们身边时扭头介绍了嘎布。

"哦，谢谢。"珞伽扬头，感谢着跑过去的同类，"我叫珞伽，来自智隆河谷，我来是要去普若岗日冰川的……"还没等珞伽说完，嘎布冲出了一句话："你说什么，你是要去献祭吗？"

珞伽有些糊涂了，转念，他觉得一定事出有因，就在他刚想问嘎布更多的信息时，嘎布急速往部落酋长的帐篷奔去。

嘎布喘着气掀开帐篷，"酋长，我来汇报……"他刚要继续，才定神看到他们很小的时候就从里象雄象雄请来的古辛已经坐在帐篷的中间了，酋长正和他说着什么。

酋长和古辛几乎同时清了清嗓子，神色凝重的酋长走过来，拍着嘎布的肩膀，"我正要和你商量，这是艰难的决定。"

"我大力神嘎布至今无人能抵过我这双可以搬动大山的双手，为了部落，不论决定什么，我都从命。"

酋长回头看了看古辛，古辛点了点头。

"你应该是看到了几位陌生之客吧，一只旱獭，一条獒犬，一头叫珞伽的白色牦牛。"嘎布有些惊讶，酋长继续道，"该来的还是会来，这是宇宙之力注定的。那位珞伽就是什巴贝钟钦波护法神化身的白色牦牛王子。他身负使命，去守护世界的水源。因为很快欲望和权力的厮杀要殃及我们信仰的源头冈仁波齐峰的神山之水。如果没有正义而有信仰的众生去守护这片极地雪域的净土圣水，那么邪恶之力很快会控制水源，暗黑之夜将笼罩高原，我们终将成为邪恶的地狱之奴，生生世世痛苦而煎熬！而你必须要护送他穿越冰川，完成我们牦牛部落的使命。"

酋长沉重地说完这些话，嘎布睁大着眼睛，张着嘴，惊呆在那里，此时帐篷里鸦雀无声，沉默无语。

"报，有三位不速之客要求见酋长。"牦牛武士进到帐篷屈膝微弓报道。

"噢！"大家回过神来，酋长和古辛赶紧迎出大黑牦牛帐篷，嘎布跟了出去，他的反应还有些迟钝，他确实要消化下这突如其来的信息。

"欢迎远方来的贵客。"酋长和古辛热情地与三位碰着额头。古辛用侍卫端过来切玛，敬天敬地敬贵人，这是最高的礼仪。嘎布僵硬地憨笑着。

珞伽三人被突然的热情和嘎布转换的截然相反的表情搞得有些晕，他们忐忑不安地被迎进了帐篷，盘腿落座在黑色牦牛绒编织的卡垫上。古辛被请回了地上用熊皮铺着的主座，酋长挨着他坐了下来。嘎布往珞伽对面席地而坐，僵硬的笑停留在他脸上，他闷闷地看着珞伽他们三人。

侍从端上了酥油茶、糌粑、拉拉、风干肉等食物，酋长示意他们用餐。已经饥肠辘辘的三人迟疑了一下，他们饥渴地用陶罐喝着酥油茶，从木盘里抓出糌粑，和着酥油茶把糌粑攒成团，塞了满满一嘴，鼓着腮帮子咀嚼。木祖爱吃甜食，他那边揪着好几根柔软香甜的拉拉，使劲地往嘴里送。热那撕下这里高原最有名的风干牦牛肉，口水溢出地咀嚼着，傻傻地嘟囔着："太美味了，酥酥的，好吃呀……"一不留神看到珞伽故作矜持的样子，他赶紧收敛下，但是依然控制不住自己对风干牦牛肉的喜爱之情呀。

他心想："幸亏不是你的肉，否则我下地狱了。好可怕呀！牦牛肉真是香，这一路净吃素了，体力都弱了。"

用膳完毕，珞伽他们说着感谢，打着饱嗝，提起精神，挺胸抬头地端坐在那里，开始与酋长和古辛交流。

"实在有失体面，酋长、古辛，还有这位仁兄嘎布，刚才忘了介绍我们，我是珞伽，他是木祖，他是热那。"珞伽有些脸红，不好意思地看了一眼嘎布，第一次见面，就成了没礼貌的吃货。

"嗯，这次冒昧地打扰领地，是因为有件事想要请教。想问下那普若岗日冰川怎样才能穿越过去。至于我们为什么要去穿越这座无人穿越的冰川，请允许我暂时保密，但是请相信我们，我们是去完成一件正义的使命。"珞伽真诚地请教着。

"我们都知道了什巴贝钟钦波护法神化身的白色牦牛王子。"酋长有些激动，他侧身看了下古辛，古辛微笑地点点头。

"这么说你们都知道了，好神奇，读心术吗？"木祖捂着嘴惊讶道。

珞伽和热那，也是一脸的蒙圈。

古辛捋了捋白胡子，开口说道："这是梦瑜伽的显现，天文历算的征兆、神授语言的耳传、象雄古语的箴言，让我和众多的古辛都感受到了什巴贝钟钦波护法神化身的白色牦牛王子注定会在人间降临和接受这个早就预言的灾难。你今天的出现，正是证明了预言，天时地利都对上了，唯有"人和"，那是需要你在世间去继续修行的，这也是你的使命，无人可替。"

珞伽激动得立刻起身双手合十给古辛行礼，古辛接着语重心长地说："在这个世间你是修行的众生之一，万不可投机取巧一时的神迹和神力，唯有精进智慧和努力，心存敬畏与善念，才是让自己虹化宇宙的能量大和。这一世，冈仁波齐峰上的天空将降下天绳，天梯将清晰地展现出来。无论灾难能不能化解，只要你走上天梯，抓住天绳，你就可以回到属于什巴贝钟钦波护法神的宇宙之殿，永生轮回在宇宙之殿的威力之中，成就宇宙护法之力。切记，这一次如果你放弃神殿的机会，下一次天绳的出现要在 100 万年之后。100 万年如果你的身心灵魂还在雪域极地高原轮回，你依然会经历在世的所有苦难、磨炼、生死、轮回、业力和障碍，当然也有幸福与圆满，你都要与它们同在。"

古辛用试探的眼神看着珞伽，同伴们和在场的所有人都在关注珞伽的回答。

珞伽不紧不慢地回道："感谢古辛能够如此理解我的身世，这是一次生死的使命，这一世既然属于世间，那就用世间成就自己，如果不辱使命，下一世我还会轮回在世间，只要这里需要我，这里一样是我的神殿。"

珞伽的眼前出现了他的阿妈、上师、父王，还有众多遇到过的恩人，包括那逝去的悠玛王后。

"哦，好的，如果你再次回归你的家乡，请给你的古辛带个吉祥的问候吧！"盘腿的古辛动动身子，往前探了探，俏皮地冲着珞伽眨了眨眼。

"您认识我的上师吗？"

"我们两个一起跟着我们伟大上师出徒的，他被雅隆河谷的蕃嘎六牦牛部落族裔请去传授象雄耳传大圆满之法，后来随着另一个河谷部落的壮大又去了智隆的地方。他和其他的古辛们从雅隆河谷到智隆等地成就了 37 个传法的道场，你们部族的智隆道场就是那一带最厉害的传法之地呀，是他亲历打造的。作为身穿蓝色深厚修法之人，他的智慧与法力在象雄古道上无人不知呀。我们曾经还见过一次面，他希望转世成智隆那里的大师，继续建造和守护他的梦想，也许有一世我们能在他转世后建起的智隆寺殿宇重逢。那是一座巨大浩瀚的城堡式的建筑，我可以看到那里的辉煌，也能感受到那里的毁灭。但是一切都是轮回，星星之火还是可以燎原的呀。他说过，一切随缘，努力而为，皆为存在，敬畏善念。"

古辛用强大的意念，在众人的面前呈现了一幅智隆河谷未来庙宇的辉煌而又毁灭的场景。还好终有一天枯木逢春，这里依然沧桑却盎然。珞伽他们看到了家乡的未来。

沉寂的展现之后，古辛再次发话："言归正传，珞伽你们这次穿越冰川一定是有上天的安排，否则这是一件不可为的事情。而且你们要到达冰川都要经历生死之关……"古辛将狐狸达日、草鼠跟踪汇报他们的事情，尸林界碑的故事以及狼王哈让的野心向珞伽他们真实道来。

"什么？！"珞伽他们听完几乎异口同声地质疑。

"啊，我的功力是最差的，肯定是第一个牺牲为人类灵魂献祭转世用了。我还年轻呀，我还没有享受过爱情呀……"旱獭木祖带着哭腔。

本来严肃的气氛被木祖的幼稚打破了，大家哄堂而笑。

"珞伽，我陪你去，有难同当，我不怕，就算献祭了，那我就在阴间也要帮你们。"热那掷地有声地说道。

"兄弟，我嘎布愿意一同前往，这份使命加我一条命，也是替你开个道儿！"牦牛嘎布真诚地看着珞伽。

牦牛酋长拍了拍珞伽的双肩，"为了这个高原的众生，我们牦牛部落愿意肝胆相照，千万大军听候你的调遣！"

古辛从地而起，从蓝色的长袍中取出一个黑白牦牛绒线编成的投石绳递给珞伽，"这个收好，这是我们游牧部落驱赶动物的投石神器，它更具有驱赶危险的作用，一会儿让嘎布教会你们使用。这根绳子具有自动收缩长短和增加、减弱法力大小的功能。但是需要持有咒语，等你们会用了，我再教你。请在这里准备几天，有些尸林的事情，我再告知你们一些，然后我看好天时，你们再出发。"

珞伽接过神器，他的眼里被泪水湿润了。在古辛示意下，他们走出帐篷去跟嘎布练习投石。

宽广的草原上，几个人开心地跟着嘎布练习，很多部落的牦牛伙伴凑着热闹一同协助。珞伽和热那用心、努力地加紧练习，他们都可以带着黑色牦牛绒眼罩，听辨着声音，迅速而利落地把牦牛士兵们移动的石头靶子击落。木祖可就没那么"友好"了，他戴不戴眼罩，都会将投石绳上装的石头，击中在牦牛士兵的身上，不一会儿，不少士兵就都被他误伤，痛苦不堪。

夜晚高原的西北部降温很快，珞伽他们感觉到了寒冷的逼近。还好酋长在黑色大牦牛帐篷中安排了用三块石头和黑陶土烧制的牦牛粪火塘，火焰光温暖地映衬在他们的身上，他们在厚实的牧草上斜卧着，美美地享受着。

木祖有些嫉妒地看着热那脖子上被古辛放置的神绳，带着酸涩的口吻说："兄弟呀，你们脖子上都带着神器，就我没有，明显就是让我去那个列石的墓葬'尸林'去替你们挡子弹呀，还说什么好兄弟？"

"热那的天职是驱赶狼群和守护部落的，这是他非常适合的法器，所以古辛虽然给了我，但是戴在了热那的脖子上。我的这个王位的托甲，也是家族传承给我的。还有这些羚羊绒袋子里的东西，都是有缘赠予，我相信你的法器在深深等着你的缘分呢。一定是一个巨大而深刻的缘分，否则不会这么久不出现的，相信吧。"珞伽安慰着木祖。

"有道理，说不准你的法器可以拯救我们的命呀，绝对是越厉害的法器，越深藏不露呀！"热那闪现着兴奋的眼神。

"呀，真的呀，我说嘛……天灵灵，地灵灵，我的福报快来吧。"木祖憧憬着。

火塘里的牦牛粪，"吱吱"地燃烧着，三个小伙伴舒服地躺在草铺上，他们双手背在脑后，透过这顶神奇技术编制的黑牦牛帐篷，仰望着繁星的闪烁。那么近的星星们，大颗大颗地缀吊在那里，似乎举手可及。安详的夜，大家都回避着明天去往冰川的征途，珞伽和热那都默念着神绳的咒语，大家逐渐睡去，那"尸林"一战会是如何，没有人知道。

清晨，属于西北部的牦牛部落，早早地进行了煨桑的仪轨，高原低矮的开着粉白花的灌木，提供了一种芳香独特的香料，在舒爽中，产生振奋。背水的牦牛们天不亮就背着牦牛皮的囊，去远山的溪水那边，背回了纯净的新水。所有的牦牛帐篷中用新的灌木煨桑，放上新的羚羊毛，敬完灶神，都生起了新火。远远地可以看到，此起彼伏的炊烟，升腾在旷野中。燃香的浓烈和用木桶打酥油的声音，叫醒了三个小伙伴。他们深深地吸着空气中浓烈的香气，伸着懒腰，开始洗漱。屋里士兵们轻轻地放了盛着清水的木盆，三个伙伴带着感激用新水清洗着倦意。当他们穿戴完毕，古辛、酋长、嘎布掀开牦牛帘子走进帐篷，他们身后牦牛士兵们将丰盛的早餐一一端进来，放在矮小的木桌上。

道过早安，大家席地而坐，围着火塘，享受着酥油茶和糌粑香甜的美味，吃着青稞烘烤的饼子，"咯吱咯吱"嚼着奶渣。当早餐结束，出发的号角在帐篷外吹响了，气氛开始凝重起来。

"孩子们，拿出你们的勇气与智慧来，生死由命，使命不负，号角已经响起，出发吧！"古辛用额头一一贴着他们的额头，酋长给了珞伽、热那、木祖、嘎布他们深深的拥抱。

古辛没有让千万的士兵随行，这不是一场战役，这是一场灵魂的对决。四个伙伴，告别了部落，大踏步朝着"尸林"行进。

他们白天急行，晚上宿于人类迁徙留下的溶洞。一路溶洞很多，里面奇丽的滴水钟乳石，各具造型。溶洞的岩壁上，用红色的矿物质，用简约的手法绘画着当时人与动物的混居盛景。牦牛、鹿、羚羊群居的场景，也有人类举着法器祭祀，拿着工具狩猎牦牛和鹿、羚羊的图画。更有很多与高原部落源起信仰崇拜的太阳、琼鸟等符号。

"人与我们到底是什么样的关系？是存在的本质，还是存在的思维。人既崇拜我们，把牦牛作为护法神，又要猎杀我们得以生存，还要把我们当作工具。而我们仅仅单纯地享受着草原的美味，贡献着灵魂和肉身，供养着人类。是生存的单纯高级伟大，还是生存的复杂高级伟大？"珞伽深夜思考着，"没有牦牛，人类是无法在高原繁衍生存的。人类在猎食和使用他们的时候，人性当中不忘初衷的敬畏，依然感恩比他们强大的牦牛之魂。而没有人类，牦牛依然是高原的守卫，生生不息，无人撼动。用我们的躯体和灵魂去供养人类，这不是超越本我的慈悲吗？而慈悲恰恰成就了人类的敬畏，拯救了人类的灵魂吗？与尸林的交锋，绝对是一场生死之战呀！"珞伽突然顿悟着，一路的焦虑似乎有了答案。而隔着不远的另外的溶洞，那里悄然跟着狼王、他的侍从将领、狐狸和草鼠，他们隐藏得很好，一直没有让珞伽他们发现。

第二天，珞伽他们看到一处有石头堆成的圆包上立有血祭的巨石，嘎布告诉他们翻过眼前血祭神山的立石，他们就会到那布满石镇的"尸林"了。珞伽他们喘着粗气，一路咀嚼着雪块，啃食着矮小而枯黄的牧草。他们登上终年不化的带雪的山顶，每一处山顶，他们念诵着"嗦——嗦——嗦嗦"，在神山上祈福着。

从山顶放眼望下去，在他们的眼前终于出现了那片密密麻麻呈放射状而又收拢于长方形回旋的迷宫，这就是恐怖而神秘的列石巨柱"尸林"。

嘎布指着那片尸林告诉珞伽他们，守护并掌管尸林的是一个名叫"圆满大海"的起尸鬼，需要先通过尸林的迷阵，才能有望抓住他，只要抓住他就能实现一切愿望，开启去往冰川的通道。但是唯一能看到他的办法就是在尸林里决战中一言不发，直到胜利之后才可以看到他。这场尸林之战异常艰难，万分惊险，所有同行的人都要在战役中一言不发，否则都会必死无疑，成为人类灵魂转世投胎的献祭，而我们的灵魂终将被困尸林，无法重生。

热那焦虑地对着木祖说："我本来就不爱说话，这个难不倒我。不过木祖我劝你捂着嘴巴，最好缝起来，否则大家都会因为你爱说话，大喊大叫而遭殃的。"

木祖受了刺激一样，回敬道："为什么要这样说我，你以为我想害自己和你们吗？"木祖有些哽咽。

"嗨，大家不要埋怨了，不是不说话那么简单，否则几千年来早就破了这个迷阵。迷阵不破，哪里去抓起尸鬼？"珞伽仔细地观察着这个辐射状的迷阵。

嘎布侧身赞赏着对珞伽继续说："你说得对，我们在沉默当中，必须要破解这尸林迷阵，走对了路径，才能找到那个名叫'圆满大海'的起尸鬼，抓住他，走出这个尸林，进入到人类的领地。只有他的咒语才可以打开通往冰川的道路之门。后面还有很多的障碍要过，是什么我们牦牛部落不知道，古辛说那是变幻莫测的命题。破解迷阵，抓住起尸鬼，尸林的巨石会自动落下，埋进土里，两界再次融合。"

"那些不能转世的人类的灵魂怎么办？"珞伽马上问道。

"随着石柱的落下，他们会进入不见阳光的十八层地狱，被阎王施以酷刑。"嘎布很是无奈。

"啊，太惨了，还不如在尸林中游荡。"木祖有些害怕。

珞伽沉思了一下，他专注地看着远处那片浩大的尸林，突然他顿悟了什么，他脱口而出："这是密芒迷阵，也叫多眼棋，密是眼睛，芒是很多的意思，又称眼睛的战争，是军事游戏。密芒的棋盘是纵横各十七道线路。由持白石的一方先走，对局前棋盘上摆好十二个座子，黑白各六枚，这十二个子位置固定不变。密芒没有让子。一方走错棋点，便没有了'气'，凡是没有'气'的棋子都要从棋盘上拿走。但是遇到对方提掉自己一子或数子时（如打劫），不允许立即点入己方刚被提掉子的地方去点死对方的棋子，也不允许立即在刚被双方提过子的地方'扑'入去反叫吃或反杀对方数子。凡遇到这种情况，己方必须先在别处走一手。须待对方在别处应一手后，己方才可以回过头来在被对方提过子的地方走棋，对杀时更要注意。"这就充分体现了慈悲。

"为什么白石先行呢？尸林和密芒跟我们到底是怎样的关系？我们该如何用密芒棋法呢？"木祖眨着求助的眼神急于知道答案。

"白石先行，也表示我们信仰的雪域高原本土象雄文化的白石崇拜。白石是灵性之物，它具有保护人们吉祥平安和惩凶除恶，消灾祛祸的保护神的功能，同时白石还具有判断丑美、善恶、吉凶祸福的预兆未来的功能，是区分光明与黑暗的灵验武器。如同我们小时候玩的从洞里摸石子，摸出白色的是吉祥。"

"还有所有部落、邦国崖壁上和建筑上立起白色的石块一样，应该都是属于白石崇拜的吉祥之意。"热那插了一句。

"是的。"珞伽微笑着朝热那点了下头，接着说，"尸林代表黑色之子，而我们将成为白色之子。密芒之法，我跟着上师修习过，这些古法和神秘的咒语之术是要结合而出的，由于时间很紧，我们没有办法去详细解答如何操作，而且尸林的棋法应该是非常厉害的，千年来，无人可破。因为穿越尸林需要沉默无语，所以我只有根据具体情况而通过手势、眼神、心语与意念的方法，告诉大家如何配合。大家一定要根据我的指挥，尽心而为。我们需要有6个白子，但是我们只有4个人，所以需要有法器帮助。那就是嘎布身上的法轮，嘎布你需要使用咒语，就可以让法轮在瞬间变幻出两个法轮，用速度占据棋点，帮助我们完成。"珞伽缓缓道出。

"珞伽你好厉害，从这么多巨石中，你都能看到迷阵的破解之法。这个密芒之术，从小你就喜欢玩，你还经常和上师对弈，有时把上师都击败了。看来穿过这个尸林，我们没有问题了。"木祖大舒一口气。

"其实最重要的不是我可以破解尸林棋阵，而是如何在必死之棋留下生路一条，减少凶残的杀戮、激烈的竞争。我们世代留下的密芒棋法的决胜之本是杀戮与慈悲的较量。不论灵魂好恶，都要慈悲为怀，即便我们每步胜棋，但是毫无慈悲的绝杀，也会置我们于死穴。所以遇劫杀对方之子时，必须要在别处应一手才能杀敌方。就是我刚才说的，密芒的杀子特点。关键每一个闯关的白石棋子都要齐心协力，心怀智慧与慈悲。有一步走错或者没有给对方应手提子，不论敌我都会损失惨重，或者全军覆没。"珞伽带着期待看着大家。

嘎布郑重地说："放心，珞伽，密芒之法我不擅长，但是我遵从你的指挥，为了高原众生我甘愿赴汤蹈火，在所不辞。"

珞伽有些激动地看看嘎布，然后紧锁眉头，看着热那和木祖。

"就算我是神，我相信神也不是万能的，宇宙赋予每个生灵每个能量都是有使命的。下错一步，或者我们配合出现了闪失，意味着失败和死亡。如果我们死了，就让我们为那些愤怒和哀怨的尸林灵魂承担他们曾经的无助和悲伤，让他们飞去光明，能够重生，唤醒他们曾经拥有的温暖和幸福，共同守护这片净土的家园，这样我们死得也值得。"

珞伽和嘎布紧紧地拥抱着，热那和木祖带着同样的信念与他们拥抱在一起。是生是死，都是一种重生，让重生的光明照亮所有的黑色之域，让轮回的世界更加温暖。他们义无反顾地冲下雪山。

就在他们冲到尸林面前时，突然乌云密布，强大的杀气阴冷之风，骤然而起，几乎要把他们掀飞。在珞伽和嘎布的帮助下，大家都抵御住暴风定住在巨大的风中，而此时尸林出现了"吱吱"的诡异的移动。

"尸林开始布阵了，大家听我的口令，集中智慧和速度，保持沉默，万不可出声，更不能延误时间，我们只有13步棋法，生死与胜负攸关。法轮开始幻化！"珞伽快速下令。

"啊嚖嚖，啊啊嘎，啊列罗，啊羊嚖德。"嘎布念诵咒语。他身上佩戴的法轮瞬间变成两个太阳的火轮，按照珞伽的定位飞驰而去，准确落在布阵的棋点上，其他人按照珞伽的指引分别在一望无际的尸林中借着尸林移动的阵法定位在各自的位置上。

尸林开始涌动和震颤，带着"轰隆""吱吱"等声音的尸林布阵法，在阴暗的光线下显得如此恐惧。竖立的而阴郁的灰白色巨石如同黑石棋子，黑石要赢，必须在石阵上摆出一些固定的棋形才行。珞伽迅速辨析着巨石的移动方位，巨石移动后呈现了另一种密芒法，是13路棋盘，黑方在白方不少于13个子之前，摆出了"三排军队"等各种图形。大家抵御着飓风，嘎布用意念指挥着法轮，其余人抓着巨石，用珞伽嘱托的暗语，在尸林的巨石移动中，跳跃到准确的位置，变换着应对的棋法。他们也使出了打枪、裕裢、三碧、四碧、转拉萨、转棍、卡子、哈木等布局和棋法。

突然，一处巨石发出了碰撞之声，大家顺着声音一看，热那被巨石夹紧了，而且巨石正在逐渐缩小空间，热那的呼吸受到了压迫，他显得很难受，但是他使劲仰着头，用上扬的眼神告知大家，你们不要管我，继续前行。大家都显出了惊恐之态，看向了珞伽。

珞伽走错了一步，他连自责的时间都没有，珞伽知道作为黑石的巨石迷阵会在另一处应对一手，再提子，才能把热那吃掉。他义无反顾地奔向热那去救他，而他离开棋位的同时，作为白石布局的他开始出现了漏洞，巨石阵的黑棋开始包抄珞伽，巨石移动的声响强烈警示着珞伽他们。木祖捂着嘴，快要憋不住惊恐了。嘎布用手指着珞伽回去。热那绝望地看着珞伽，流出了眼泪，但是他依然用尽气力让被夹得紧紧的手，努力地示意珞伽不要靠近他。

珞伽顿时清醒，他不能再错了，他立刻调转身子奔回原处，同时示意木祖跳到下一个棋位。而那边，巨石吞没了热那，悲伤的泪水滑过所有人的脸颊。突然，包围热那的巨石崩塌，被压迫窒息的热那奄奄一息地晕倒在那里。

"这是怎么回事？"悲伤还冻结在每个人脸上，但是瞬间大家都不知所措地高兴起来。珞伽明白了，他用意念告诉大家，是因为人类灵魂的愤怒和急功近利地取胜导致毁坏了棋法先应一手，才能毁掉对手白棋的规则，也就是他们没有让巨石的黑子在提子前到另一处应一手再提子吃掉热那，所以应验了咒语，失去慈悲也就是失去机会。布控尸林挟持的巨石灰飞烟灭了，因此热那在人类灵魂的愤怒、功利中得救了。

但是由于刚才珞伽的失守，导致白石他们这一方对角两个星位的座子和天元均被巨石黑子吃掉，白石这方要给对方增加 25 个棋子。这十二座子与宇宙天体十二宫有关，为人类灵魂同时增加了轮回能量之力。瞬间作为黑石的巨石增加了很多，留给珞伽他们的空间越来越少。而此时热那逐渐清醒，恢复了体力，大家示意着鼓励着他站了起来。

还剩下4步棋了，因为刚才的失守，他们已经损失了25个棋，这最后4步棋法必须成功，他们才可以通过尸林。珞伽记起了和上师对峙的八宝吉祥图，这是一个特殊的规定，也是胜负的计算关键。他需要做活一个歌功颂德子后，而形成八宝吉祥图案的某一种（宝伞、金鱼、宝瓶、莲花、白海螺、吉祥结、胜利幢和金轮共8个），就会在原有的数量上加8个棋子，刚才已经损失25子，因此必须做活4种吉祥图，1种吉祥图可获8子，4种得到32子才可以获胜。珞伽屏住呼吸，聚焦在图形的布局上，他小心翼翼地指挥大家和风火轮在棋位上迅速奔跑占位。

大家的体力与智慧、意识都在透支着，在快要结束时，最后的4步棋法中，终于宝瓶、白海螺、吉祥结、法轮图在尸林中夺目而出，阴暗与狂风被强烈的阳光瞬间豁然扯开。

就在一切风平浪静的时候，一阵阵阴森恐怖放浪的大笑打破了难得的寂静，珞伽他们刚相视一笑的笑容僵在了脸上。

一副无比巨大多臂的白色双人形骷髅骨架从地下突然升了起来，骨架支撑的巨大骷髅人的腹部生出了另一个骷髅人，如同双修的两具骷髅人合二为一。两具白色骷髅的头骨都带着8个骷髅，狰狞地看着他们，每张白色骷髅面骨上三只深渊般的血色之眼，喷射着鲜血的火焰。这个怪物张开硕大而丑陋的含满着血的大嘴，粗野地呼吸着，带着血腥嗅着身边生灵的气息，似乎瞬间可以将他们吸进肋骨嶙峋的身躯中湮灭。这个畸形怪物挥舞着锋利坚硬而又尖又长又脏的指甲，多臂白骨爪举着骷髅权杖和装满血的骷髅碗蔑视着他们。所有人都知道了，这就是"圆满大海"起尸鬼。

怪物滚烫而血腥的血气，撩着珞伽他们惊讶但坚定的身躯。突然起尸鬼收起狰狞的面孔，用怪声诱惑着和讨好着跟珞伽他们开口说话，"你们知道这里有宝藏吗？数不完的黄金呀。而得到是要付出血的代价的。"

说完起尸鬼那只拿着满血的骷髅碗准备倾斜，要把血水倒在珞伽他们身上。血水沾身，将是致命的，点血成金，会埋入地下，成为终极的诱惑，古老的魔咒即将应验。

珞伽使劲用眼睛、表情和手势会意热那绕在脖子上的"投石绳"。说时迟，那时快，热那神一样的理解，刹那抛出投石绳，拴住起尸鬼拿血碗的白骨手。同时珞伽迅速给嘎布、木祖使了眼色，他们瞬间飞跃过去，嘎布拼命用力气压住起尸鬼的双身，热那用神绳的另一端在木祖的帮助下，将起尸鬼的多臂打结捆绑。珞伽飞跃而起，忍着被起尸鬼嘴中喷射火焰灼伤的痛楚，在起尸鬼被捆绑大叫的瞬间将一颗神石塞进了起尸鬼的血盆大口。珞伽即刻念起咒语，血盆大口的血浆和起尸鬼眼睛喷射的火焰冒起了熄灭的烟灰。拼尽所有的气力，他们终于降伏了起尸鬼。喘息的声音在沉静中涌动，突然，尸林中全部石柱下沉，周围一片一望无际的开阔，但是空气中弥漫着众多哀嚎的声音，然后沉寂于地下。

大家的心揪了一下，胜利了，但却是人类魂魄无法投生的悲哀。

"你们抓住我，不就是让我帮你们实现一切愿望吗？但是我告诉你们，只能完成一个愿望，多要求一个，你们套住我的法力会消失，我会把你们重新置于尸林的。哈哈——哈哈——"冒着灰烟的起尸鬼狂笑着。

就在大家等着珞伽让起尸鬼打开去往冰川的通路时，珞伽说出了让大家震惊的要求。

"圆满大海，我们希望巨石再起，让那些去往地狱中的人类灵魂投胎重生！"珞伽送出了尊敬而坚定的声音。

起尸鬼灰黑的骷髅之眼突然掉出两个红色的眼球，很快又收回到那深不可测的骷髅眼眶里，珞伽的伙伴们跟着惊呆在那里。

"确认这是你们的要求！有些出乎我的判断。你们知道后果吗？下地狱的将是你们呀，我数三下，不改变主意的话，我就会把你们死死压制在这片尸林的下面，与我共眠，免我寂寞，尸魂不怕多，哈哈！"起尸鬼不怀好意地大笑起来。

"珞伽，你要干什么……收回吧，我不想死，全完了！全完了！"木祖痛苦地闭着眼睛。

"已经不能更改了，只有一个要求，不可以呀！"除了震惊，热那实在不知说什么。

"你背离诺言，使命全都毁了！"嘎布的胸口一紧，憋闷而低沉地喊叫。

焦急与无助的气息弥漫在死亡的氛围中。

珞伽坚定地回答："不变，我相信慈悲的力量！"

"一——"起尸鬼诡异地看着珞伽，拖着长声数着。

"二——"时间近乎窒息。

"三——"当三被清楚地念出后，珞伽他们的大脑如缺氧般停滞在那里。

"吱吱，咯隆——"无数的巨石柱从地下冒出，随之而来的是人类各种灵魂的喧嚣，激动、欢乐、惊讶、迟疑……压抑许久的尸林中人类的各种情绪从四周升腾起来。阴郁的氛围立刻化为蓝天白云的明媚，人类的灵魂终于逃出了尸林的魔咒，他们四散开来，寻找自己的下一世。山谷的那边响起了很多婴儿的啼哭和人声鼎沸的欢呼，而同时珞伽他们都因为高兴和感动而流下了泪水，他们不知不觉地被往地下拽去。

当灵魂千年的哀怨与痛苦被重生瞬间化解，当被奴役和囚禁的灵魂终于可以与亲人相见，这种感天动地的喜悦和感动让天空裂变出一道强烈的光束，在光束外又形成了七彩的圆环光晕，直射珞伽他们的身影。圆形的光晕套住身影后，一股强大的神力将他们正在下陷而即将被吞噬的身体拔了出来，凹陷的地面瞬间恢复成平地。起尸鬼和珞伽他们被发生的事情惊呆了。

一个声音从天宇而降，带着回音："这是一场慈悲与杀戮、毁灭与重生的考验，宇宙的黑洞后面终将是光明。你们创造了自己的重生，出发吧，为了你们的使命。起尸鬼，你和你的附体是天神赋予你们的双修，是让你们成为融合之力，更是让双修之身的融合，产生慈悲与智慧。从今天开始，你就在此地修行，既然享有圆满大海的称号，那就修行耳传象雄大圆满法吧。带给那些你曾看管的灵魂们慈悲与智慧的重生吧。"

起尸鬼恭敬而忏悔地跪拜在地上，双手合十敬畏上天，说道："遵命天神，我世世代代守护圣土直到修行圆满。"

"感谢天神的护佑，请接受我们的跪拜！"说罢，珞伽带领伙伴们同时跪地不起，顶礼膜拜天神。

"记住，法网恢恢，天眼不漏。心知、天知！"光束突然消失，珞伽他们眼前出现了一口热气腾腾的喷泉。

"这是通往普若岗日冰川的喷泉之门，水的热度很烫，我身上的阴气很重，所以我跳到滚烫的温泉中，可以平衡水的温度，这样你们通过它才可以到达冰川。"说着起尸鬼跳到了喷涌着热浪的温泉中，立刻冒着滚烫泛着热泡的温泉水，变得如镜子一样平静光滑。

珞伽他们拱拳感谢了起尸鬼，珞伽收回了熄灭起尸鬼嘴里火焰的神石，再次祝福起尸鬼功德圆满。然后他们顺利地蹚过喷泉，往普若岗日冰川前进。

尸林一战，珞伽他们踏平了路途，通往冰川的路再也没有阻拦。人与动物的疆界打通，狼群也顺利尾随通过。

第五章 穿越禁区，冰核圣物

当尸林之界轰然倒塌的那一刻，西北部的高原再次呈现出蔚蓝的天宇，缀在天边大朵的白云，碧波荡漾湛蓝的湖泊，大地恢复一派生机。动物们奔腾在极地的旷野中，经过珞伽他们身边的生灵与他们打着招呼，生灵们唱起跳起了黑河草原的啦鲁。载歌载舞是游牧族的传承，四周悠扬起灵魂们追逐重生的欢乐之声。

当然和平与和谐在此时包容了一切，狼群趁机而行。在一片繁华的生机中，它们悄无声息地喂饱了身体，在狼王的带领下，狼群训练有素，它们低调而行，压着气势，跟在珞伽他们身后伺机而动。

其他的生灵和部落逐渐远去，众多部落的友人们遥望着珞伽他们远去的方向，目送他们的勇士，当然他们也惊恐地看到了狼群不可思议的低调尾随。在这样一个极寒之地的禁区，这些不同的部落只有给予珞伽他们祝福，祈祷他们成功了。黑河各部落的牦牛们用特有的喘息低吟，在冰雪旷野中向远去的珞伽他们传递祝福，同时带去狼群尾随他们的不安。

珞伽他们根本无法躲避狼群跟踪，白雪漫漫的冰川，白天他们的身影在晴朗的阳光和雪的辉映下，清晰可见。爬得高了，他们和狼群往往相互注视。其实他们之间还是保持着相对较远的距离，狼有他们的打算。在这空旷的雪地荒原，就剩下他们两支队伍的较量时，珞伽他们能够清楚地听到狼群挑衅的嚎叫，震撼着雪域，残酷和血腥的兽性，始终围绕和威胁着他们。珞伽他们知道形单影孤的他们处于冰寒极地的被动局面，势力和给养不平衡，他们不能让自己去强行面对排山倒海的狼群围攻。为了减少不必要的伤亡，他们动着脑子，绕着冰群的沟壑和冰川的坡形遮挡行进。在保持体力的同时，将步伐加快。他们节约着携带的给养，按量补给。

皑皑白雪之地，冰川林立，雪山连绵，即使没有寒风的日子，呼出去的气体也会凝结成冰碴糊住眉毛、眼帘和嘴部。随着海拔的不断升高，氧气的不足，让大家的脸憋得泛紫，眼睛里布满红色的血丝，心脏厚重而沉闷的窒息，使得步履如坠上石块一样沉重。除了地球两极的冰川南极和北极，这里就是世界第三极，高海拔稀薄氧气的普若岗日冰川的所在地了。

这些众多天然而巨大的沿地面运动的冰体，常年积雪，经过压实，重新结晶，再冻结成冰，浩瀚连绵，宏大而壮观，但是终年积雪的冰川之禁地却是世界重要的淡水资源。这些傲然巍峨的雪堆和高山冰川，无法探测冰雪的厚度，时而没过腿部，时而掩埋身躯，大家拉扯着费劲地前进。冰层雪层混合着，踩上去会发出"咯吱、咯吱"的声音，雪层太厚，就会把声音闷在雪层里，有种深不可测的诡异，有时寂静到只有自己的呼吸和空间的回响。冰层的打滑，是非常危险的，一不小心就会掉入深渊般的冰谷，摔伤甚或死亡。冰层也会断裂，越往上爬雪崩的降临也是时而光顾，巨大的冰雪块瞬间轰塌，让他们措手不及。所以他们更不敢大声说话，生怕惊动了山神，让雪崩掩埋他们。狼群同样担心雪崩的危险，他们渐渐减少了威胁的嚎叫声，狼王根据地形和天气指挥着他的部队。听天由命的感觉此时此地淋漓尽致地让所有的亲临者倍感压力。

爬上冰坎，越过一个个白雪茫茫的状如盆地的雪盆、冰洞、冰斗等冰川的地形，越是接近普若岗日冰川的主冰群，周围的气温越是迅速降低。身上挂着冰雪，大家依靠着自身的抵抗力努力地抵挡冰冷的寒气。旱獭木祖披着路过的羚羊送给他们的羊绒毯子，蜷缩着身子躲在嘎布背上的牛绒袋子中，有时换到珞伽特制的披风中，有时神力的羊绒毯子也无法完全抵御世间的寒冷。他根据自身的需要保持着冬眠的状态，节约着体力，平衡着身体的温度。獒犬热那身上的皮毛不够抵御如此的寒冷，加上肉质食物越来越少，他的体能有些跟不上了。他脖子上缠着神绳，总算还可以依靠神绳带来一些热力，他不断念诵着咒语，用意志调动着体内的热气和能量。随着冰冷不断地击打着他们的体魄，大家知道极地最大的主冰川会很快出现在他们前方，接下来谁能平安度过这个世界禁区，只有天知道。

普若岗日冰川群的浩大，似乎无法企及边界，高大的冰川由无数的大大小小的冰川群组成，为众生提供着重要的水源。这里停滞在白色的冰雪世界里，稀薄的空气让蓝天没有了距离感，似乎触手可得。清冷而寂静的冰川，安静到所有生灵的喘息声都可以互相感受到，即便有些距离，也好像近在咫尺。

但是冰群的美丽与恶劣的环境又形成了对比，冰雪在清宁的阳光下折射出浅幽蓝的神秘，冰河随着阳光的角度，辉映折射出不同的色彩，金色、浅红、粉色、橘色，甚为好看。多姿的冰蘑菇冰柱体让这个冰川世界多了变化。晶莹剔透的冰挂，错落倒挂在冰洞中，大自然的艺术设计让这个冰雪世界如此风情万种、奇妙旖旎，口渴了大家都不忍掰下它们当水喝。白天阳光的照耀下，雪层的厚重和浮雪松软撩起到脸上，有种轻柔温暖的感觉，如同被鹅绒层层包裹。雪线以下的冰舌长长地延伸到山谷低处以至谷口，如同流动的雪河，在光线下如钻石般晶莹闪烁。

狼群在狼王的带领下狡猾而机敏地顺着开路者的成果，沿着珞伽他们踩出的脚印，开出的雪线保持着距离，紧跟不舍。草鼠吉瓦哪里经历过如此艰难的环境，他的眼睛上戴着从黑河草原牦牛部落偷来的黑色牦牛绒眼罩，用来防止白雪反光对眼睛的刺激，没有这眼罩，他难以应付雪盲，更难以像旱獭木祖一样，用半冬眠的方式让自己入睡抵御寒冷。他蜷缩在被狼群拉着前行的牦牛皮袋中。这些牦牛皮袋是狼群将体魄强大的牦牛吃掉后，把他们的皮子去毛，晒干，进行原始鞣制处理，再用粗羊毛线缝制的厚实而坚固，具有柔韧性的储存袋。狼群将干肉、酥油、茶叶、干草、沿途死掉的其他动物等东西储存在里面，长时间不会变坏受潮。这些坚固的皮袋子被狼群一路拖行，挺进在冰雪世界里，如同羊皮筏子在海上排列而行，场景甚为壮观。

草鼠和狐狸本不是一路的，狐狸世代把旱獭、草鼠等作为囊中美味，这次为了各自的利益才走到一起。粮食充足的时候，草鼠知道他和狐狸是盟友，等关键的危险和饥饿到来，他恐怕在劫难逃，所以草鼠吉瓦始终提防着狐狸达日的动态，他不敢睡死。吉瓦讨好地为狐狸达日和拉着他的狼寻找着越来越稀少的动物残骸和冰川硅藻等植物。牛皮袋里的粮食没有狼王哈让的下令安排，谁也不敢分食。

　　草鼠吉瓦像一个奴仆一样主动讨好给士兵们递上给养，甚至喂食给他们，这是为寻得自身的安全和生存的最好办法。这样下来吉瓦比旱獭木祖累多了，不得安宁，稍有闪失，自己就是狐狸和狼群的进口美味。在这世界第三极的冰川，两支队伍都在风雪中艰辛地前行，尽管很多时候雪下得很大，遮盖并冻住了双眼；凛冽的寒风撕裂皮毛捶打双腿；稀薄的氧气，让心脏窒息，但是狼族也好，珞伽他们也好都是高原的战士，没有退缩，这是一场绝地求生的荣耀之战。

　　极地的寒冬来临了，只有狼群和珞伽他们是鲜活的，路上其他动物在此绝迹，连鸟都规避了主峰一带，哪里还有冻死的动物遗骸呢？尽管干肉、生火的干草等储备是丰富的，但是在遥远的路途中，在极寒的气候中，随着海拔和冰峰的不断升高，为了抵抗寒冷，狼族的士兵们需要更多的肉食来充饥，需要更多的干草来取暖，为了庞大狼群生存的需要，避免给养快速消耗殆尽，狼群早早开始了配给制。

　　狼王下令士兵把一路冻死、病死的同胞分割装到皮袋子中，补充给养，继续拉着前行。雪地拖行的皮袋子在减少，速度在减慢，因为狼群在冰川残酷的生存中不可避免地进行着生命淘汰，狼群士兵的数量在减少。高原的生灵们都知道，在绝地求生中，甚至于连冰川的硅藻植物都要进食。跟着冰川的升高，氧气更加稀薄，狼群们喘着粗气，嘴唇出现黑紫，他们放慢了速度往上爬，时常有狼打滑或者体力不支连同袋子一起滚下冰山，惨叫声不绝于耳。狼王哈让意志坚定地红着眼睛，嗅着珞伽他们的气息保持着距离追踪着珞伽他们。哈让知道，目前不是对决之时。他担心离得近了会控制不了狼群围攻珞伽他们，过早地铲他们，就断送了通过危险冰川的这些有力的探路者，反而会增加狼群的危险，毕竟普若岗日冰川是生命的禁区。

要想越过普若岗日的冰雪禁地，其实没有谁有把握，但是他们知道不论如何总是会有人抵达目的地，因为神石指向了这里又指向了下一个目的地——一片石屋，虽然生命延续在那里出现，但是好像还会发生什么难以预知的事情？

所以到底是谁最终跨越冰川目前没有答案。这边嘎布、木祖、热那暗中祝福着珞伽，因为他是下到凡间经历考验的天神，珞伽的使命是要拯救宇宙的生灵呀。珞伽却虔诚地，默默祈祷伙伴们安全抵达下一个目的地。

极白的冰川世界，白天冰河在阳光的辉映下，折射出波光粼粼的灿烂。冰川高度的变化，时不时地让两个队伍互相遥望。狼王根本不去想狼群还有谁能跨越冰川，他只坚定自己的胜利，他一出生就具有狼族的血气和护佑。为了狼族和自身的荣耀，不惜牺牲狼群也要达到神山之巅，得到他雪域之王的权力。他坚信狼族是不会死的，这是天意，这是存在的敬畏。这个世界需要残酷的势力，他们拉扯、纠结，却又共存，宇宙的光明和黑暗，二元的色彩，白与黑，善与恶一个都不能少。

深夜的寒冷和空洞的寂静是最难度过的，伸手不见五指的夜幕，让大家不寒而栗，生怕冻死、病死在这个极地。珞伽使出力量将象雄大圆满的拙火功演练出来，抵御着寒冷，为伙伴们御寒。这神奇的拙火功可以让修炼者披上七层的衣服，跳入冰河中，出水后用此功可以将七层的湿衣靠自己体内修炼的热气烤干。珞伽使出拙火功的功力，让四周散发热气，帮助热那、嘎布、木祖他们得以在羚羊绒袋子幻化的披盖保护下安然抵御住普若岗日冰川的寒冷。然而珞伽知道少量食物的维持，在大量体力的消耗下，自己的体能迅速透支，热气覆盖的区域和热度已经越来越小，他开始渴望进入到狼群那里去偷干草和吃的。他抬起头往下望去可以看到狼群用打火石生起的一堆堆的火，狼族们用势气挑衅着势单力薄的珞伽他们。这珍贵的给养对于狼族犹如生命，他们步步设立岗哨，看守十分严格。

"唉——不能冒险，机会渺茫，还是尽快再找冰川硅藻吧。"珞伽心里无奈地劝慰着自己。

今晚珞伽始终睡不着，忽然他的斗篷里装神石的袋子透出了闪烁的光晕，他迅速拿出那块发光的神石，神石继续发出闪烁的幽幽蓝光。他赶紧用手反握，怕深夜的光晕引起远处狼群的关注。很快神石中慢慢形成了普若岗日冰川最高的巅峰之顶，那上面居然有一处淡淡的蓝光闪烁，与神石蓝光闪烁的频率一致，而很快那巅峰之处的蓝光闪烁瞬间变成了一个极美而透明的呈非线性，且呈角形的冰核，在冰核里面呈现着源源不断的，汹涌回旋的洁净之水。

惊讶的珞伽顿时豁然开朗，他即刻顺着神石所示往上寻去，当他找到那巅峰之处的神秘之光，他小声脱口而出"就是它！"

沉静的深夜，这微小的声音还是惊动了大家。

大家睁开好不容易进入睡眠而被冰雪覆盖的眼睛，在神石带来的一些光晕下，他们看着珞伽。

晚上声音大了会惊动狼群，珞伽用指头在嘴上示意，"嘘"了一下，让大家聚拢到他一侧，看神石里呈现的画面。然后他用指头指向上面巅峰之处淡淡的幽蓝，伙伴们震惊地看到了与神石里现显一致的情景。如果没有与神石闪烁的频率一样，还真会误认为是月光的光线交替。

"那一定是神石指引我们来的目的，要攀登到那里，取得高原的水源冰核，放到冈仁波齐峰上，才可以让生命之水永不枯竭，没有这个冰核，也就失去了我们保护冈仁波齐的真正意义呀！"珞伽压着声音兴奋地说道。

"太激动了……"嘎布一下子拉高了声音脱口而出，木祖马上去捂他的嘴，可惜手小嘴大，还是让声音漏了出去。静默的深夜中除了狼群篝火的"噼啪"声引起的黑夜诡异，嘎布的响动还是引起了狼王的警觉。

哈让冲出帐篷，扬起头冲着上面珞伽他们所在的位置，急促而凶残地"嗷嗷"嚎叫了几声，接着狼群大震，狼嚎声响彻天宇，冰川的雪块被震动着，发出了松动的声响，随时有雪崩的危险，狼王赶紧下令收声。

此时，珞伽他们也是一惊，他们小心地平衡着身下的冰雪，不敢乱动。大家紧张地挤到一起，凑得更紧了，反而容易听到珞伽压得很低的嗓音。

"狼群放着旷野的美味不顾，跟随着我们到这极寒之地，又不向我们进攻，狼王哈让很聪明，他们想利用我们作为开路者，避开前面不可预知的风险，然后跟随我们找到冈仁波齐的水源和冈仁波齐的天门之处，然后夺取水源的控制权，涂炭生灵！这就是古辛警诫我们的：暗黑之夜即将来临的原因呀！"说着珞伽握紧了神石，生怕被谁抢了去。

时间在这一刻的警醒中停滞了，周围安静异常。很快珞伽缓过情绪，他缓慢地张开手，平稳地托住神石，恭敬地注视着它，那就让它照亮这个暗黑之夜吧。已经没有什么秘密可言了，他们逃不过狼王的尾随，那就勇敢地面对，这是一场善恶的较量。

下面的狼王、狐狸、草鼠们也注意到了神石的色彩变化和巅峰之处的微妙关系，他们心中都在揣测，而且猜得八九不离十。

"这太糟糕了！"一路因为缺氧和肉质食品的稀少，心脏有些异常的热那，喘着气，紧张地挤出这句话。热那出生的时候难产被窒息过，在古辛的治疗和训练下茁壮成长，冰川氧气含量的骤减，大量体力的消耗，考验着他心脏的极限。他捂着胸口，深深地呼吸着，从稀薄的空气中吸取多一点的氧气。寂静中，大家听到热那心脏沉重地跳动，心疼地注视着热那。

珞伽的心酸酸的，早知道会经历如此致命的冰川禁地他绝对不会让热那跟着。他搂紧了热那，"是有些糟糕，狼在草原上是残酷的。古辛说过狼有三大特性：一是狼的神之特性，在我们传承的象雄文化中，主张万物有灵，狼所具备的本质是狼神所赋予的，所以狼具备着神灵之位；二是狼的害之特性，象雄本教主张上祭天神，下镇鬼怪，中兴人宅，用色彩来表现。白色代表天神，黑色代表鬼怪，红色代表人宅，而狼是由一种黑蛋孵化而成，因此它对人及其他生命都极为有害，成为下镇鬼怪之列；狼的第三特性是'声之特性'，狼的嚎叫声十分独特，人们认为他从全身五孔中同时发出九种不同的声音，我们象雄古老的传统认为，听到狼嚎声说明灾难要降临。"

旱獭紧张地钻进珞伽的斗篷伸出脑袋，他哪里还有一丝的睡意？！

"怪不得狼王哈让那么厉害，他也是众神之一呀！我们该怎么办？"嘎布有些沮丧。

"要不然你们快些走吧，别被我拖后腿，这里的海拔和寒冷已经到我的极限了，我的身体有些吃不消了。我来拖开狼王他们的线路，你们快点离开，毕竟牦牛是高原雪域耐寒耐缺氧的尊胜佛，我是有自知之明的。我选择了来这里是我的使命，我相信不是所有的使命都是圆满的。神石告诉我们总有一个会穿越过去达到目的地，不管牺牲我们其中的谁，都要保证你珞伽到达冈仁波齐，别忘了你是什巴贝钟钦波护法神化身的白色牦牛王子！牺牲总是要有一个开始的，但不能是全部，你不能让狼王他们得逞！"热那认真而低沉地说着，他朴实无华的坚定在深夜里如同火焰燃烧着冰冷。

听到这些，大家都是鼻子一酸，泪水模糊了视线。珞伽酸楚感动之余，收回泪水，他不容置疑地说，"不行，一个也不能少，我们是一个团队，共赴使命的团队！"

"大哥，你说什么呢，要说拖后腿的是我，没有嘎布和珞伽的保护我早就先挂了，你这样让我觉得我就是人渣！该留下断后的是我！明早你赶紧跟珞伽他们上路吧，我殿后，记得给兄弟我的亲娘养老呀！"旱獭木祖抹着眼泪，哽咽地说着。

嘎布抹去泪水焦急而气愤地低吟道："兄弟们，你们胡说什么，什么人渣，难道说我是畜牲吗？！我就不知道为大局牺牲吗？"

"你就是畜牲呀！"萌萌的旱獭不假思索地突然回了一句，让大家破涕为笑，这笑声被收敛在神石闪烁的辉映中。

"对不住兄弟们，当我热那没说过，我们是一个团队，再难一起挺，一起共赴使命！"大家把手握在一起，互相拥抱着。一团火热的激情撞击着他们，他们拥抱而睡，眼角挂着冻成冰碴的泪水。

"兄弟们保重……"热那在杂乱的睡梦中看到了一片血色。

当狼王阴险的目的被掀开，珞伽他们的压力与危机从潜伏期到公开地弥漫在四周，浑然间被放大数倍。但是路还是要一步步地走，没有逆，哪有顺。他们继续前进。

白天新的雪层被阳光照射，即便化成流水，也很快变成了水晶般的冰层。连绵的雪域冰川上戴着深不可测的厚厚雪帽，早就看不到荒草了，之前的冰雪覆盖在茫茫的大地上，偶尔还可以找到冰河下的硅藻。再往远距离行进和攀爬，越接近峰顶这些发黄凋谢的硅藻越会没了踪迹。劳累的消耗，氧气的稀少让珞伽他们和狼群的胸肺疼痛不已，爬得快了，心脏有停滞的症状了，但是离目标越来越近了。

两队人马与恶劣的环境做着斗争，与漫长的路途角逐着耐力。狼群越来越多的士兵倒在了路上，就算翻过了生命禁地，没人知道还有多远的路途和怎样的遭遇。漫长而渺茫的艰苦拖垮了狼群，死亡与高原的无助让狼群的队伍更加焦躁，他们需要一次追杀来振奋势气，哪怕剩下为数不多的狼，但是死去的狼足够充实口粮了。越过这个冰雪极地，狼王哈让知道那边石屋一带有他狼族的血脉部落，那是他母亲的娘家。狼王哈让盘算着，这冰川极地是他该清洗族群的时候了。他相信基因的强大才是狼族的未来，死亡是在所难免的。他抬头眺望那晚发出幽蓝之光的巅峰之处，心里开始盘算起来，他伺机寻找着机会。

看着越来越近的巅峰之顶，想要到达那里还是需要行进较长的一段距离。走的累了，心脏憋闷窒息，停下来缓，身体又会冻得瑟瑟发抖，达日和吉瓦也在感受着身体的极限。其实他俩最初的本意并不是要经历如此艰难万险的日子：跟着强大的狼王，达日想着靠智慧和献媚索取粮食和嫁给狐狸皇族的机会，吉瓦有着报复的心态，利用心机索取地盘。可是如今好好的一个策略，没想到要付出这么多，甚至要搭上性命，他俩一定不能走上这条不归路！看着身边的狼不断减少，看着狼族死去的惨状，体会着前方太多的不确定性，两人非常不安，他们打起了退堂鼓。

他俩互相交换着眼神，心领神会，他们心里嘀咕着逃跑的计划。各自的逃跑计划中也暗藏着各自的生存之道：达日拉着吉瓦跑，这样在没有给养的情况下，伺机吃掉吉瓦。而吉瓦抓着达日跑可以借着达日的速度和皮毛的温暖快速穿越这里回去。小聪明的草鼠吉瓦当然知道如果他借着狐狸逃跑，他随时需要观察雪层和土地情况，好在狐狸捕猎他的时候，可以在最近的距离找到可以打洞的地方，迅速逃跑。

想着想着，两人不谋而合地再次对上了眼睛。他们心领神会，却又心怀叵测地看向狼王哈让。

哈让强悍的肌肉包裹着他发达矫健的骨骼，油光抖擞的狼毛上，急行的汗水遇到冷气，凝结成冰柱支起，折射着阳光，透出狂野的霸气。虽然哈让同样感受着心脏的极限，但是靠着狼族骷髅法器的能量和狼王家族强大的意志力，他步履沉稳而镇定。行进的路上，他不停调整着呼吸和步伐，他用显露寒气的眼神警示着狼群的举动，那种专注和威严不愧拥有雪域霸主的气势。

"为王的荣耀就是要亲历这极地的考验，这是拥有神力的代价，是拥有雪域权力的咒语之命吧！是生，是死，都是你我的命，哼，哼，奉陪到底！"哈让压抑着骨子里的天生具备的奔跑与残杀的本性，他咬着牙，一抹杀气在他的唇齿间流动。

"传我命令，谁敢退缩，格杀勿论，分发尸体，喂食同族！"哈让凶狠地回头看着狼群中有些颓丧的狼，他瞟了一眼打着算盘的狐狸达日和草鼠吉瓦，狡诈地"哼哼"了两声："走到这一步了，不论是黄泉之路，还是神殿之途，也是你们带道儿的，那就一起成全。"

说完狼王哈让冲着他们面目狰狞地狂叫了几声，吓得狐狸达日和草鼠吉瓦不敢目视狼王，抖着身躯躲到了狼群的中间，再也不敢逃跑了。

狐狸达日悄然低下头，暗自瞥着狼王，心里愤恨地说："看谁先死！"然后她抬起头，献媚地给周围的狼递去眼神，毕恭毕敬地跟着队伍，内心里透着奸笑。

"该死！都是自找的！"草鼠吉瓦打了自己嘴巴一下。吉瓦假装带着可怜的泪水，委屈求好地示意拖着袋子的狼，允许他再次回到皮袋子中寻求安全。

海拔与体力的影响，珞伽他们的速度越来越慢，不断拉近的距离，让他们知道危险将近。这已经不是一场肉搏的生死之战了，宇宙造物的雪山之力震慑着所有的生灵。与冈仁波齐的神山不同，这是一座生命极限的雪域之门，而不是超脱成神的众神聚首之域。

食物的储备有限，虽然早早实行了配给，但是热那的风干肉开始见底儿了，其余的草粮、糌粑也怕不够，极有可能未到达峰顶就会消耗殆尽。本可以吃糌粑补充体能的热那，为了不消耗其他伙伴的粮食，除了他自己有限的干肉，他拒绝吃其他的口粮。看着热那一天天虚弱，珞伽他们很是焦虑。

今天天气不错，在冲顶巅峰的路途中，这里是让他们最后寻找冰川硅藻补充给养的区域了，希望能有收获，再次增加口粮，能够让热那吃些糌粑。前面放弃寻找硅藻的机会，是担心狼群的围攻，而这里地形陡峭多变，粮食又到了极限，所以就是有风险，也要尝试。此刻此地，隔着冰坎和沟壑，冰河成为了分支，各自在阳光的关照下，金光闪烁，笼罩着生机。

珞伽提醒大家："狼王看到我们的队形变化，很有可能伺机扑杀我们，所以千万警惕周围的一丝一毫的动静。大家抓紧时间，半个时辰，我会发功呼喊大家会合，不论有无硅藻，我们都尽快结束。"于是按照冰川的生物带，他们再次嘱咐好注意安全，便各自在指定的范围内分开寻找冰雪下仅存而枯黄的硅藻。

看着前方珞伽他们改变了队形，狼王哈让意识到了他们的行动。于是哈让止住了队伍的前行，他找到了清洗同族和干掉对手一箭双雕的突破口。他安排兵分四路，来突袭围攻珞伽、嘎布、旱獭木祖、獒犬热那，其中重兵派往猎杀旱獭和獒犬。因为牦牛的雪域战斗力是强大的，没必要用强兵攻击，重点是消耗他们体能，体弱多病的狼和能力不强的狼刚好可以被珞伽他们清洗掉，保存了狼群的实力。狼王亲自带着重兵围攻旱獭和獒犬是上策，吃掉旱獭和獒犬，从精神上瓦解珞伽和嘎布，涣散他们的精神。珞伽他们极重朋友之情，哈让断定珞伽失去挚友定会深受打击而颓废溃败。

狼王抬起前爪，用钢针一样的狼爪蹭着锋利的牙齿，他为自己的计策和布局天衣无缝而兴奋，一抹奸笑滑过哈让的嘴角。他抖动着脖子上厚实的狼毛，扬起头，那法器的骷髅发出了一道寒光，项圈上所有的骷髅出现了狰狞的诡异，阴森而恐怖。这正是狼族护法的力量所在，哈让大吸一口气，强硬地再吐出去，然后他带着即将舔舐血腥而兴奋的狼族，透着凶残之气，迅速悄然出击，一切势在必得。

珞伽他们虽然警觉着周围的动静，加快搜寻硅藻，但当有了发现，他们还是会激动而开心，加上恶劣的环境使然，警惕性偶尔也就随之放松。由于隔着沟壑、冰棱、冰坎，观察狼群的视野被遮挡了。

旱獭木祖找硅藻是好手，他动作熟练，收获颇丰，很快他就不知不觉，远离了指定的区域。想着这些增加的硅藻可以让珞伽和嘎布分享，这样可以更多节约出糌粑给热那，粮食多了，热那就不会拒绝了，木祖的眼前出现了热那大口美食的情景，他有些兴奋，疏忽了警戒，全然不知他已进入了狼群的视野。狼王嗅着他的气息，屏住呼吸，低伏着身子，朝旱獭悄然移动，就在木祖再次趴下去抠硅藻的时候，哈让一个飞跃，冲刺般朝木祖扑过来。风速的变化，气息的杂乱还是让木祖突然警觉，他直接低下身子，往旁边滚去，狼王的利爪还是刺进了木祖厚实的尾巴。由于冰雪易滑，哈让冲力过大，脚下打滑，他无奈地松开了木祖的尾巴。木祖用尽气力，不顾刺骨的疼痛，为了拖住狼群，木祖使劲往珞伽他们的反方向跑去。血从尾巴里流了出来，狼族贪婪地吸吮着久违的鲜血的味道，嗜血的本性更加激发他们见尸收兵的凶残，踏着血色之路他们蜂拥而上。

"大家快跑，不要管我，狼群来了！"木祖拼着命，嘶喊着，警告着同伴们危险来了。空旷的冰川极地回响着木祖惊恐的声音，而他并不知道，另几路的狼群已然接近了各自的目标，攻势待发。

珞伽、热那、嘎布都听到了木祖声嘶力竭的警告，他们迅速朝着木祖的声音之处寻去，珞伽大声呼唤道："嘎布你赶紧到热那那里会合，木祖你往我这里跑，我过来救你，快呀！"看到木祖朝着自己的反向跑珞伽急切地呼喊，然后他立刻朝着木祖的方向追去。

就在珞伽、嘎布、热那行动的时候，伺机而动的狼群突然而至，分兵几路的狼群将他们三个纷纷围住。比起珞伽他们，狼群数量庞大，依然有着排山倒海之势。看着寡不敌众的珞伽他们，狼族早就眼馋很久了，此时的机会让狼压抑了很久的残杀之气爆发出来，他们的利齿和爪尖在清冽的阳光下闪着寒光。虽然冰雪的打滑，氧气的窒息，压着战役的脚步，但是血腥已经开始了，狼群发起了攻击。

珞伽、嘎布凭借着冰雪上的战斗力，他们的牛角锋利得如同长矛的刀子把攻击他们的狼用利角和重蹄，挑开他们的身体和心脏，折断他们的头颅和四肢，很快他俩的身旁就多了很多的狼的尸体。但是架不住狼群数量众多，他们的身体还是被狼划破了多处，由于皮毛厚实坚固，渗出的血不多，不碍大事。他们各自解决了攻击他们的狼，冲出残弱的狼群，去帮助热那和木祖。嘎布迅速跑去帮助身体不适的热那，珞伽去解救体力不支的木祖。

热那由于一直营养跟不上，心脏本身就有问题，导致在狼群重兵的围攻下负荷过重，体力不支。干掉十几头狼之后，他捂着胸口，喘着粗气。这是一群彪悍的狼，他们把热那围在了中间。热那突然感觉头发晕，他有些趔趄，一只腿支到地上，就在此时一头强壮的狼一个飞跃扑到热那跟前，狠狠地咬住了他的脖子。热那一个后翻身把突袭他的狼压在下面，他用尽气力压断狼的脊椎，可以听到"咔嚓"脊椎断裂的声音。但是狼的意志力也是十分强悍，他到死都没有放开深入到热那动脉的牙齿。热那用力将自己的脖子从死去的狼的嘴中拔出来，两股鲜红的血分别从两个牙洞中涌了出来。

狼族看到死去兄弟的最后一击，他们振奋起士气，带着报仇的愤怒一起朝着热那扑过来。嘎布赶到热那的战场，已经分不清热那在哪里了，狼群和热那混战在一起，撕咬着，冰雪上留下了众多的血迹，还有狼的尸骸。

嘎布用利角和前蹄冲杀进彪悍的狼群，干掉几头狼，靠近了热那。热那已经解下沾满着血迹的神绳挥舞着杀红了眼睛，他有些意识模糊了，血流得太多了，体力即将消耗殆尽，但是他依然没有倒下。当嘎布疾呼着热那的名字，冲到他的面前与他并肩作战时，热那才又回过神来。他抖了抖身上的血水和带血的冰碴，与嘎布背靠背地击退了狼群。

他们背靠背地倒在地上喘着粗气，周围的血布满白色的雪地，尸骸遍布，甚为惨烈。嘎布感觉到了热那气息的衰弱，他转过身，抱着已经开始迷离的热那依靠在自己的胸口，然后用神绳包扎、阻断热那更多地失血。嘎布知道血流得太多了，他含着眼泪，心里祈祷着神绳显灵救救热那。

热那似乎要睡着了，嘎布抱着热那的头，焦急而心痛地呼唤着："醒醒热那，你不能睡，珞伽、木祖马上就来了！醒醒，热那，你不能睡呀，这里太冷了……"他们的空间里弥漫着无助与难过，嘎布努力祈祷和期待着……

那边，木祖凭借身体矮小灵活，他左右变换着线路，躲避着狼群的猎杀。但是毕竟体力不支，他还是瘫倒在一块凸起的冰层凹陷处，脸色苍白，虚弱无力地看着哈让带领着狼群追杀过来。就在他闭上眼睛，准备束手就擒的时候，珞伽从另一侧突然及时赶到，挡住了木祖的身体，赫然面对着哈让和狼群。

大家的体力此时都已经消耗很多了，珞伽和哈让对视着，狼群没再移动，时间似乎停滞在这一刻。木祖睁大了眼睛，看着珞伽庞大的身体保护着自己，阻挡了扑杀，他半哭喊着："珞伽，我会记住你的恩德，来世再报，你快走吧！热那那边需要你，我走不动了，流了很多的血，不行了。保存体力，完成使命呀！快走！"

珞伽不敢回头，他背对着木祖坚定地回道："说什么呢兄弟，我说过一个都不能少！"

然后他怒视着狼群，吼道："狼王哈让，我珞伽敬你是一条汉子，但我不齿你是一个恶魔！我们誓死护卫我们的初衷，那是为天下而守候水源；而你也誓死护卫你的初衷，但是却是为了你的贪婪和欲望！今天我珞伽在此正式与你对决！"珞伽的琼鸟护颈在阳光的折射下，反出了亮光，与狼王哈让脖颈上的冠冕人头骷髅项圈上的阴森杀气对撞在一起，哈让往后退了半步。旁边的狼群看到此景被一下子惊住了，他们也随之退后半步。这也是珞伽第一次与哈让的正面之战，双方都没有想到各自法器的能量碰触。

狼王心中大喊一声："不好，他的法器具有强大的能量，现在不能与这个臭小子交锋，时机不对，也不是我的目的！"

狼王上前一步，狡诈而又蔑视地说道："你就是那位什巴贝钟钦波护法神化身的白色牦牛王子呀，这次就算正式认识一下。戴着个琼鸟护法有什么了不起吗？你这个乳臭未干的臭小子，不就是靠着这个法器在这里叫嚣吗！有本事你把法器摘了，到底看看你有多大能量，我狼族这里的勇士随便就把你办了。哈哈，哈哈哈！"

狼王的奸笑，让珞伽警觉了一下，初次与狼王面对面的较量，单纯的珞伽还是下意识地摸了下琼鸟的法器。

狼王亢奋地呼喊着他的狼族："来吧，我狼族英勇无畏的将士们，不要被法器所骗，我狼族的护法神与我们同在，长我士气，振我兵营！"狼群跟着往前进了一步。

"不要被诈，这是你天神的荣耀，不能摘下！"木祖使出浑身的力量大声疾呼，说完木祖似乎昏厥了过去，没了声息。

"木祖挺住！"珞伽忍不住回头去关照木祖。

抓住珞伽的迟疑和注意力的分散，哈让疾呼："跟我斗，小牦犊，我不屑沾染了我的手！狼族勇士们，你们是狼族的荣耀。战胜者将成为黑河狼族的首领，佩戴狼族护佑的神灵法器，世代传承！"哈让的口气直冲云天，响彻四周，刺激着狼骨子里的贪婪和霸气。

"杀——杀——"哈让身后的强大狼群打着滑，一鼓作气，竭尽全力冲向珞伽。珞伽迅速回身抖起带着血迹的斗篷，挥动拳脚，与狼群奋战。他保护着身后的木祖，不让狼群越过身后。

狼王站立在一旁，怒视着，龇着牙，呼着粗气，低吼着跃跃欲试，似乎提醒着他嗜血如命的将士，他准备随时参与进攻。但是他自己心知肚明，今天此举的目的是一箭双雕，既可以清洗族群，又可以给珞伽团队一个打击，干扰他们的行程，好让自己在有利的时机取得神石和巅峰之上的圣物。那圣物一定是水源的核心，否则神石不会指向这生命的禁地。

狐狸达日和草鼠吉瓦也赶到了附近，他们无声地观察着战役，他们看着狼王的举动，知道狼王绝不是善主，这样的指挥一定是有其深厚的目的。

正当这边再次进行着血腥的死亡之战时，冰川极地中，响起了嘎布哀伤的嚎叫，他竭尽全力地向珞伽和木祖传递着强大的悲痛，在空旷的冰雪世界中回荡。听到嘎布的哀嚎，珞伽迅速将手中被折断的狼用力砸向扑过来的狼群，震慑着他们的进攻。他快速回身抱起听到哀嚎睁开眼睛，惊恐而慌乱的木祖，从凸起的冰雪之丘的侧面后退急速而驰。

狼王制止了狼群的追杀，他达到了目的。

战役停止了，夕阳斜照着染红的冰雪，狼族的众多的尸骸身首异处，被映射出红色的光晕，四周弥散着浓重的血腥味。

狼族看着珞伽急速朝着嘎布哀嚎的方向，一边打着踉跄，一边抱着旱獭急速赶了过去。哈让朝着下面和身边剩余的将士"胜利"地嚎叫着，命令他们拿着皮袋来收尸。达日和吉瓦讨好着赶紧过来帮着收殓尸体，今天的战役让他俩看到了狼王自相残杀的冷酷与绝情，让他们看到了他们从未有过的感受：那就是手足情深的付出。至少他俩现在还活着，还可以享受狼王不杀的恩赐。珍惜当下吧，不论善与恶，好与坏，毕竟活着比死去要珍贵。他们已经不敢去想未来了，麻痹自我的生存在此时是如此强烈。

在艰难的道路上，珞伽抱着木祖，用最快的速度赶到了嘎布和热那这边。嘎布流下的眼泪在面颊冻成了细小的冰柱，看着满脸憔悴和痛苦的嘎布抱着奄奄一息的热那，珞伽一时被摧毁了意志，本来就已经体力透支的他，一下子瘫倒在嘎布他们面前。木祖从珞伽垂下的双臂中滚落了下来，他支撑起身体，抱住热那的头，在热那的耳边呼喊着："哥们儿，哥们儿，热那，热那，你醒醒，我是木祖，你还欠我和我一起谈恋爱呢！告诉你，我偷听到了乃让姑娘的真心话，她还等着你回去跟她相亲呢！热那，你醒醒呀……醒醒呀……乃让在等着你呢……"木祖小心翼翼地摇着热那的头，绝望地哭喊着。

珞伽傻傻地看着从小一起长大的、最好的朋友迷离在生死之间，他不知所措，但是心如刀绞，这是他早早的人生中不曾经历的痛苦。他痛恨让热那跟随而来，他痛恨自己没有保护好热那，他的心哽咽而窒息，他使劲捶打着自己的胸口，嚎啕大哭。他的两只手紧紧地抓住热那的手，放在胸口，感觉着他最后的温暖。热那的眼皮动了下，他勉强地半睁开眼睛，大家激动地停止哭泣，但是他们看到了热那瞳孔在放大。珞伽、木祖、嘎布再次难过地大哭起来，泪水不断滴落在热那的脸上，泪水与呼唤让热那回过一些神来。他用弱小的声音与大家告别，珞伽、木祖、嘎布立刻把头凑到了热那沾满血迹的脸颊，他们抽泣着，仔细听着。

热那的眼角流下了泪水，他不忍离开他的挚友，他的眼神带着眷恋。热那微微地抬起脑袋，用手示意他的脖颈："流血太多了，其实我一直很怕血的，现在不怕了。这条神绳都是我的血，脏了，洗洗还是神绳。木祖你不是一直要一个自己的法器吗？这个送给你了，如果嫌弃我用的东西，那就带给我的乃让吧。告诉她，我喜欢她，下世有缘再做夫妻吧。"热那笑了，那么幸福，他看到了他和乃让的婚礼，那么唯美。

突然他呛了一口血，吐了出来。珞伽用手去接，他的心太痛了，他的手在颤抖，他的泪水又止不住地滑落下来。

"你自己送，我不去送，这是你的定情物！"木祖哭着扑在热那的怀里，去温暖他逐渐失去体温的身体。

"你是我最好的朋友呀，你再坚持下呀！"珞伽和嘎布再次大哭起来，哭声震撼着雪域，余晖照射着他们痛苦而因哭泣颤抖的身体。珞伽猛地反应过来，他迅速拿出甘露丸要给热那喂食。

"没用了，留给后面需要的。"热那强笑了一下，他闭紧嘴唇，拒绝着。珞伽的泪水再次滑落，他抱着热那哭泣。

夕阳快速西下而去，最后的一抹余晖打在热那的脸上，他有些兴奋，他知道他要走了，他又笑了："兄弟们，不要哭了，我很好，很满意，能够在这富有神秘力量的雪山上长眠。我还是做了好事的，神会让我的灵魂转世的，在我去转世的时候，有你们在我身边，我不会害怕的。谢谢这一世的陪伴和经历，兄弟们，来世再聚……"他的声音越来越弱，他闭上了眼睛，然后在他的灵魂犹如一股青烟开始游离出去的瞬间，热那的手握住了珞伽，他用尽最后的气息念叨："别哭了，如果我太眷恋你们，就走不了了……超度我吧……"说完热那的头顶游离出一缕青烟，他不会再醒过来了。

余晖消失在雪线与天边的交际之处，珞伽他们的影子，一动不动地呆在原地，如同剪影，留在了暮色里。

按照象雄本教祭祀的仪轨，明早他们将把热那风葬。珞伽让失血虚弱的木祖服卜羚羊首领给他的甘露丸，并解下热那沾满血迹的神绳为木祖包扎伤口。

他们没有再哭，他们知道轮回转世的艰难，他们不会让热那灵魂的眷恋留在世间，而没有来世，成为冰雪极地的孤魂野鬼。整夜他们抱着热那的遗体，为他不断念诵箴言，为他超度。他们的超度为热那在中阴界化解着暴风骤雨，呈现着阳光明媚；他们的超度为热那在穿越中阴界的路途中带去他最爱吃的乃让做的风干肉和肉酱糌粑；他们的超度为中阴界的热那带去了强悍的牦牛成为了引导他突破中阴界转世的座驾……还有很多，很多，他们想要带给热那用不完的能量。

但是最重要的是，在超度念诵的时候，珞伽他们笑了。他们把孩童玩乐时，记忆中美好欢愉的笑声注入了热那灵魂存在的空间。在中阴界里，热那听到了那些稚嫩的、开心的、纯真的欢笑，那是让他重生的祝福，他的灵魂被赋予了强大的穿越力量。神石上出现了热那憨厚的笑脸。看着热那的可爱，珞伽他们欣慰了，带着感动的开心，他们在这个深夜不断念诵超度与祝福的箴言，一直响彻天宇。

这一夜，尊重死亡的超度和轮回，狼族没有去打扰，这是一种守候高原规矩的战争礼仪，未来也是他们的生死之命。敬畏英勇与生命的轮回。

清早的第一抹光线从雪山那边浅浅地浮出来，接着一个红色的太阳带着金色跳跃而出。迎着温暖的朝阳，珞伽背起热那的遗体，往巅峰之顶进发。他们迎着风向，来到冰川过风的一处不易发现的侧面，但是朝阳依然可以照射到这里，站在这里，可以看到冰川世界的宏伟与浩大，极地的美丽与梦幻。他们念诵起箴言，把热那的遗体平放到白雪之上。珞伽摘下头顶的鹰的羽毛，轻轻放在热那的额头上。鹰是象雄的圣者，是沟通人类与天神之间的使者，戴在头饰上，或装饰在他们的服装上，甚至等他们死后，尸体也是通过鹰或是秃鹫将灵魂带回天界。

象雄本教信仰：死亡之体风化回归自然，或者相信被其他生灵吞食可以像修炼一样获得转世，这种"生命再生"的过程，可以得到天神赏赐而变得超凡脱俗。这也是繁衍自然生命的生物链。

珞伽取出斗篷里的东西，交给木祖放到嘎布身上的袋子里，然后他解下身上的斗篷，用斗篷覆裹住了热那的遗体。他们一起双手合十，为热那再次念诵超度的箴言，让风葬为热那吹散世间的肉身，让风带走热那的灵魂，转世重生，来世再聚。

迎着越来越强大的阳光，温暖与和风，他们的内心平静而沉稳，他们深深地为热那带去祝福。突然天宇中围着太阳的周边，呈现出七彩的光晕，这日晕的彩虹晃得他们眼睛闪烁。他们听到了天宇处热那儿童般的笑声，清澈而美好。珞伽先笑了，然后木祖和嘎布跟着笑了，热那和他们都如愿了。

木祖从尾部取下神绳，系在脖颈上，他们用头一一碰触了热那的额头。然后他们义无反顾地迈出步伐，大踏步地，坚定地而行，朝着那巅峰之处挺进。

哈让调整着队伍，在狼群充足休息后，他们也很快出发了。哈让改变了策略，他让珞伽他们去拿到圣物，等待到了平坦适合的环境再伺机取得。但是必须跟着珞伽他们，不能折返，回去的路更充满了未知数。哈让相信，取得圣物，这里一定会出现神迹，让他们顺利通过。

离那冰川巅峰之顶如此的近了，天宇似乎伸手可触，稀薄的空气带着清新让人不再混沌。珞伽他们使劲撑住，跃上了巅峰之顶。这是一个豁然开朗的平台，他们站在冰川之巅，放眼看去，天似穹庐，笼罩四野，茫茫的极地世界尽收眼底。远处的雪山在阳光下晶莹雪白，冰河蜿蜒崎岖，如银河闪烁而去，水声"潺潺"的灵动，带来春天的气息，好像也听到了鸟叫的回音。脚下的狼群如此渺小，不配与大自然媲美。

正在他们被自然的美景震慑之时，神石主动发出了强大的响应。从一块神石的中心发出了一道深厚而明亮的光束，直指后侧那处厚雪隆起的一个雪洞，在那里同样强大的对应光线与神石的蓝光贯穿融合。珞伽深情地呼吸了一大口，他和嘎布、木祖相视一笑，他们快速来到雪洞处，珞伽他们弯着腰，低下身子进入洞中。洞口矮小，而洞中豁然开阔，洞中的景致梦幻斑斓。那洞中竟然挂着无数奇妙绝美的七彩冰柱，晶莹剔透，如同彩色宝石耀眼璀璨。在冰柱围拢的中心，一颗透明纯净的、幽蓝色的、水状结晶体，悬空在被层层冰柱包围的空间中。这就是拥有水源的冰核圣物，那冰清玉洁的结晶体内含着波涛翻滚的回旋净水，汹涌澎湃，不断发出蓝色的闪烁之光。

太美了，太奇妙了，珞伽小心翼翼地走到冰柱中间，仰头用双手托住了结晶体。珞伽闭上眼睛将结晶体捧在手上，他们屏住了呼吸，他们默默地祈祷着，生怕触犯了冰核的神灵。冰核圣物等到了主人，它乖顺地落在珞伽的手心里。珞伽恭敬地捧着它转身，一步步走到嘎布和木祖身旁，他们激动地看着这个来之不易的冰核圣物，为了它，热那失去了生命呀。

"太美了，热那你看到了吗？我们如愿了，水源永恒不灭的源头就在这里，我们终于找到了，你开心吧？"珞伽捧着珍贵的水源结晶体，跟眼前的"热那"交流着。他们相信，热那的灵魂一定会看到冰核的美丽，一定会和他们一样激动，一样高兴的。是的，他们确信他们看到热那开心地笑了。

他们走出雪洞，就在步出雪洞口时，忽然神石与结晶体同时各自发出了一束金色的光，汇聚成一道更加亮丽的光束直指头顶的天宇。两束合二为一的光束犹如蛟龙，对接着太阳如火轮般的光亮，将太阳的火热能量回传到巅峰之川，瞬间从他们所在的冰川之顶被一股神力落到冰川巅峰之顶的另一侧，而顺着另一侧通途的冰河之路，融化出了一条带着青青牧草的路，一直通向冰川下背后那无边的尽头，为他们铺平了翻越冰川的道路。震惊的珞伽他们，感动着神迹，慈悲之声从天而降："所有的命运都是要靠信仰支撑，哪怕仅仅是平淡无奇，但是都不该自我放弃，所有被苦难折磨的灵魂都将得到归所。每一个生灵都是一个传奇，每一个传奇都会有他的价值，记住他的名字。"

回过神来，珞伽赶紧将冰核放到羚羊绒的袋子里。珞伽他们拥抱着彼此，然后顺着这条从巅峰之顶化出的圣路，带着满心的兴奋与冰川极地的回忆，带着热那的愿望，朝着下一站而去。

他们知道狼群跟在后面，慈悲的光环围绕着他们，他们祈求神迹能够护佑活下来的生灵，不要收回这条救赎的路。这个世界上有了魔性，才有了爱与慈悲呀！每一个生灵的背后都是一种存在的价值。生命之水与暗黑之夜的对比才更能显示出水的洁净与珍贵。

他们走过的路，是拯救世界，还是拯救自己，他们依然都在前行，未来还要一直走着，永远走着，刻骨铭心地走着。

第六章 石屋部落，地穴逃生

　　极度寒冷与饥饿随着冬天而过，西北部的风沙还是很大，一张口就是一嘴的沙土，会打得眼睛不敢睁开。不断行进的两列队伍，都被这西北部的风沙，干扰得举步维艰，因为风的阻力大到可以吹翻他们。狼族的体力恢复很多，但还是被风沙搞得很狼狈，像个半瞎子，跌跌撞撞，摸索前进。狼王命令仅存不多的部队，与珞伽他们保持距离，他清楚地知道，考验随时发生，没有必要让自己充当牺牲的先锋。家乡的气息让狼王感受到了亲近，那是他家族的兴旺之地，他急切地盼着回归。

　　牦牛强大的体魄和厚实的皮毛总算能够抵挡风沙的凛冽，珞伽和嘎布曾经被雪水洗干净的身体，依然被灌进了很多的沙土。他俩将集聚在浑身长毛里的沙土，抖动几下，搞得旱獭木祖差点被抖下的沙土掩埋了，木祖眼疾手快打着喷嚏快速逃开。

　　终于等到明媚的阳光，早春的鸟儿"叽叽喳喳"，一路陪伴。羚羊、鹿、青羊、野驴等族群，结对而出，满足地饱餐。发黄枯萎的牧草，俨然泛了新绿，晕染着广袤的高原之丘。冰雪化水顺流而下，浇灌着簇簇的林木，气候开始变得温暖而湿润，大湖越来越近了。珞伽他们驻足在一块块凿刻的岩画前面，那上面的剪影或者线条构成的画面讲述着牦牛、麋鹿、羚羊等与人类的交融。人既把他们当作生存的口粮，又把他们当作如同太阳的图腾。精神与物质的共融与矛盾，和谐却蕴含着刺痛地展现在每一幅的岩画上。每一种生存都是一种价值吧，活下去而带着敬畏就是这个高原的真实。珞伽思考着，摘下天铁的琼鸟法器，在一块平滑的砾石上留下了点点雕琢，他将他和热那、嘎布、木祖迎着图腾的太阳，攀登的画面留在了那块迎着太阳的砾石上。他们捡拾着周围的石头，一起搭起了石堆，念诵着箴言，留下回忆和祝福。就在他们起身继续前行时，珞伽再次摘下法器，在旁边的砾石上留下了狼与牦牛的对峙。危险与挑战随时就在身边，顺利的背后总是要有警惕。

翻过一个山头，眼前豁然开朗，一片宝石蓝的大湖，闪着碧波，宁静浩然地出现在他们的眼前。

"哇，太美了！"三个人几乎异口同声地喊了出来。

宏大而精美的雪山、湖泊、草地如同一幅画卷几乎静止在他们眼前，让三个人微微张开嘴，却又无以言表。

平静安逸的宝石蓝的大湖铺展在那里，层层叠加的波浪，在和风中，卷起白色的浪花，时而轻抚，时而拍打，时而欢跳在犹如海岸线一样的湖岸，一波一波拍打在形成悬崖峭壁坚硬而俊美的岩石上。

"哗啦、哗啦、哗啦啦、啦啦啊……"形成美妙的击石之乐，悠扬在空旷而静寂的原野中，甚是好听。那片纯美的宝石蓝的深厚与淳朴，让人想要跳下去隐匿，却又害怕跌入那凝重的蓝，不可自拔，被深不可测的诡异之气吸去。气温升高，水被蒸发得太快了，湖边层层的地接线，圈绕在那里，如同阶梯。遥望当热雍措相伴的达果雪山，终年不化的雪山之顶，云朵缭绕而又快速飞走，如此惬意。

"这就是那片圣湖，象雄著名的神湖当热雍措呀！真是太美了！"珞伽放眼那无际的宝石蓝，如此迷幻与深情。

"这是整个极地高原最深的湖了，这纯纯的蓝简直让我呼吸都停止了，太美了，真是有生难得一见。羊年转纳木措，猴年转当热雍措，马年转冈仁波齐，下个猴年我一定来转这最深的圣湖当热雍措！"嘎布情不自禁地大声赞叹。

木祖用手指接触着嘴唇，"嘘"了一声，"你们都小点声，别惊动湖里的鲁神呀！谁知道是什么鬼怪，听说鲁神发起脾气来也会兴风作浪的。"

说到这，湖里平静的蓝色有些轻微的搅动，天上的云朵遮住太阳，让一处湖水阴沉起来，似乎有一种诡异要升腾起来。珞伽知道这里确实住着水神，而她也用深奥而探寻的感知注视着每一位的到访，记录着这里千万年的故事。

珞伽下意识地摸了摸琼鸟的法器，那琼鸟的双脚紧紧抓住了一条如龙蛇状的鲁神。他知道，象雄的图腾琼鸟从天而降，抓住这些会捣乱的水生鲁神，从而护佑雪域的生灵安居乐业，幸福圆满。琼鸟的眼睛对阴郁的湖水翻动之处射出了利光，瞬间湖水惊澜波动，很快恢复平静，蓝色的波纹泛着金色，波光粼粼。

大家赶紧收了声，生怕再打扰这圣湖的静谧。当热雍措大湖一直陪伴在他们身边，似乎没有边际。湖边各色的鹅卵石在清澈见底的湖水中展现出七彩奇幻的色彩。鸟儿已经不在树上搭巢了，绝地逢生的大湖气候的适宜，让它们干脆将鸟窝直接搭在了湖边，一窝窝地铺开，甚是挑战珞伽他们的前进。珞伽他们跳跃着，生怕踩了那些精致的安居之所。意识到这些鸟巢不能被狼群破坏，珞伽他们很快开始攀登山峦，绕道而行。但是前面经过的鸟巢留下了他们的足迹，当狼群追随而来的时候，那里成了一片惨烈的废墟，鸟绝望的惨叫声不绝于耳。四散疾驰而逃的鸟儿传递着凄凉。珞伽他们听到了鸟儿的哀鸣，回望着远处被狼群踏起的尘烟，倍感难过。他们停下脚步念诵着箴言，为他们不小心带来的悲剧忏悔。

嘎布的眼里充满着愤怒，他破口大骂："畜牲！魔鬼！我一定要跟他们决一死战！誓死守护这里，为热那和无辜的生灵报仇！"

珞伽和木祖突然心里"咯噔"了一下，"死"虽然可以面对，但是失去如亲人的挚友，无法遗忘的热那让他们心里的难过被迅速擦了起来。

"说什么呢，誓死守护这里，我看你想死都难，是为想留下来成家立业找借口吧？"木祖调和着气氛，斜着眼睛，假装蔑视。

"嘎布兄弟，我看木祖说得对。天意在此，看来你的意中人该出现了。"珞伽顺着木祖的话，也调侃起来。

"喂，你俩又拿我取笑，怪我又提起伤心事，热那兄弟都转世托生了，或许他早就在哪个部落里甜蜜去了。"嘎布脸红地说。

他们看到了漫山遍野的牧草夹杂着紫色、白色、黄色的小花，热那和头戴花环的乃让嬉笑打闹……

此时大片大片的野葱在珞伽他们周围弥散着香气，他们忍不住抓起鲜嫩的野葱，放在鼻子下，闭上眼睛狂闻，想要留下更多的眷恋。

继续往前，当夕阳斜过上面的山峰，湖面和四周披上了金红的余晖，如同穿上了艳丽的新娘盛装。他们向上遥望，挺拔险峻的山峦之巅出现了红色泥土混搭石头垒砌的城墙和石头房屋，一个巨大的城堡展现在他们眼前。那红色的墙体和石头房屋沿着巅峰两侧顺势而建，犹如一只被红色光环笼罩的巨大红色琼鸟展开千米之长的双翼，伫立在山顶。

"这城墙里面一定是神石所指的石屋所在地了。"三个人不约而同地想到了。他们加紧了步伐，往前走，俯瞰湖边，可以看到湖岸边狭长的土地上，一块块方圆形状连接修整的青稞田，田里的冻土已经被疏松翻新，灌溉的渠道已经被平整挖通。每块田地的四周被插上了带着红、蓝、白彩色线的树枝，看来这里要举行高原极地年年例行的开耕仪式了。

城堡里飘出了缕缕炊烟，已经开始晚饭了，夜幕逐渐降临。

"我们这么晚先别去打扰城堡的守卫了，咱们就在这里休息，明早等城里开始飘出了炊烟，我们再穿过城堡，继续赶路。"珞伽说着卸下嘎布背着的袋子，让木祖躺在袋子上，他们三个人嘴里衔着野葱，双手交叉在脑后，躺着聊起天来。

"当热雍措这里肯定是我们象雄联盟政权的中象雄中心了。象雄拜儿嘞哇。里（内）象雄：象雄扑巴。"珞伽念了一句古老的语言。

"你说啥？什么古怪的语言。"木祖问道。

"土著的象雄部落的语言，咱们象雄王国联盟了那么多部落、邦国，哪里可能语言发音都一样呀？"

"世界真奇妙呀，所有的存在都是必然的。"木祖摇头晃脑念叨着。

珞伽继续讲述："由于我们象雄联盟的地域广阔，兵强马壮，随着游牧的迁徙无法确定界限，所以为了便于管辖，象雄分为了三围，这三围是按照里、中、外来分的，也可以叫上、中、下三围。里象雄为从冈底斯山往西3个月路程之外的波斯、巴达先和巴拉一带；外象雄在松巴大象谷谢勒嘉格，包括三十九个部族，北嘉二十五族，中心位于琼堡六峰山，也叫孜珠山；中象雄为冈底斯山西面一天的路程之外。我们雅隆区域，智隆区域等，牦牛部落也是被象雄管辖和联盟的部落，应该是象雄政权高原最内陆的区域了。所以你看象雄的强大是有目共睹的。偌大的象雄疆域上，所有的部落、邦国立石为盟，就像我们智隆和嘎布你们黑河部落一样。大家都是以部落或者邦国联盟的形式在象雄的管辖下共存亡的，并立石盟约。守护这片净土，也各自安好保护好自己的家园，保持着茶叶、丝绸、食盐、麝香等路途的通畅。所有的部落国王、酋长都要团结一致，互相包容，坚定着象雄本教神权一体的职责，护卫族人。雪域高原没有一个如同象雄政权的强大存在，就难以成为高原的命运共同体，也无法让高原的丝绸之路稳定通过雪域高原。一个带来文明和安逸的政权是必要的，我们要维护好来之不易的高原祥和。"

"我知道，是这样保护的……"还没说完，木祖从袋子里抽出轻薄的羊绒毯子披在身上，假装手持利剑，抖动着身子，嘴里念诵着咒语，进行王位职责的法式仪轨。大家的眼前浮现出珞伽的父王戴着尖尖的高帽，身披双翅的斗篷，手持着青铜利剑，不断挥舞，嘴里持续念诵本教咒语，呼唤鸟兽环绕起舞的盛世之景。

由于木祖太不专业，旋转着没站稳就磕倒在袋子上了，大家都笑了起来。

"能说说这三个中心的情况吗？我只是略知一二，希望走完这一次行程，我多长长见识。"嘎布很是谦虚。

"里象雄的核心区域是象雄的冈仁波齐峰一带，那里是象雄政权中心，商家云集，各个区域邦国、部落等文化集中和交流的最重要区域；中象雄是以这里当热雍措的当热琼宗为核心的，承担着联盟政权维护的强大军队，这里的当热部落是整个象雄里最为英勇善战的部落；外象雄是以昌都的琼堡六峰山——孜珠山为核心的，管控着我们雪域高原众多的部族以及与中原等区域重要的物资通道。咱们今天到达的当热雍措这个城堡应该是当热红城，因为山体的土壤和当地的石材呈现出红色，所以城堡就被称为当热红城了。而象雄的发源地中心，里象雄的城堡却是呈现银色的，所以城堡被叫作琼隆银城。琼就是象雄国图腾的神鸟——琼鸟，因此，不论红城还是银城，都是横亘在山顶之上，犹如琼鸟大鹏展翅的雄伟建筑。外象雄的中心处于形如五指的孜珠山上，城堡是用特殊的土夯工艺和柳枝阿嘎草等材质悬空建立在五指山形上的，甚为险峻。

"所有象雄的古堡都是建立在巍峨险峻的山峰之上，如琼鸟展翅，离天最近，与神共存，在高处俯瞰山川的美景下苦修。同时这些建筑在山顶之上的古堡，又可以用于军事的保护。当热红城当然也是巍峨险要的，石屋红城矗立在山巅之上，可以清楚地俯瞰各个要塞通道，便于防守。后面的湖边有一处非常险峻的要塞叫当热琼宗，那上面是一个神殿，部落的国王会在那里修行和举行法会，下面就是他们的练兵场，每每练兵之时，国王坐在那巨大的岩石平台上，指挥演练，场面极其浩大。那里和这里都是非常易守难攻的，这些建筑都是有暗道的，交战数年都不会断粮。"珞伽讲述着。

"有暗道呀，我最喜欢神秘的探险。体会一下暗道的感觉，一定很刺激。"木祖憧憬着。

"这暗道还有逃跑的功能，胆小鬼，我看你是为了逃跑，先熟悉地形吧。"嘎布调侃道。

木祖不服气地回道:"去、去,每次都拿我当反面教材。"

珞伽若有所思:"不管如何我们都要谨慎对待这个红城,不知为什么你们不觉得这里太平静了吗?别忘了,这里可是神石预示会发生一些事情的地方呀!"

嘎布和木祖被珞伽提醒了,立刻警觉起来,竖起耳朵认真听下去。

珞伽继续说着:"通过古辛对我的一些讲述我们还是需要了解这个红城。从红城的上面往右侧俯瞰下面的坡地,那里对应天体的星座和方位有48座装藏的土石塔,应该是一个布局。从红城的左侧往斜上方的山峦之上应该有一个神殿,里面立着一块长条的石柱,跟咱们各部落神殿里的一样,都是用来盟誓和进行象雄本教仪轨又与神山圣湖有关的石柱。这三个象雄中心的城堡比咱们的都要宏伟浩大,城堡里的守卫士兵们拔下发须,取下指甲,赋予咒语,豪放忠诚、英勇善战,誓死坚守着黑河草原的核心,保护着象雄里中心——象雄的安全。"珞伽像一个历史老师给嘎布和木祖普及着知识。

嘎布崇拜地看着珞伽,然后他仰望星空说道:"这里才是一个勇士的回归,我父王说这里是当热部落,他们部落出生了好几代的国王在象雄众多的部落里是非常厉害的。当热部落的善战是整个高原都知道的。我从小就梦想来这里学习武艺,今天终于来到这里了。"

"你可不知道吧,他们的公主更厉害,贤惠漂亮,雅隆那边蕃嘎六牦牛部落就曾经迎娶过象雄当热部落的公主呢。"木祖不无自豪地说。木祖祖先来自蕃嘎六牦牛部落。

"哦……"嘎布无趣地应和着。

珞伽又说了一会儿,大家困意十足了,他们三个人安排好轮流守夜的时间，珞伽练过内功，所以每次便是他先守夜了，嘎布和木祖很快倒头睡了，放松地发出了鼾声。

后半夜来临，黑漆漆的深夜，红城里的烽火台上，有些许的亮光，那是士兵在点火守夜巡逻。远方狼群点起的篝火若隐若现，但是越烧越旺，他们还在继续欢庆。狼王终于跟母亲的家族会合，他们把酒畅饮，狐狸达日和草鼠吉瓦也不得不跟着跳狼舞，以示庆祝。其实他俩已经困得不行，吉瓦跳着舞蹈，时而闭着眼睛，打着瞌睡。达日浓妆艳抹遮盖着疲倦，脚步也时常出错。

深夜中的狼族没有任何倦怠，他们撕咬着捕获的猎物，畅饮着用头盖骨做成的酒器盛着的红色血酒。与亲人的团聚，令他们狂喜而势气倍增，毫无忌惮地挥洒出骨子里的嗜血之性。狼王哈让的舅舅在歌舞升平的欢庆中，与哈让交头接耳地攀谈着，诡秘而狡诈。他们各自举着用人的头骨做成的饮酒器皿，不断加着红色的血液之酒，密谋着，深夜里更是他们伺机出动的机会。当热部落成为他们狼王一族与象雄狼族会合壮大的绊脚石和阻挡的壁垒，多年来直到狼王哈让的母亲去世，都没有能和他们亲戚的大部队会合。三三两两突围去到象雄，总不是办法，哈让的舅舅把希望寄托在哈让身上。利用哈让的名气，可以让他的孩子们在象雄成为贵族甚或是狼族最大的王。

"你是我外甥，哈让这是你母亲的遗愿呀！舅舅我力不从心，几个儿子也不争气。唉……靠你们小辈儿了。"哈让和舅舅头紧贴在一起，他们两个人互相搂着肩膀，久违的亲情与力量在此刻让他们信心百倍，两个人的酒杯频频撞击，发出响亮的声音，血酒溅了出来，增添了杀气。

"母亲的遗愿，孩儿必定报效！"哈让的眼睛湿润了，他扭过头去，转过来的一瞬间，獠牙带着血腥，他咬破了自己的嘴唇，自己的血和着酒杯里的血，他一饮而尽。

珞伽准备和嘎布换班了，就在他推醒嘎布的时候，暗黑的苍穹之际，有着无数闪闪的小点越来越近，用极快的速度飞了过来。

速度之快，始料不及，嘎布还没有完全清醒，珞伽看清了头上飞过的如流星雨一样，大大小小的，带着火光、带着高温、带着极大的冲击波的黑色发光石块，飞速向石屋城堡中撞击而去。

"不好，是陨石雨！"珞伽心里快速地反应着，"由陨星在宇宙中爆裂成许多大小不一的陨石，它们以极大的速度冲进大气层，表面的温度可以达到3000度。这强大的陨石雨，可以在地面上造成陨石坑群，造成地震，伤害到城堡里的生命。"

他使劲推醒嘎布和木祖，大喊："出事了，陨石雨冲着石屋城堡去了，要出大事！我们赶紧去城堡救他们！"

"嘎布带上袋子！"珞伽提醒着嘎布，他们往石屋城堡奔驰过去。深夜里的空旷中，开始传出陨石撞击的巨大声音，开始传出石屋城堡里混乱的声音。

"真是出事了，赶紧呀！"他们焦急地内心大喊着，用尽气力，跑到城堡下的山谷，却发现一条大河挡住了去路。头上的陨石雨从头顶划过，不断地撞击进城堡，而此时神石也发出了强烈的闪烁，红色的闪烁之光，越发的急切，似乎警示着更大的危险。

"怎么办呀！"木祖带着哭音，看着神石和陨石雨发出的红光笼罩的珞伽和嘎布，他们听着上面的惨叫声，急得都快哭了。这边已经被红光照耀着非常明亮了。

"那边有绳索的滑轨，快抓住绳索过去。"嘎布差点忘了，黑河草原有河流经过的部落城堡都有运送物资和进出的牦牛皮索道，用牦牛皮做的结实的绳索连接两岸。但是这个绳索的使用是需要技巧的，否则就会掉入湍流不息的大河中，被卷走，生死不明。

珞伽和木祖跟着嘎布寻到牦牛皮的绳索，嘎布告诉他俩抓住绳索上安置的呈十字状简易的木条，从下往上逆向滑，说着他熟练地滑了过去。逆向滑上去难度非常大，狭小的十字木条，考验着臂力、蹬力、耐力，更考验逆向向上的推动力量。珞伽还好，除了中间那一段，有些把持不稳晃了几下，他还是很快过去了，木祖几次差点掉下去，终于瘫软着滑落到珞伽他们跟前。

他们赶紧往上攀登陡峭的山崖，到达48座石塔之处，很多石塔被击垮了，他们顾不上了，顺着石梯快速到达石屋城堡的大门。大门已经被打开了，一些当热部落的牦牛，奄奄一息地趴在门口，一看就是混乱之中，要往外躲避，却被烫伤和砸伤的。守城的士兵都去施救去了。

珞伽他们赶紧把这些人扶到旁边的半洞穴中，让他们用剩余的气力用洞穴里留下的石头，垒住洞口，秘藏起来，珞伽他们担心狼族会趁势猎杀进来。然后他们冲进了石屋城堡。里面已经乱套了，很多熟睡中的牦牛家族被垮塌的房屋压在了里面，大家里外呼喊地救助。有的石屋直接变成了陨石坑，这一户算是灭绝了，伸出的断腿断手不时散落在周边。孩子的哭声，老者的呻吟，伤者的惨叫，不绝于耳。成年的公牦牛和士兵成了施救的主力军。都是牦牛同类，珞伽他们的进入没有引起城堡里的慌乱和戒备，他们躲避着陨石雨的攻击，凭着嗅觉，绕着城堡里弯曲回旋的夯石之路，寻找着幸存的生灵。

突然最后一波的陨石雨撞击后，引起了强烈的地震。方圆形的石屋更多地倒塌了，石屋之间的街道很多被堵住了去路，同时城堡里的生灵们，都开始听到狼群进攻的嚎叫声音，也听到狼掉到河里的惨叫。但是聪明狡诈的狼很快就会利用绳索攻进城堡，扑杀手无寸铁、虚弱疲惫的当热部落的族人。

就在这紧急时刻，一位戴着象雄国王琼鸟标志——冠帽的中年族人，手拿海螺号角，一瘸一拐地站到一处未倒塌的石屋前。他的眼睛炯炯有神，眉宇粗犷，硕大健朗的身体上可以明显地看到多处被砸伤、烫伤的痕迹。他吹起海螺，那浑厚的空鸣之声响彻天宇。族人聚拢过来，他大声疾呼："狼群马上会攻进来，族人全部退进这石屋的暗道逃生和躲避，不要慌乱，妇孺儿童，老弱病残先进，士兵镇守，——撤退。"

说罢，他和士兵打开他附近几处还没有坍塌，矮小的、半人之高的石屋之门，示意族人按照顺序和要求，从暗道逃生。然后他又和士兵去推开其他未倒塌的石屋之门，分别疏散众多的族人。

"他是当热部落的国王，我们跟他打个招呼，再继续。"珞伽说着，他们三个朝国王奔了过去。

正当当热国王爬上稍高的一处石屋，焦急费劲地搬走垮塌叠加的一块块大石块时，他身边突然冒出了三个他不认识的族人在帮他移动石头，而且有一头是白色的公牦牛。

他惊讶地问道："你们是谁，难道是完成使命的那些族人吗？你们还活着！"

当热国王丝毫没有懈怠手下搬石头的速度，他没再抬头看珞伽他们，似乎那垮塌的石屋下，埋着他非常重要的东西，他的眼神凝重，手指磨出了血。这间石屋的材质是一种玉石，泛着幽绿，这不是红色的石屋。珞伽他们注意到了这间石屋的不同，一边回答国王的问话，一边迅速帮着国王清理垮塌的石头。

"是的，当热国王，我是珞伽，他是木祖，我们来自智隆邦城。这是嘎布，他来自黑河部落。我们的同伴葵犬热那牺牲了。"

"同伴的逝去是很难过的……我是当热国王，如今部落遭遇灾难……"

"成功了！"嘎布喊了出来，他使劲搬离了最后一块巨大的石头，一把把那个满身尘土的族人抱了出来。抱出的瞬间，一股香料的清香，隐隐地从这个族人的身上散发出来。黑夜中，嘎布他们哪里留心救出来的族人是谁。正当他放下这个腰肢纤细的族人，转身和珞伽他们去营救其他族人时，只听见一声带着哭泣的女声呼喊着："阿爸。"

嘎布他们一同回过头去，当热国王与自己的女儿拥抱在了一起。他们心中祝福着他们，然后迅速疏散和救助其他族人去了。珞伽想起了门口那几位受伤的部落族人，于是他带着嘎布和木祖再次把那几位接进城堡，他们关上城堡的大门，用大石头堵住城门，然后把这些族人搀扶到石屋门口，交给了士兵。

当热部落的族人除了国王和几个士兵，就剩珞伽他们三人没有进入暗道了。死去的部落族人，国王命令全部搬进暗道里。狼群已经逼近了城门，很快他们就会撞击城门。国王命令所有剩余的人全部一起撤退。珞伽他们弯腰跟着国王进入到石屋，里面很高，大个子可以完全直立。

石屋四周没有窗户，只有顶上用陶罐倒扣，用石片封起的顶窗。石屋里一侧是土夯的、使用羊皮拉风生火的灶台和烹煮的器皿，糌粑青稞等食物已经被族人全部带走，以备给养。一侧是储备充足的羊粪和牛粪，另一侧地上铺着厚厚的牦牛皮，用来睡觉，墙上挖出的格子，用来摆放用品。在格子旁的地上开了一个洞口，上面有可以拉起的窄小的门，拉起来下面是通过梯子通往城堡地底下四通八达而又很深的暗道。珞伽他们在士兵和国王的帮助下，小心侧身，低头进入地下一层，没想到空间依然很大，很高。他们还要下一层，地下二层才是真正的暗道。

"地下一层是通常用来打坐，修行练功的；地下二层才是全石屋城堡的族人每户必通的暗道。"国王解释着，"你们各自拿好酥油灯，酥油每烧掉降低一个刻度，就代表过去了一个时辰。暗道里人多，如果氧气缺乏，酥油灯的火光会越来越弱，人会窒息而亡的，你们要抓紧时间从暗道出去。"

士兵们给珞伽他们分别递去酥油灯。这是黑陶烧制的酥油灯，外形像大勺子，勺的底部刻着雍仲符号或者喜旋符号，勺柄带着均匀的12格刻度，勺里盛着足够的酥油，刚好持平在最高的一个刻度。珞伽他们拿着被点燃的酥油灯，依次通过很窄小的进口，进入到地下二层。地下二层没有多余的空间了，虽然可以容纳很多人，高度可以直立，但是由于石屋的坍塌和地震的破坏有的暗道也塌陷了。暗道里由于和平年代太久堆集了取火用的树枝和青稞秆，道路受阻。这些暗道与每户的地下二层相连，形成了城堡下巨大的错综复杂的暗道网。通往每户的暗道里有些潮湿、阴冷，宽度可以过一匹马或者一头牦牛，两边土层用石头夯在里面，保持了坚固，很多通道地上是土和干草，以备口粮。因此只有几条暗道可以通往安全的疏散区域。

每下一层暗道，士兵们都将通往暗道的口进行了处理，先盖上牦牛毯子，再封上门，里面用别子的门锁上锁，防止狼群进入。地下二层的暗道通往哪里，珞伽他们不知道。他们跟上了走路慢的伤兵和老者。但就在这时，开始有令人窒息和迷幻的烟雾逐渐被送入了暗道，从微小的气息，到暗道里开始过多地弥漫着这些令人眩晕、窒息的气体，很多人感觉到了不适。

"不好，狼群放烟了，是想熏晕我们，趁机毁掉我们，占领我们的城堡。大家用斗篷、布衣护住鼻子和嘴，没有防护的，互相帮助，加快速度，从湖边的出口撤离，到达琼宗军事要塞！"国王向族人发布着命令。

暗道里的气氛很紧张，可以通行的暗道不多了，氧气开始减少，再加上眩晕气体的侵入，很多族人感觉到了死亡将近。他们开始慌乱，踩踏事件发生了，伤及到了无辜。暗道里发出了痛苦的呻吟，嘎布他们一边搀扶起被踩踏和挤压的族人，一边大声疾呼："请大家按照顺序、不要慌乱、有序撤离……"

嘎布一路跟着疏散的族人往前，并实施救助。这时他又闻到了那股香料发出的淡淡香气，他拿着酥油灯，循着香气，银饰的反光让他在昏暗中看到，一个被推挤，摔倒在暗道交叉处的女族人，正在艰难地爬起，他赶紧上前一把把她扶了起来。

酥油灯的光线打到她的脸上，她惊讶地看清楚了嘎布，那是一张年轻豪气而坚定的面孔，朴实无华、善良淡然。就是他，刚才在石屋那里把她抱了出来。他搀扶起她的感觉，让她浑身有了一种热流涌动。

嘎布借着酥油灯的光线，看清楚了她方圆而不娇柔的脸颊，大方贤德，那双清澈乌黑的大眼睛，在一双挑起的弯眉下是那么让人轻松愉快。她一定是刚才被他救出的国王的女儿。他搀扶起她的感觉，他很是眷恋。

他们两个顿时双目注视，停滞在那里，一股激流涌动在他们彼此的身体中，似有悠扬的情歌在他们身边响起，传递着无声的情愫。让人眩晕的气体和放火产生的烟雾，笼罩着他们，但是他们沉浸在如梦如痴的一见钟情中。

"你们还不快走，狼群已经放火了，暗道里的干草和树枝很快会被点燃，烟气太大，太危险了，快走！"珞伽咳嗽着，低着头催促着嘎布他们。

"干草、树枝被火星点燃了，快来救火！"木祖和后面的士兵捂着鼻子和嘴一同闷声喊道。

老国王早就顾不得女儿的安危，带领前面逃出的妇孺、老弱病残等族人，去往琼宗神殿安置。将士们没有慌乱，他们用毯子和斗篷扑打着暗道里被点燃的烟火。

刚才还情意绵绵的嘎布，对公主说了声："多保重。"迅速放下搀扶公主的手，与珞伽他们投身到灭火的队伍中。

"我叫里提满，谢谢你救了我！"当热公主对着嘎布的背影喊了一声。嘎布听到了，他顿了一下，还是没有回头。公主沉思了几秒，突然她跑向其他暗道中被点燃的干草，解下身上的银饰斗篷，使劲地拍打起燃烧的干草来。

"不行，暗道里的干草、树枝很快便会全部点燃，到时所有暗道里的人都会被烧死和呛死，只有迅速灭掉才可以。毒烟已经攻击了将士的体力，这样的体力和简单的灭火工具肯定不行。"珞伽大声对旁边的将士说。

"没有别的办法，暗道里没有水，必须出暗道，去往湖边的安置点，才能提水灭火，时间根本来不及。"旁边的将士眉毛被烤焦了，他挥舞着被烧毁了几处的斗篷，一边喘着气扑打着火，一边回应着珞伽。

突然珞伽想起了神石的警示，他呼喊着嘎布："嘎布把袋子给我，快呀！"

"在这里，给你。"嘎布大汗淋漓地跑过来，由于受到毒烟的攻击，嘎布也出现了眩晕，有些跑不稳。

珞伽赶紧拿出羊绒袋子，取出那珍贵的冰核，他一手举着脖子上琼鸟的法器，一手托住冰核。然后他思考着，缓缓地将法器琼鸟的双眼对准了冰核的中心，那里面翻滚着无限的水源。

他念诵起了能消除四个业障的心咒："阿嘎阿麦，德智思，纳波希希嘛嘛……阿嘎阿麦，德智思，纳波希希嘛嘛……阿嘎阿麦，德智思，纳波希希嘛嘛索哈……"

珞伽不断快速地念诵着，周围的族人不约而同地都念诵起来。当众人的声音汇聚在一起，如同天雷灌顶般宏大时，琼鸟的双眼向冰核射出了光芒，冰核突然从顶部向上面喷出了强大的水柱，水柱迅速幻化成漫天的雨雾四散开来，充斥所有暗道，将火与毒烟浇灭在打湿的草上。

顷刻间，暗道里漆黑一片，瞬间安静、湿润的清新扑面而来，所有的人都被淋湿了，大家被神迹的力量震撼着，静静地等待。暗道里向地面通风的暗口处传来了狼王的声音："刚才还在燃烧的火，怎么没有了动静，你们都是吃屎的吗！""废物，还不继续放火，站着看什么，想故意放走他们吗？是不是想让我对你们极刑伺候！"

"啪、啪……"传来了狼王狂扇士兵的声音。

地面上，狼王恶狠狠地教训着关键时候掉链子的士兵。这些士兵属于舅舅旗下，舅舅年老体弱了，儿子们不争气，官兵涣散。哈让的出现，让母亲的家族焕发了生机。

本来这场天意的战斗主动权已经掌握在哈让的手上，突然间却被无端熄灭了。哈让怒火中烧，他用余光看到了舅舅那些儿子的阴笑。

"大……王，那……火放不进去，刚才突然有巨大的水雾冲了出来。"士兵哆哆嗦嗦地说。

"不可能呀，这暗道四通八达，最后的出口是当热雍措湖边，通向琼宗神殿。暗道距离湖边还很远，不可能在这样短的时间里取到水来灭火的。"哈让的舅舅疑惑而思索着。

"是那个冰核！"达日步出狼群说道，"我听到了他们念诵本教心咒的声音，一定是心咒与冰核显灵，发出水雾灭掉了毒烟和火，救了他们。"

"那你说该怎么办！"狼王愤怒地吼道。

达日吓了一跳，后退了一步。狼王缓和了语气，凑近达日一步，有些媚笑地说："呦，吓到我们的谋士达日大臣了，那您看我们如何能摧毁他们呢？本王愿意洗耳恭听。"

达日知道狼的本性，她不会被哈让的媚笑洗脑，事已至此，为了能够活着到达象雄，去嫁给属于皇族的堂哥，她动着脑子，贡献着计策脱身。

"火攻，肯定不行了，他们一定会从暗道逃往琼宗神殿那里躲避，并在练兵场休整。我肯定今晚先期到达那里的是妇孺和老弱病残，勇武的将士要不然殿后在暗道中，要不然正赶往琼宗，所以我们必须放弃这里，趁着城堡地面无人守护，可以穿越过去，攻击琼宗神殿。"达日壮着胆子说出了想法。

"只要越过神殿，我们就可以和象雄最大的狼族会合了。天意呀，感谢陨石雨，让我们能够不费吹灰之力进入当热红城呀！这是我外甥哈让护法的强大，只有我族哈让不辱狼族荣耀，不愧为王呀！"哈让的舅舅立刻匍匐在地，给上天磕了一个长头。他的儿子们嫉妒地看着哈让。

"好，就按你说的。传令，所有狼族，不得有误，直杀琼宗神殿！如有临阵脱逃者，打入十八层地狱，分尸敬祖！"狼王直视着舅舅那些纨绔子弟的儿子们，真想给他们些教训。

下面暗道的人惊恐地听着上面的讲话，他们在伸手不见五指的暗道中手拉手，焦急地摸索着，往湖边的出口挪步，真想飞到琼宗神殿去，解救族人。

上面的狼群已经快速奔跑而去，声音渐远，暗道里的族人们在黑暗中搓着小步，他们不敢再发生踩踏、挤推了，这样损失更大。

暗道里大家着急地交流着："巴桑，怎样才能快些，我都急死了，神殿那里告急呀！"

"我也急呀！"

"军师，我们怎么办呀？"

"你那里打火石有吗？"

"有，但是酥油灯都打湿了，点不着。"

"我有办法，我练过拙火功。请大家把剩下的斗篷、毯子给我，我烤干后，请大家有剑的缠在剑上，用身上火镰里的打火石点燃就好。"珞伽大声说着，暗道里回荡着他的智慧。

"请大家赶紧把斗篷传给我。"

暗道里立刻热闹起来，大家兴奋地解下烧破的斗篷，传给了珞伽。珞伽发功，没一会儿就把斗篷都烤干了。将士们从身上的火镰里取出干燥的打火石，互相协助将缠好在剑上的斗篷点燃，暗道里陆续亮了起来，热情与焦急洋溢。来不及道谢，大家给珞伽投去敬佩的眼神，迅速有序地朝着湖边出口跑去。

在各路暗道往湖边出口的交会处，嘎布看到了一个熟悉的身影，她举着用剑做成的火把站在那里给将士引路。是的，那是里提满。她的脸上身上到处是灰土，银饰被烤变了形，但是她的贤德是那样的纯洁，嘎布不禁慢下了脚步，他好想多看她一会儿。

"得了，哥们儿，我看你真是要留在这里了，花痴得不行，赶紧过去呀，她站的地方是必经之路。"木祖跳上嘎布的肩膀，拍了拍他痴迷的脸。

"这就是一见钟情吗?！"珞伽突然在心里蹦出了这样一句话，他吓了一跳。

嘎布红着脸，快步低着头冲过里提满站的地方，不敢看她。

就在嘎布要冲过里提满的身边时，里提满看到了嘎布，她刚要开口问他叫什么名字，木祖狠狠掐了嘎布一下，嘎布低着头停了下来。

木祖心领神会地抢着说："你好，我是木祖，他叫嘎布，我们的大力神，下次搬石头成就王位找他准保赢。哈哈！"

"我叫珞伽，我们都是好朋友，嘎布非常优秀。"珞伽也莫名其妙地凑起了热闹。

"哦，你们好，谢谢你们救了我们族人。"里提满感激地说。

"公主，你先跟着他们走吧，我们来殿后。"跟上来的将士替下了公主的位置，为后面的士兵打着亮光说道。

"谢谢将军了，那我先去看看父王那边如何了。"

"珞伽，拜托你们将公主安全送到神殿，在那里请保护他们。"将军给了他们一个信任的微笑。

于是里提满和嘎布他们一同冲出出口，沿着湖边往琼宗神殿奔去。

当热国王安顿好神殿和练兵场两处的族人，带着两个士兵从神殿沿着陡峭的石路蜿蜒而下，准备从练兵场的暗道往湖边急行，去接应主力军。草鼠吉瓦趁着腿脚的灵便，已经很快登上了险峻的崖壁，进入到神殿和练兵场里进行了窥探。他把地形和里面的情况通知了狼王，告诉狼王携带兵器，因为琼宗是一个军事要塞，练兵场有巨大的武器库，每个士兵都腰佩利剑。更是提醒狼王琼宗神殿和练兵场组成的琼宗城堡军事要塞应该有暗道，但是暗道在哪里，通向哪里，他没有窥探到。狼王庆幸地感谢自己收纳了狐狸达日和草鼠吉瓦，看来什么人有什么用呀。

狼王吩咐官兵，分两路进行突击，一路沿着悬崖峭壁，用狼尾互相牵连，进入神殿，一路正面突击练兵场。

狼王亲自带着狼族官兵冲到了琼宗城堡城墙的正门入口，吸引神殿和练兵场里的士兵，让里面疏忽从悬崖侧壁偷袭的狼族。

当热国王刚要下暗道回去，突然听到城堡外的狼群气势十足的声响，大门被猛烈撞击，他停住了脚步。抽出宝剑，命令练兵场和身边的将士准备应战，这里他不能失手，虽然神殿里安置了妇孺们，但是这练兵场安置了众多的老弱病残的族人，一个都不能失去。

上面神殿的六位官兵打着火把也下来协同助战，他们点燃了沿着神殿一路下来，架在石窝里的干草，瞬间琼宗城堡里明亮起来。国王立刻意识到了，他冲冲过来的将士疾呼："赶紧回去镇守神殿，狼族会从悬崖侧面偷袭！保护好部族的孩子们呀！"

被惊醒的将士们，转身往崖顶的神殿飞奔，那里只留下了几个士兵。还是晚了一步，就在他们快要上到神殿的时候，狼族士兵腰别用于挖土的十字镐"DO'ZE"（古象雄语），已经从崖壁后侧攻进了神殿，里面传出了兵器击打的声音，还有无助的哭喊与哀号。

当热将士咬着呀，发狠地大喊着"啊！啊！"他们跃上了神殿，一边与刚爬上来的狼奋战，一边冲进神殿解救族人。

神殿里供奉着象雄国教雍仲本教护法神释必伽摩，妇孺们躲在神像一侧，蜷缩颤抖，哭泣号叫。她们为了不暴露暗道，宁死也不逃跑，这暗道连接着后续过来的族人。酥油灯燃烧的灯芯忽明忽暗，敬香的味道中混合着血腥，令人压抑。几个当热士兵被砍死在地上，就剩下两人与六条狼在激战，他们身上满是血迹，很快就无法招架了，这时他们已经被逼到了护法神释必伽摩一侧，但是伤痕累累的他们依然护着妇孺们，尽力拉开着与他们的距离，不让剑伤害到他们。酥油灯的光线下，护法神释必伽摩的眼里凝重而压抑，一场大战无法避免。

"受死吧！"从外面冲进来的当热将士们呼喊着，挥舞着利剑与狼族的官兵展开了殊死搏斗。两个当热士兵受伤很重，他们倒了下来。两位女族人取下士兵的剑，赶紧把两位士兵护卫住，其余的女族人用供奉神像的香灰和随身携带的草药混合，为士兵治疗。

上来的狼越来越多，六位当热将士誓死奋战，他们的体力开始下降。又有两位将士身中数刀，牺牲了，剩下的将士边战，边喊着："为了保全我们当热的后裔，赶紧从暗道逃脱。"但是他们身后的妇孺们却坚定地应着："坚守当热，守护神殿。"将士们眼里含着泪水，奋起搏击。

练兵场上，当热国王带领着二十几个将士也已经与用巨石撞击城门攻进来的狼群展开了战斗。面对着黑压压的狼群，国王的心里清楚，他的身体遭受了陨石雨的攻击，他带着的士兵不足以抵抗如此之多的狼群。狼王哈让回来了，这将成为黑河草原的灾难。他知道如果主力的援兵不到，他很有可能被俘，他的头颅将成为狼族献祭的供品，那将是象雄当热部落生生世世的耻辱呀！他不顾将士的阻拦，冲进了狼群。他头戴的象雄王冠帽的琼鸟之角，发出了隐隐的寒光，在狼群中跳动。

这边珞伽他们已经接近琼宗军事要塞了，但是他们痛心地看到狼群已经捷足先登。城堡里混乱的厮杀声，让他们知道战役的惨烈。当热将士命令大家不得经过暗道登上要塞，以免暴露暗道的机密。于是他们这些主力军用最快的速度疾驰到琼宗城堡。看着漆黑的狼群，他们从狼群的后面包抄上去，用强大的牦牛体魄长驱直入。

狼王带领的士兵被后来的当热主力军突袭，他们有些招架不住，狼王迅速得到了禀告。

坐在一旁观战的狼王立刻站立起来，他知道象雄当热部落是象雄联盟统治中，最英勇善战的部落，没有当热部落的守护，就没有象雄琼隆银城丝绸和茶叶之路的盛世，冈仁波齐的神山就缺少了一族的护卫。只有抓住象雄当热国王，砍头示众，祭祀祖坛，才能震慑住当热族裔，在象雄大国中威震四方，那雪域之权还不容易到手吗？

想到这，他摘下骷髅法器，变换成锋利的骷髅权杖，看着奋战的象雄当热国王，他带着邪气"哼、哼"了两声，冲到了国王的身边，张着血盆大口的骷髅利器打向了国王。

国王本来就被几十条强悍的狼围攻，突然袭来的利器，让他护卫回击时，还是没有站稳打了个踉跄。当热部落的将士看到，往国王的身边突围过来，应战围着的狼群。国王看到哈让的骷髅利器，立刻就知道了他是狼王哈让，他后悔当时就不该手下留情放走怀着哈让的母亲。

恩将仇报和涌泉相报，选谁都是一种命运，都是有着存在的因果。

这次他不能再手下留情了，国王振奋起精神，他大声喊着，挥舞着利剑，势均力敌的两个人，厮打了起来。

城堡外面珞伽和嘎布没有武器，他俩只能用尖利的牛角和强壮的四蹄猛击狼群。里提满看在眼里，她知道暗道的位置，可以去取锐利的兵器给他们，于是她悄悄拉过木祖耳语，两人悄无声息地消失了。他俩秘密潜入暗道，拿出兵器返回到战役中。

"嘎布！接住！"里提满被士兵保护着，使劲向嘎布喊着，挥舞着兵器。

木祖斜了一下里提满，小声嘀咕："哟，这还没个说法，就真当家人了，武器都先给了家人。"

"喂，珞伽，给，你的兵器！"矮小的旱獭木祖站在当热士兵的肩膀上向珞伽呼喊。

嘎布和珞伽分别冲回到他们这边，快速拿到兵器又冲回了狼群中，与当热的将士们并肩作战。里提满递给嘎布兵器的时候，还是碰到了嘎布的手，感觉到了热流。她的心激动着，但是很快她又开始担心她的父王。

当热国王一边应战狼毒的哈让，一边又要反击围攻的狼群。国王被陨石雨击伤的伤口不断撕裂开来，异常疼痛，本已经凝固的伤口，血再次流了下来。他的剑和哈让的利器相撞已经留下了几处残缺的小口。他很清楚他的兵器不能长时间对付哈让家族从外域的毁灭之神——湿婆那里得到的骷髅利器，只有象雄银城鲁巴一带的象雄苏毗女部族锻造的戈、矛为一体的短柄青铜钺才能战胜狼族的骷髅利器。国王暗自运行着内气，拖延着与哈让战斗的时间，他已经知道当热的主力军返回了琼宗城堡，很快就会冲进城堡，战胜狼族。尽管哈让一人再强大，但是哈让不会放弃家族的大军，因为哈让家族最终的目的是到达里象雄与那里高原最大的狼族会合。多年来，由于当热部落的镇守，哈让的家族始终无法如愿。

国王主动一个箭步，用剑虚晃一招，飞腿而过，踢到了哈让的肩部，哈让忍着疼痛，退后了两步。十几头狼见势猛扑过来，国王前后左右击退着眼花缭乱扑过来的狼，剑与利刃撞击发出的金属声，让人不寒而栗。就在国王回击狼群围攻的一个扭转空隙，哈让抓住国王的一个瞬间喘息，他立刻一个侧横扑，骷髅利器的尖锋带着巨大的冲击直指国王的咽喉，国王来不及躲闪，反向弯起胳膊和手腕，使出浑身的蛮劲几乎挨着咽喉之处，让自己的剑背抵住了狼王兵器的尖锋。

"哐当！"一声回响，国王的剑被骷髅利刃砍成了两截，一股巨大的反弹将国王和哈让推开，国王的手臂被扭伤了，他打着趔趄，差点跌倒，哈让趁势反扑，再次将骷髅利刃向国王刺去。

就在利刃将要刺到国王心脏部位的时候，一团巨大的黑影以迅雷不及掩耳之势阻挡了哈让的利刃，然后黑影跌倒在地上。哈让的利刃被硬生生地挡了回来，但是那上面带了血。

天已经微微亮了，哈让和国王都在震惊中看清了倒在地上的嘎布，他闭着眼睛，在胸口处有一个深深的洞，伤口里喷出了血。

原来就在国王和哈让打得激烈的时候，珞伽和当热将士们已经冲进了城堡，哈让舅舅儿子的士兵不愿恋战，立刻被冲散溃败。于是珞伽他们和当热将士们解救了神殿。而嘎布从神殿下来的时候，刚好看到哈让那凶狠的一击，嘎布来不及反应就从上一跃而下，替国王挡了致命的一击。

看清嘎布，哈让才反应过来战局的不利，他惋惜着这差一毫的机会。但他立刻一个长嚎，挥舞着他的骷髅兵器，呼唤着一路跟随的狼族将士迅速撤离，趁着战乱往象雄方向飞奔而去。

珞伽和将士们跟着去追。国王和女儿里提满、木祖扶住尚有一丝气息的嘎布，焦急地喊回了珞伽和将士们。

嘎布的伤情不容乐观，珞伽没有想到他伤得如此之重。喷出去的血很多，嘎布游离在生死边缘。公主里提满急得泪水不断，珞伽拿出珍贵的甘露丸全部给嘎布服下。国王下令把嘎布抬到了练兵场一处极其隐秘的溶洞里面，这是当热族人世代修习象雄大圆满秘功的地方，这里奇幻的钟乳石具有超级的能量，国王希望这来自宇宙的暗力，能够带给嘎布活下去的力量。

昏迷的嘎布平躺在一块晶莹剔透的水晶石台上，骷髅利刃造成的伤口太大太深，几乎可以看到嘎布的心脏在微弱地跳动，就差几毫米，嘎布就会当场死亡。服下甘露丸，嘎布血流得少些了，但还是在溢出，而且伤口不能这样敞开。国王叹息着，珞伽和木祖焦虑地等待，寸步不离，但又无计可施，他们期盼甘露丸的奇迹。珞伽知道这么大量的甘露丸如果还没有救醒嘎布，那么结果是令人痛心的，要么嘎布死去，要么嘎布永久沉睡。

就在这时，里提满带着泪水走进洞里。她手里拿着一个草编筐，缓缓走到嘎布的身边，深情地看着嘎布，然后真诚地对珞伽和木祖请求道："请你们允许我来尝试救他吧。在我阿妈去世前，她教给我了一些象雄医法。后来阿妈自己由于没有得到家族医术的有效救助，死于产后大出血。父王痛恨阿妈家族的医术，不许我再学习，但是我还是偷偷学了一些。我知道我不是一个神医，但是请允许我为嘎布试试行吗？我不能保证成功，但是我也不想失去一次可能的机会。"

国王震惊地看着女儿，此时没有谁敢阻止这样的眷恋和责任。

里提满拿下长方形草编筐的盖子，取出一些牛骨磨成的长针。大家惊讶地屏住呼吸，看着里提满进行下面的救治。里提满把盖住嘎布身子的毯子，拉到小腹处。她小心谨慎地确认着嘎布的穴位，然后她把一根根的长针一边捻着，一边轻而缓慢地扎进了嘎布的穴位。她从筐里拿出一把小短剑，小心翼翼地把嘎布伤口一圈的毛发刮掉，伤口清晰地露出，又取出一个小牛皮水袋，用柔软的一团羊绒线沾上水袋里的药液清洗嘎布的伤口。接着她又拿出了一根有着精致针眼的牛骨针，她取下自己一根长长的头发穿进针眼，然后开始将嘎布的伤口进行一针一针的缝合。水晶石台众多明亮的酥油灯照射下，折射出灿烂的光晕，打在里提满的脸上、身上，她如同一尊普贤白光佛，慈祥温暖，美丽祥和。洞里寂静无声，可以听到发丝穿过嘎布坚硬皮肤的声音。缝完最后一针，里提满给发丝打了个结。她往上稍稍拉高一点嘎布身上的毯子，怕嘎布着凉，同时又不能碰到针。

当里提满收拾好草编筐里的东西起身时，国王、珞伽、木祖还沉浸在刚才的治疗中。里提满打破了沉静："有甘露丸和象雄针灸可以维持嘎布至少三天的生命。我现在马上要到海拔两千米的一片松林中去找一种正面的叶子呈绿色、背面是白色的火捻草，又称火草，还要去向麋鹿部落要些鹿香。这两样东西是最为关键的，但愿嘎布能够挺过来。

"父王，请你们和将士们，在我没有回来之前，为嘎布每日早、中、晚三次服用采自达果雪山上圣泉与蔓菁（元根）煮的水；并且每日不间断念诵九字心咒，至少要有13个族人发声，当然越多的力量越好，千万不能停下，请尊重嘎布的生命。"说罢，里提满带着眷恋看了看仍然闭着眼睛维持气息的嘎布，然后她坚定地拿着草编筐步出了溶洞。她的身后响起了抑扬顿挫、不断念诵的九字心咒："啊阿噶萨来沃阿央翁都……"

在里提满出去的日子，溶洞里的灯光不熄，心咒不断，终于在第三天的清早，里提满带着疲惫回到了溶洞。看见嘎布，她的眼神立刻发出了光芒。她从牦牛袋子中取出火捻草，上面捻上鹿香，用打火石点燃它们，然后在嘎布的某些穴位上，用冒烟的火捻草来回地缭绕和熏治，同时她嘴里不断念着："可热、可热……"（开始开始的意思）。

这样持续过了三天，里提满唤醒了睡在溶洞里的父王、珞伽、木祖。

"请你们继续默念九字心咒，给我和嘎布一些力量，今天我要拔针了，嘎布的生死就在今天。"说着里提满在大家默念的九字心咒中，从嘎布的穴位中，一根根拔出了牛骨针。

当最后一根牛骨针被拔出嘎布的穴位时，心咒停止了念诵，所有人都聚焦在嘎布的身体上，哪怕嘎布身上显出微小的动静，那都是希望。时间等待得如此漫长，一秒钟，都让人焦急和紧张。里提满自己念起了九字普贤白光佛心咒，她的声音清纯而洁净，如同清脆的铃声开启了嘎布关闭的神经元。

嘎布的眼皮动了动，然后睁开了眼睛，大家欣喜若狂。里提满的泪水滑落了下来，为了今天她已经长时间没有休息了。里提满不敢怠慢，哽咽着继续默默地念诵心咒。

"我还活着吗？我好像去了一个很光明的地方，刚要穿过这个强烈光线的通道，就被一个清澈的声音给使劲拽回来了。"嘎布还是蒙蒙的，但是他的话又很是清醒。

突然嘎布握住了里提满的手，激动地说道："就是你的声音，是你把我救回了这一世。你能嫁给我吗？！"

在场的人全部都愣住了，他们一同看着里提满。

里提满使劲点着头："我愿意，愿意。"然后她把嘎布的手放在了自己的脸颊上抚摸。嘎布的眼角一挑，嘴角上扬，他是那么开心，捡回了一条命，还找到了一位贤德的妻子。

大家静静地退出溶洞，把幸福甜蜜的时光交给了里提满和嘎布。

国王含着激动的泪水，高兴地跟珞伽和木祖说："有生能够与什巴贝钟钦波护法神化身的白色牦牛王子一同作战，一同看到女儿的幸福，我知足了。里提满的母亲在天有灵，也一定看到了今天幸福的见证，和我们一样高兴的。谢谢你们，我要在你们离开之前，为他们举行隆重的婚礼，婚礼结束嘎布和你们继续完成使命。"

珞伽和木祖使了个眼色，答应了国王的要求。其实他们不会让嘎布继续上路了，他需要休息，需要幸福健康地活着，需要为象雄的大业驻守要塞，更需要为冈仁波齐水源的保护，阻挡更多的危险。

春天的耕种不能耽误，于是这场婚礼的吉日就选在了当热红城下象雄当热祖先居住的文部。村落湖畔一块块分割有序的黑青稞田年代久远，黑色的青稞成为贸易往来的珍品，供奉着中原的皇室。夏天油菜花的金黄，交叉在绿油油的青稞中，丛林的郁郁葱葱，野花溪水的晕染色彩，配上湛蓝的湖水，倒映的达果雪山，环绕流经在村落的溪水，族人的闲庭漫步，这里犹如世外桃源。而春天是每一季的开始，娇嫩的绿色中，孕育着生机和收获。因此文部每年的开耕节成为一年期盼美好收获的最为重要的节日，非常隆重。

在这里举行当热盛大的婚礼，也是里提满公主母亲的遗愿，文部象雄古语意为犹如牛奶中的奶泡，刚开始很多，冷却了很快就会归于平静。告诫众生，人生沧海桑田，欲望无常，有无瞬间，皆具因果，唯有努力。

里提满公主步入阿妈曾经的石屋寝室，从夯土开凿的台子上取下一个木箱，陨石雨的震动，让尘封已久的箱子上铺满了灰尘。她坐在牦牛皮的卡垫上，把木箱放在刻着花纹的木桌上，拂去尘土。那檀木的木箱盖上雕刻着回字文、卷草纹、圣殿、象雄缩写的古语。姥姥告诉她，那个文字是圆满的意思。她拿下木盖，从木箱里取出阿妈家族婚嫁的服饰。里提满想念阿妈了，泪水中她看到了阿妈对她婚礼的微笑与祝福，她把脸颊贴抚在服饰上，沉浸在对阿妈的眷恋中，温暖而亲切。

侍女拿来了父王与嘎布族人新打造的传统结婚纯银的首饰，里提满用她漂亮的手工技艺，把它们一一缝制在结婚的头饰上和服饰上。女人家族传承的服饰，代表着一个家族的兴旺与发达，象雄的子民们世代不会卖掉家族的传承，一代一代将不断积累的财富和荣耀佩戴在女人结婚和隆重日子的盛装上。结婚不分家，信仰不改变，是象雄人驻守家乡的誓言。

里提满一针针地串起银饰，体会着阿妈的遗愿，她的心中感悟着：爱情是一生的功课。

婚礼在嘎布休养的日子里紧锣密鼓地准备着。

姑娘们打着酥油，唱起了酥油歌："一——二——三（呀）——三（呀）——三（呀）——四（哟）。"

当热族人套上木头的工具，翻新土壤，田边插上了五彩的经幡，在和风的吹送中祈福。

男人们修葺重建着毁坏的石屋、街巷、院落。浓烈的阳光下，珞伽和木祖甩开臂膀背起石块，他们配合着当热族人脚步的动作和节奏，热情地唱起了古老的背石块号子"啦——阿啦——嘿啦——啦——阿啦——嘿"。

修建城堡的日子，男人们热火朝天，用泥土和石头垒起城墙和石屋，用巨石夯实在地上。为了防止诈尸，当热族人将石屋的门修得半人高，将街道变成了回旋曲折，如同迷宫。闲暇之余，木祖会假装扮成僵尸，不会拐弯，不会弯腰，闭着眼睛，一蹦一蹦，直直地撞在石屋的外墙上，头上凸起肿包，增添着乐趣与欢笑。

重建的日子，当热雍措湖畔每天都响起不同内容而欢快的劳动歌：背石号、翻土歌、垒墙歌、打墙歌、抬巨石和巨木号子、房屋封顶歌、砸地基歌、泥匠歌、铲土歌和打阿嘎歌等等，一首接一首，歌声此起彼伏，每一首歌，每一个内容，大家动作一致，整齐划一，劳动的场景颇为壮观。

风清云淡，俊朗白云，明媚畅然的日子里。只见长长的木制塔卡织布架子一排排铺设在田野乡间，当热妇女们加紧织着塔卡，为婚礼和开耕节的盛装做着准备。老人、孩子转着线锤将一缕缕羊毛捻成线，妇女们用原色的矿物质将一坨坨的羊绒线染色、晒干，青春的女人们穿插着木梭熟练地拉线。一块块、一条条，高原西北部象雄牧人黑、白、红、绿、黄，五色搭配的各色锦布接连出炉。悠扬的牧歌，喜悦的欢笑，此起彼伏响彻在幸福和谐的当热雍措……

当热大婚与开耕节同日，忙坏了国王，他亲自担当管理田地的田长，预测什么时候灌溉放水、播种、耕种、收割。底子甚好的嘎布，在里提满的照顾下，身体恢复迅速。

婚礼的吉日终于来临，天幕还没有拉开亮光，星星大颗大颗地挂在天上，时辰尚早，但是勤劳的文部人再次检查犁好的田地，疏通的水渠、插好的经幡。整个黑河草原今天昭告着盛典的重要与吉祥。广袤四野，家家户户的黑牦牛帐篷、石屋中、洞穴中，都早早地冒出了炊烟。远方的祝福，近处的盛宴。整个当热的族人都换上了盛装。

公主里提满穿上亲手装饰的嫁衣，红、黑、白三色相间的羊绒线织成的长袍，上面用手工錾刻的各种带着珊瑚珠、玉珠、松石等花纹图案的银饰，按照星辰的方位，布满在厚实而温暖的长袍上。缀满银饰、珊瑚珠的宽腰带，挂着牧人的火镰、线包、短刀等必要的用品。她穿上手工鞣制、定做，染成红色、黑色牦牛皮，做成插色的皮靴，上面刺着象雄的符号。头饰是高原人最为重视的盛装了。在侍女的帮助下，里提满的头发编成了众多长长的细辫，如同瀑布一样垂了下来，上面刷了些青油，乌黑发亮。带着"叮喃、叮喃"声响的一副厚重的，全部用纯银打造和錾刻的头饰，被两位侍女从木箱子里抬了出来。在两位老阿妈的协助下，这副重达20多斤，几乎拖地的头饰戴在了里提满的头上。一片片载着图案、精致绝伦的银片，层层叠叠地铺开在里提满的后背。铜镜里的里提满，一副纯美的面容，带着红晕。被镶嵌在厚实的头饰中，垂下的银饰流苏，碰撞出"丁零、丁零"的清脆之声。

隔壁的石屋，珞伽、木祖在侍从的帮助下，给嘎布穿戴一新。嘎布里穿白色的长袖，外套虎皮装饰的黑白相间的男士长袍，头戴豹边、红色喜旋图案，高耸的帽子。珞伽帮嘎布绑上里提满亲自为嘎布织的带着回字纹饰、宝瓶等图案的塔卡（腰带），腰带上挂上传统图案的银质火镰、长剑、皮套等，然后嘎布把右胳膊褪出长长的衣袖，脚上裹上白色羊绒的袜布，蹬上宽厚、尖形的黑、白、红色插皮，带有卷草纹的牦牛高靴。最后木祖蹿上嘎布的肩头，给他挂上了长长的银饰搭配的珊瑚耳环。

看着嘎布穿着盛装英姿飒爽，珞伽有些羡慕，他回忆起他的阿妈和父王送他盛装出行的那一刻，他想他们了，眼里起了雾水，侧了下头，收回泪水，很快调整了情绪，今天是嘎布的大喜之日呀。

无数盛装的族人等候在举行婚礼的开耕节的蓄水池中，婚礼和仪式庆祝之后，蓄水池才会开启蓄水功能，当蓄满水后，打开阀门，水会沿着水渠，蜿蜒而下，流经文部的石屋，按着顺序流向那一块块翻新撒种的耕田。一切准备就绪，在亲朋好友、将士的簇拥下，里提满和嘎布终于盛装相见。一个贤德温柔，一个俊朗豪迈，他俩手拉手在众人的祝福下向蓄水池而行。开耕节的时辰、仪式和族人的丰收祝福是最为重要的，婚礼省去了很多繁琐的程序。里提满与嘎布与父王分别亲切地碰了额头，他们用切玛进行了敬神、敬天、敬地的仪式，然后给父王敬过三口一杯的青稞酒，当父王捧着银质大碗的酒杯，喝干浓烈香甜的青稞酒后，开耕仪式正式开始。

族人们带来每家自己酿制的青稞酒，倒在挖好的"增钦"圆形的，底部铺设着石板的蓄水池里，唱歌跳舞。他们在蓄水池的中间，比拼着大力士，强大的勇士们搬起一块块沉重的白石头，一个石头接一个石头往上放。而累加的石块不超过两米，形成一个"石垛"。但是最上面那块最沉重的大石头考验着将士们。每一次都不会有勇士能一次搬上去，同样的问题再次出现。里提满深情地看着嘎布，嘎布毫不犹豫大步进入蓄水池中间，他运足了内力，一下就把沉重的大石举了起来，稳稳地放在了垒起石头的最顶部。族人爆发出了激动兴奋的喝彩。

"我就说嘎布是大力士吧，看来公主的后代基因没问题。"木祖开心地调侃着。

国王、里提满、珞伽跟着族人的欢呼而喜悦。

嘎布按照嘎尔贡热巴孔雀舞继承人，尼日家族传授的秘诀开始跳孔雀舞。十几个盛装的当热女孩在旁边唱，嘎布展袖，跳跃弯腰伏地，难度很大，他的整个身体犹如孔雀的舞动，头部像孔雀的晃动。在美丽的舞姿中，嘎布嘴里不时发出孔雀的欢快之声。"索——呀——啦，玛吉啊，卡吧，咦那，咕喔，哉摩，哉哎啸——"如果你是有智慧的孔雀，请你跳一跳孔雀美丽的舞姿。里提满在一边用歌声和舞步回应着，他们的爱如胶似漆。

然后国王带头祈祷丰收、风调雨顺。他往"石垛"上撒糌粑，然后族人们撒，尤其是往国王身上撒，国王的身上撒得越多越好，因为国王作为田长代表了农作物的丰收，所以国王被撒成了白白的"雪人"，根本睁不开眼了。看到国王的样子，族人们欢欣鼓舞，今年看来又是一个丰收年了。里提满和嘎布掸去国王身上的糌粑，落座在水池上边的卡垫上，观看着族人热闹的歌舞表演。这里一天都是欢声笑语，开怀畅饮，弥漫着奶酪、酥油、丁肉的香味。

晚上开始蓄水，从文部后面山谷里引来清甜的山泉水，一夜可以蓄满整池。第二天早上太阳升起来之前，每家的男丁全部集中在蓄水池旁，进行祭沟神的祭祀仪式，念诵心咒，然后才能放水。

当然这个敬神的祭祀，珞伽、木祖、嘎布是必须要参加的。他们虽然很困，但还是按照时辰爬了起来。

一看到嘎布步出婚房，木祖凑到嘎布耳边，故意大声问道："兄弟，昨晚看来热血沸腾呀，气色不错。哎，透露透露，滚了多少次'床单'呀！"

嘎布红了脸，准备抓下木祖教训一下，木祖迅速跑到珞伽身后笑着躲避。

珞伽被嘎布的窘态逗乐了，他搂着嘎布的肩膀，说道："你还不了解木祖呀，不过我看你今天是真男人了……"

说罢，三人都笑了起来，趁着刚好的时辰，去进行放水的仪式。

珞伽、木祖不能再在当热部落陪着嘎布了，夏季的和风已然进入，象雄这个时候是最好的季节，去往冈仁波齐的路途应该会顺利很多。使命未完，他们必须赶紧上路。他们也担心狼王会在路上进行伏击，夺取冰核。为了让嘎布留下来驻守城堡，消除隐患，珞伽和木祖费了半天劲才说服了嘎布、里提满和国王。

告别的日子到了，在琼宗释必伽摩的神殿里祈祷完毕，国王给珞伽、木祖披上战袍。他从释必伽摩后面的木盒里取出两块天然的、錾刻有牦牛和太阳图案的金块做成的牌子，递给了珞伽和木祖。

"拿着，这是当热部落神秘之处产出的黄金，黄金是宇宙的精华圣物，这黄金上的图案也代表着通行牌，后面也许有用。象雄有一个"门"的部落是我们的亲戚，他们的部落特征是用石块堆砌成一个个凸起的小祭坛，当他们看到通行牌必定会帮助你们的。

"还有，那狼王哈让使用的兵器是来自外域的毁灭之神的骷髅利器，只有象雄琼隆银城鲁巴一带的象雄女部族锻造的短柄青铜钺才能战胜狼族的骷髅利器。你们必须想办法得到这个青铜钺。"

"谢谢，我们一定不辱使命，你们就等着胜利的消息吧。"珞伽满怀信心。

他们拥抱了国王和嘎布，祝福里提满能够为当热部落早日生下高原的勇士。

珞伽、木祖、嘎布强忍着分别的泪水，三个人在分手的山口再次拥抱。当热雍措的蔚蓝依然如故，雨雾飘下，大湖上横跨出一道彩虹，几只山鹰从琼宗神殿的崖顶上盘旋而起，鸣叫翱翔。这是吉祥的征兆。

珞伽他们踏步前行，嘎布拉着妻子往山顶的烽火台上狂奔，他要再看清楚他们，再送远一点，下次不知何时再聚。登上烽火台，嘎布和妻子看着珞伽和木祖行进在层次优美的地面山丘，野花没过了珞伽的脚踝。木祖手捧着一束野花，像个花痴，跨在珞伽的背上手舞足蹈。里提满用古老的象雄语赞美着，嘎布捡起一根山鹰的羽毛，他张开双臂，冲着珞伽、木祖的方向，激昂嘹亮地唱起了象雄的山歌。

珞伽和木祖听到了山谷中回荡的山歌，他们回望着烽火台上的嘎布和里提满，木祖举起花束使劲摇摆着，"后会有期……"

歌声一直伴随着珞伽和木祖的身影再也看不到为止，里提满和嘎布依偎着，他们没有离开烽火台，久久沉浸在对挚友的眷恋中。嘎布要给妻子讲述他们三个人一路的经历，要让他们的故事传承下去。

第七章　琼隆银城，天珠奇缘

　　按照神石的指点，珞伽和木祖一路西行，奔赴象雄的政治、经济、文化核心里象雄（阿里），那个琼鸟故乡，那个强大的雄侠部落王国的源起。整个雪域高原的西北部矗立着很多高大列石的石柱、巨石阵等，众多的立石突兀而奇特，珞伽和木祖知道这跟黑河草原的"斯碑多仁——宇宙之碑"是相关的，是部落的祭坛，也是墓葬的标志。丰富的岩画越发多了起来，对天、地、火、日、月、山等自然之物加以崇拜，上天神授的部落王们举剑持咒，"王权天授"具有着超自然的能力。画面中出现了带着轮子的运输工具，狩猎的场景宏伟壮观，马匹的战骑频繁出现。越来越多的洞穴建筑出现在周围的高山之上。象雄的文明、繁华、开放与富饶逐渐显现。

　　穿越广袤的西北部的草原，再过去一段出现了很多的白色石碑，墓葬的形制是方形的，都用石块砌框而成。跟一路走来看到的墓葬有所不同，里外两层，外面一层是圆的，里面一层是方的。珞伽判断这就是"门突儿"，应该就是象雄当热国王说的"门人墓"，看来到达了"门族"的管辖之地。他们刚一进入，就听到了远处高崖上的洞窟中传出了号角之声，通知路人前面设有必经的关卡。

周围远方的边际被巨大的山峰护佑，终年不化的雪山，折射着光芒，将黑暗扫去。珞伽和木祖放眼望去，象雄国的强大赫然展现在眼前。可以看到恢宏浩大的旷野中每隔一段距离就有一个土石结构的烽火台式的碉楼，如此众多的防御碉楼形成迷宫一样的方阵，上窄下宽，直耸云天，矗立在雪域高原，甚为壮观。

守卫碉楼古堡的一些勇士如同强悍的护法神，戴着用芦苇编制成的黑牦牛绒线嵌边的芦苇帽，披着牦牛皮和青铜的铠甲，手持天铁盾牌。压低的帽檐，遮蔽着他们不苟言笑的面容，威严的震慑中，透着神秘的气息。

"嘿，咱们是象雄当热部落国工的朋友，我们的黄金通行牌应该可以顺利通关的。"木祖信心满满。

"这一关并不是最难的，狼族他们肯定也过关了，他们在象雄国的实力不容小看，毕竟是象雄国的联盟部落，他们的皇族和贵族对象雄统治也是起到很大作用的，我们还是低调行事。"说罢，珞伽和木祖往关卡走去。

黄金通行牌让他们没有被检查，还得到了守卫勇士提供的美餐和微笑，看来象雄当热部落国王的亲戚还是很给力的。

在调养体力后，他们告别这些卫士，进入了象雄疆域最为昌盛和繁华的传奇之地。这里是象雄联盟的核心，是子民的向往，这里更是莲花盛开的天堂之地，众神眷顾的地方。天堂的象雄，敞开了她的怀抱，迎接着芸芸众生。

象雄的昌盛，依靠冈仁波齐的四水之源，人类的文明依水而居。

但是珞伽在神迹里看到了象雄未来的一天却无法抵御地震的波动，无法抗衡气候的干燥，也无法满足生存的开垦。远方的冰川已经开始加快融化，地震造成的地形改变，让水流改道。灌溉、开垦的面积不断扩大，森林大片倒下，形成了木化石。草鼠横行，掘地断水……这灾难的端倪，虽然远方已经开始，象雄似乎安然无恙，但是这个冬天一过，来年的春天将会明显出现水流区域的缩小。冈仁波齐之上的雪水化去，会显露更多的黑色岩石。宇宙给了我们机会，那就是善待生命的水源与环境。当愤怒与冰冷在宇宙中强大的发出信息和力量，那也就成为了被黑洞吞没的目标，重生是必然，但是死劫后的重生是世界生灵不愿也不想经历的。因此善恶、好坏的平衡是一种纠结的力量，但是为了生存，保住洁净的水源至少是世界生灵活下去，恢复宇宙正力的关键。

今天象雄的这种安逸，没有屏蔽珞伽的警觉，他知道平静的背后，隐藏着玄机，甚至是杀机，他需要保持危机感。他需要加快他的步伐，需要让雪域众生都能相信灾难的即将到来，都能成为守护这片净土的勇士，至少这一世高原的守护者们都能对得起这一世的责任吧，不管黑与白，生命是优先的。

雨季到来，沼泽地的润泽倒映出蓝天、白云、雪山。鸳鸯和各种鸥鸟戏水游弋，微波涟漪。一路上各种生灵在这个高原的雨季，享受着天赐的机缘，黑颈鹤毫无防备地叼起、放下河水中到处活蹦乱跳的高原鲫鱼，把玩着食物；暮鼓晨钟的羚羊们，每日饱餐，趴在草地上，悠然自得看着这些过路的客人，评头论足；趁着洞穴主人们放牧空巢，棕熊们泰然大方地进出着，他们偷拿出青稞酒和食物，在山洞外酩酊大醉；野驴繁衍迅速，他们成群结队，怡然自得，挑剔地选择着牧草。

在这些生灵的繁华中，出现了很多肥硕的旱獭，有的从草洞里钻进钻出，搬运着过冬的粮食，有的跷着二郎腿，晾着肥大的肚皮，打着呼噜，在野花满地的草地上，呼呼大睡……

"是姑娘们！"木祖高兴得脱口而出，搞得珞伽赶紧顺着他的目光看过去，一群年轻的旱獭妹子们正站在那里，竖着可爱而娇羞的脑袋喋喋不休地探讨各自手中的野花，看哪一朵更适合佩戴。她们不停地将各自的野花佩戴到每个人的头上……

珞伽看着木祖流着口水痴迷的样子，他笑着捅了捅木祖，"看来象雄是要留住我们的帅哥了，花痴。"

"知道什么叫一见钟情吗？她简直让我心动，我的心脏憋不住地抖动！"珞伽果真清楚地听到了木祖心脏"怦怦"的跳动之声。

此时木祖哪里顾得上跟珞伽交流，他的眼神痴痴地看着那个妩媚的窈窕淑女。他的眼前出现了他和淑女的对唱：你说我爱你有多深，我爱你有几分，你去想一想，你去看一看，月亮代表我的心……正当木祖幻想着淑女和他献媚要亲吻的一刻，那群旱獭妹子注意到了木祖的痴迷，其中的大块头在不远处指着珞伽背上的木祖说道："嘿！臭小子，哪来的野蛮人，一点教养都没有地盯着我们看，赶紧走你的路去！"

珞伽很是尴尬，他赶紧递话："你们好，我是来自智隆牦牛邦国的，我叫珞伽，他叫木祖。第一次到象雄，请包涵。"说完他用背拱了拱木祖。

木祖跳下来，赶紧道歉："姐妹们对不住了，我好久没见过我的妹妹们了，有些怀念我的家人吧，见谅呀！"说完他连连作揖。

看着风尘仆仆的珞伽和木祖，定是来自远方，旱獭妹子们原谅了他们的无礼。但是不要小瞧了这些妹子们，旱獭部落是象雄国重要的情报员，她们开始警觉起来，盘问着珞伽和木祖。

"你们这么远来呀，看你们也没有拿着物资，不像是来交换的，你们要去哪里呀？"

"我们……我们要去冈仁波齐峰。"木祖想遮掩什么，但是又想说出什么，他有些为难地说。

"这是我们的工作，请两位理解，象雄的和谐是不容破坏的！"

"请原谅，有些事情，我们现在不方便说。请相信我们没有敌意。"

"他是一头白牦牛，我是第一次见到呀，我们象雄这么强大，都没有出现白牦牛，他们一定有什么目的来这里吧？"

"信不信，我们是来帮助你们的！"木祖脱口而出。

"我们赶紧通报我们的首领吧，万一……"

"白色毛发的帅哥带着琼鸟的法器，应该不是一般的人，我觉得他们是好人，我们先问清楚吧，别惊动首领。"那个被木祖垂涎三尺的淑女妹妹轻轻说出了口。

木祖和珞伽很是感激，为了能顺利在象雄完成使命，避免造成更多的误解，珞伽不得不说出了他们此行的目的。

妹子们惊讶地听完了，她们将信将疑地侧过身，交头接耳地商量起来。

然后那个淑女走过来说道："我叫卓萨，我们部落是象雄国的情报员，此事事关重大。无论你们如何去冈仁波齐峰，都需要经过象雄王居住的琼隆银城，才能到达琼隆银城上的神殿，那里是攀往冈仁波齐天梯之路的必经之门。至今无人攀登征服那座神山，只有宇宙神迹的力量才可以到达冈仁波齐的巅峰，那简直就是一个神话传奇！"

"卓萨说得没错，而且今年就是马年，正义的众神都会来冈仁波齐聚会。听说天梯之绳如遇机缘，今年会再次降临冈仁波齐巅峰之顶，登上它可以重回天宇神殿。"卓萨的朋友们凑了过来。

"我们和部落首领都在祈祷能够亲眼看到天宇降下神绳。"

大家被莫名的激动感染，眼里充满着无限的期盼。

"我觉得我们还是让珞伽和木祖去见见我们的首领，听听他的建议。这么重大的事情，我们是情报员，都无法知道远方的灾难，象雄王他们应该也不知道大的灾难会悄然降临。如果古辛们能够预知到避免灾难和控制水源，古辛们早就应该做准备了。据我所知，目前没有动静，可能天意的安排是想让他们经历什么吧。就算有准备，通往冈仁波齐巅峰之路也是需要神迹的显现呀，更需要宇宙赋予神力的勇士。如果珞伽真能让圣物集齐，到达冈仁波齐的巅峰，拯救象雄联盟的未来，这也是象雄王和古辛们寻找的呀。我们必须要禀告象雄王和古辛们，这也是我们的使命。"卓萨非常坚定。

几位机灵的姐妹跟着说："草鼠、狐狸竟然是狼族的帮凶。他们要想使坏，会增加更多保护水源的困难。毕竟他们的势力范围大过我们，也是象雄联盟的重要部落，你们看今年草鼠掘地如此的猖狂就知道了。"

"狼族、狐狸是被象雄王打败而服从象雄王的，我的家人告诉我他们都不是好东西，不要跟他们做朋友。他们目前归顺象雄当然是被象雄的强大和盛世所笼罩，但是他们内心的贪婪是无法改变的。一旦水源被他们控制，发生叛乱，那对于我们和雪域高原都是灭顶之灾。太可怕了！卓萨，我们部落首领是你的舅舅，你赶紧带着他们去见见首领吧。"

"我们从今天开始密切注意狼族、狐狸、草鼠的行踪。"其他姐妹回应着。

卓萨点点头，带着珞伽他们奔向旱獭在雪域高原最大的部落地宫，去见她的舅舅旱獭王。

心情喜忧参半的珞伽和木祖，看到草场的肥美，也看到了草鼠猖狂盗掘草场，不顾整个草场的整体环境，毫无收敛，贪婪地占领地盘。珞伽的眼前出现了吉瓦狡猾的面容：一定是他得到了新的领地，迫不及待享有成果而干的。密密麻麻的鼠洞格外触目惊心，翻开的草场满目疮痍，不计其数的黑洞口吞噬着草原的美丽，像是骷髅的眼睛，饥渴的大口，让人害怕。翻开的土层，丧失了更多的水分，再这样下去，水源更会快速枯竭。可以看到老鹰部落全体出动，频繁地飞起，敏锐而稳准地捕猎这些贪婪的破坏者。但是草鼠的繁衍实在太快，让鹰族有些疲惫不堪。

存在也是一种度，超过了度，需要平衡，否则就是另一种变革。

惨烈的草场破坏，确实跟草鼠吉瓦有关。他们率先到达了象雄，肆意享受着艰辛的回报。狼王哈让经过石屋一战，历经千辛万苦与高原狼族最大的部落首领恰巴会合。哈让脖子上的骷髅法器为他带来了信任与荣誉，狼王恰巴盛情接待了他。在交杯畅饮之后，恰巴的心里非常清楚他和哈让微妙的关系。他虽是高原狼族最大的王，但是哈让的出现让他必须警醒，哈让脖子上狼族的骷髅圣物威胁着他的王位。他盘问了草鼠吉瓦和狐狸达日得知狼王此次象雄之行的目的。哈让想要掌控冈仁波齐的水源，成为极地之王，而这也是他想要拥有的权力。在年轻的体魄上他干不过哈让，但是在象雄的实力，哈让根本没有任何盘踞的地盘。他可以利用哈让的野心，让哈让成为他的"马前卒"。水源得到，哈让不会杀了他，他需要依靠他的势力控制整个高原，那么他又可以坐享其成，扩大自己的权力，同时伺机干掉哈让。如果哈让失败，必定引起象雄王和众神的惩罚，成为他欲望的替罪羊，他自己才不会以身试法。他始终会在幕后看着哈让去做，最后他可以借刀杀人，这样骷髅圣物就自然可以成为他的囊中之物，他的家族世代可以稳坐这个宝座。

恰巴一边笼络放任着哈让，一边窥探观察着哈让的举动。

哈让也不是善主，恰巴这个最大狼族部落的首领之位，他定要伺机夺取的，这是他父王家族几代前丢掉的王位，以牙还牙是狼的天性。他能感觉到恰巴的警觉，毕竟他的出现威胁到恰巴的宝座。恰巴要想下药害死他，还是有机会的。恰巴掌握了一种用指甲藏毒的杀人法，那药性长达几年才逐渐吞噬内脏，让对手衰竭而亡，可以说人不知鬼不觉，就干掉了对手。而且他已经知道要想掌控冈仁波齐的水源，除了要得到几件必要的宝物之外，最为重要的是要进入象雄国琼隆银城上的神殿，这些宝物才能发挥作用。也只有通过神殿才能到达通往冈仁波齐的天梯之路。恰巴受到象雄王的重用，只有他可以带着他进入象雄国的大殿，才有机会进入神殿。如若得到掌控水源的权力，恰巴是他最好的平台。所以他目前需要讨好恰巴，并尽量表现得卑微些。在目的未达到之前，他需要恰巴的保护和默许。

恰巴和哈让各自心怀鬼胎，而不露声色。他们击杯豪饮，为共同的权力与欲望干杯。

欲望是一致的，哈让、达日、吉瓦他们投靠最大狼族首领恰巴后，都是小心翼翼地维护恰巴对他们的保护。象雄是他们的终极之梦，不能因为一时的疏忽和狂妄，丧失了生存的机会。

利益是互相的，没有免费的宴席。

恰巴帮助哈让兑现了草鼠吉瓦的功绩，封给他狼族众多的草场领地，让他管理，吉瓦成为了高原草鼠部落最大的领主。但是恰巴和哈让要求吉瓦的草鼠部落世代为狼族的线人。狐狸达日在恰巴的帮助下，投奔了她的堂哥，成为了高原最大狐狸部落王的妃子。为了捍卫她拥有王后的位置和权力，她请求恰巴和哈让帮助她夺取了堂哥原配王后的性命，并承诺成为恰巴和哈让永久的同盟。哈让也告知了恰巴控制冈仁波齐水源的目的，他可以协助恰巴拿到水源的控制权，但是他隐瞒了充当极地之王的欲望。恰巴不置可否，他不主动，但是他不限制哈让的行动，不劳而获是他的终极目标，他明白一切，在暗中掌控着。

哈让耐心等着珞伽在象雄的出现，他身上的圣物决定着登上冈仁波齐的目的是否能实现。石屋一战，狼王哈让已经体会到了珞伽的神力，硬夺是下下策。象雄是象雄王在统治，珞伽毕竟和象雄王同属牦牛族群，有着千丝万缕的关系。如果让象雄王知道珞伽是真正的什巴贝钟钦波护法神化身，那么狼族更难以胜利。目前连狼族最大的首领恰巴都是象雄王的臣民，就算恰巴内心里虎视眈眈象雄王的位置，但他依然不敢为所欲为，在象雄王面前依旧要装得俯首帖耳。

要作有准备的战斗，一旦他夺取水源的想法让象雄王获知，那将是死罪难逃。象雄王定会在神殿的神祇中呼唤众神的恩准，用国王独有的蝎子印盖在他的身体上，让他永世不得托生，在地狱中被抽筋扒皮，遭受生不如死的煎熬。

不能急于求成，也不能强攻，要作有准备的战斗，他想到了吉瓦……哈让冷笑了几下，他吹灭了洞穴里的酥油灯，洞里留下了两只红色发亮的眼睛，充满着欲望。

这边珞伽和木祖跟着卓萨在旱獭巨大的地宫里，面见了卓萨的舅舅旱獭王。首领旱獭王听完他们的经历，也是非常震惊。他背着双手，焦虑满目，他在地宫里来回踱着步子，想着办法。见到了珞伽，他的直觉让他相信珞伽的真诚，但是如何能够不让政权不安，让象雄王信任珞伽，放心让珞伽守候水源，协助珞伽登上冈仁波齐，这才是使命得以实现的关键。

自从古辛们通过烽火台狼烟和神迹的打卦传递智隆牦牛邦国降生了什巴贝钟钦波护法神化身的白色牦牛，域外域内的传言也是众多，象雄这边毕竟除了隐匿在山巅的琼鸟，没有人见过真正的白色牦牛王子。因此造成很多域外的势力和皇族利用染色形成的白牦牛到象雄进行欺骗获得利益，或者伺机与象雄联姻成为皇族及贵族，甚或是挑起事端，引发疆域的不和。包括淳朴的百姓很多也上当受骗，被骗去了财物和女子，导致象雄王和众臣们对白色牦牛都有着警惕之心。

珞伽所说之事，象雄的古辛们应是早有预知，但是事情毕竟还没有人在象雄国如此大胆地挑明，就算挑明谁也不知道结果，因此没人敢大声造次，坏了象雄的威风。目前狼族最大的王恰巴是向象雄王称臣的，他的部落也是象雄重要的同盟。如果狼族没有像珞伽他们预计的那样而是放弃夺权，那么他旱獭王就是在象雄国内部挑起争端，必定连累旱獭族裔的生死。如果狼族暗藏叛逆之道，不让象雄王知道，导致象雄灭亡，那最终也会殃及旱獭部落的生存。草鼠一定会借狼王的势力对旱獭斩尽杀绝，抢夺旱獭部落的草场。最可怕的是雪域高原失去生命的公正，所有众生都将在暗无天日的悲惨中求生了！

只有赌珞伽他们赢取最后的胜利，如同他们所说的为了高原众生的幸福，那旱獭家族和众生才能世代在这片神奇的象雄盛世中安居乐业。

旱獭王眼睛一亮，他转过身，对着珞伽的眼神看去，他看到了坚定与真诚。

"好！今天我旱獭王与你萍水相逢，虽然没有任何交集，但是我赌你是真的什巴贝钟钦波护法神白牦牛化身，赌你赢！我会帮你，就算为了我们旱獭家族的生存。没了水源，我们也将成为被奴役的鬼魂。"

木祖没控制住激动，拥抱了首领旱獭王。

"不得放肆！"旁边的侍卫喝令道。

木祖尴尬地与旱獭王分开，退到珞伽一旁，不好意思地跟珞伽一起向旱獭王赔礼，并感谢。卓萨看着木祖的窘态，"扑哧"一声笑了。那满脸的妩媚让木祖再次神魂颠倒。

旱獭王怜爱地看了看被逗笑的卓萨。这个孩子不易，卓萨难得不经意间开心地笑了。卓萨的父母是他的姐夫和姐姐，他们遭到狐狸家族的攻击，姐夫遇难。在旱獭家族的全力解救下，姐姐被救回地官，生下了遗腹子卓萨后便去世了。这个孩子从小是旱獭王养大，他自己没有女儿，只有四个儿子，他对卓萨的爱胜于亲生。卓萨从小善良、温柔、娇容美貌，如今大了更是出落成窈窕淑女了。最近她父母的忌日就要到了，她更很少笑了，今天这一笑，让作为舅舅的旱獭王，内心自是欣慰。既然木祖能够带给她笑容，那就让他们再多待几日。他假装咳嗽了两下，化解了尴尬，他命令侍卫安顿珞伽、木祖，休息调整后再共商大策。

象雄的疆域甚为广大，是一个四通八达，世界族群、各商旅往来的迁徙交流之地，这里边贸的集市甚为热闹。卓萨准备带着珞伽和木祖逛逛这些由洞窟、石屋和黑牦牛帐篷等组成的边贸集市，快速了解象雄的风土人情。珞伽一身白毛甚是扎眼，为了不引起象雄国人的关注和议论，卓萨的舅舅旱獭王让人给珞伽做了一身长袍和缠头的高帽，将珞伽打扮成波斯的商人。珞伽的扮相一出场，让木祖和卓萨笑到肚子疼。

象雄的边贸集市，丝绸、茶叶、陶罐、木盒、草编筐、铜剑、三足鼎的炊具、漆画的桌子、波斯的铜镜、各种皮子、糌粑、青稞、奶制品、麝香、草药、盐巴等等，应有尽有。看那些身躯粗壮、四肢坚实有力、额头宽大、胸廓深长、腿短矮小的飙血蒙古马，带着威武的皇家之气，驮着来自中原高贵的茶叶和丝绸，阔步而行，大家纷纷让道。岩羊、盘羊背上搭着花花绿绿的传统部落图案的盐袋子，整齐划一而又清高地穿梭在集市中，甚为壮观。象雄盐湖城的盐，那可是世界上最高贵的食盐，域内域外的部落、邦国和族群中高贵的人才可以食用，因此驮盐的羊们都非常清高，他们趾高气扬地踏着步子，时而还特意在洞窟的崖壁上显示他们高超的攀岩技术。木祖看到波斯的铜镜，立刻从珞伽的背上蹦下去，照照自己的尊容，打扮下，看看卓萨，求证满意程度。得到卓萨的肯定，木祖立刻跑回卓萨身边。他不买，也没说谢谢，还给羚羊大婶一个鬼脸，气得羚羊大婶差点破口大骂，她叉着腰，指着木祖那是一个不高兴地喊道："你个小毛孩，下次别来我这里忽悠！再来，我打断你的腿！"

卓萨和木祖都骑在珞伽的背上，他们刻意保持着距离。木祖时不时借着集市的拥挤，暗掐珞伽，珞伽身体一紧，因为晃动卓萨就会和木祖贴到一起。卓萨脸红而低头不语，又偷偷撩几眼木祖的顽皮。她还是佩服木祖的，为了这个使命，一个小小的旱獭竟然能拥有度过冰川、石屋一战等经历，他一定是非常坚强的。木祖的幽默和顽皮，让卓萨的心里产生了欢喜，她自小失去双亲，虽然得到舅舅和族人的疼爱，但是她的内心多么需要那份自然的表达，那种痴迷的，不去躲闪的爱意。集市之行，让卓萨的心开始涌动起来。对于给卓萨造成的"碰撞"，木祖假装嘴上说着抱歉，心里乐开了花。珞伽被掐得皮都青了，他无奈地翻着眼睛，为了战友木祖的幸福，他也得忍着疼。

"哼，真不知道这卓萨能不能看上他，如果有情人终成眷属，那我珞伽也算又成就了一段姻缘呀！"珞伽的内心默默祝福着。

忽然珞伽有些暗自伤神，他不禁喃喃自语："嘎布、热那、木祖都走了，那我该怎么办？"

"阿妈你们好吗？"珞伽的头抬了起来，鼻子一酸，眼里有了湿润，泪水没有掉下来，他忍住了。既然选择了这条路，他必须坚强，必须面对孤独。他不能因为他的使命，让朋友放弃带给别人幸福的使命，今后的路他要自己前行了。

每个人的使命是不同的，成功没有标准，只要你被需要就是成功，就是完成了你来到这个世界的使命。

这时珞伽闻到了浓郁久违的酥油茶的奶香，他看到了茶馆，不禁走了进去。是的，一路艰辛，但是他始终不会忘记阿妈打的酥油的香甜，煮的酥油茶的浓烈。那种味道，是他永久的记忆。

木祖当然很是高兴，喝茶聊天，如同谈情说爱，这是最好的机会。他们三个人进了茶馆，喝起了酥油茶。

这里过往的商人形色各异、迁徙的部族服饰百态，交流的神态和语言让人眼花缭乱。众生云集，一派盛世之景。象雄国的伟大比比皆是，那雄伟的梦中都城就坐落在这远古的香巴拉中，想到这珞伽的内心充满激情。他思考着如何能让象雄王信任，进入神殿。

木祖和卓萨两厢情愿的暧昧，对此时的珞伽来说恍如隔世，根本没在一个层面上。

忽然，那边出现了骚动，一队象雄国的牦牛勇士往这边狂奔而来。他们穿戴着用褐色、红色的皮革制成的游牧风格的高靴，挎着虎皮和豹皮做成的弓袋，背后背着用犀牛皮革做成的皮革盾牌。他们的胸前挂着一个胸镜，胸镜的中央是他们神灵的符号。他们一边怒目而瞪地狂奔，一边又焦急地巡视搜查，嘴里不断念诵着古老的密咒。这些密咒让他们随时准备追踪到目标，严惩不贷，大起杀戒。

集市上瞬间惶恐，人群四散避让，鸡飞狗跳。

"是王宫的侍卫，一定发生了什么事！"卓萨立刻起身出了洞窟，她用特殊的声音，呼叫了一个侍卫。卓萨与他交头接耳，打探了什么，然后那侍卫赶紧又往前追了出去，卓萨神情紧张地返回洞窟。

珞伽、木祖赶紧凑上前去："出了什么事？！"

卓萨扔给店家一个红色半透明的玛瑙物件，结了账，把他们拉出洞窟，找到一个僻静之处。

她小声说道："我是象雄国的情报员，所以拥有特殊的通讯口哨，他们听到我的口哨，自然会停下来，告诉我发生的事情，同时希望我们能够帮助他们寻找信息。"

"那到底怎么了？"木祖迫不及待地问。

"象雄王佩戴的圣物天珠被偷了！"卓萨挤出了这句话。

珞伽差点喊出来："那可是象雄国镇国的法器！"

卓萨叹了口气："当然了，天珠赋有诸天神的福佑圣力，是灵石与上天的神圣组合。象雄王家族传承的这颗圆柱状天珠每60年会出现一次。宇宙赋予的巨大能量让那天珠体内发出莹光。莹光可以通过象雄国神殿里供奉的象雄国第一位修行大德的古辛头盖骨上的修炼之洞，对应宇宙的光波，重启通往冈仁波齐的天门。这颗天珠制作技术极其保密并聚集无数修行高人的加持诵咒。在制作的过程中从千万种植物原料中精选出染剂熬煮，又经过最高超的保密蚀染工艺制成，因此还具有神奇的药性，可以让众生起死回生，长生不老。"

"哇，这么厉害，小的时候就听说过象雄国的天珠制造技术是最高超的，而且经过秘法制作的天珠具有宇宙神力，看来是真的呀！太想亲眼见见这颗神奇的天珠！可惜被人偷了，就算是见到象雄王，也看不到天珠了。"木祖遗憾地说。

"这象雄国把守森严，国王如何丢失的呢？很是蹊跷！"珞伽追问道。

"国王最近在研究让天珠成为货币，用天珠制作出从一眼到九眼的图形，为众生所用。他没日没夜地跟工匠和古辛们操劳，突感身体疲惫，所以听从医嘱到琼隆银城附近的曲龙夏宫去泡温泉药浴。每次泡浴时，他都会将天珠摘下，放到温泉边的木盒子里，泡浴的周围有重兵守护。这次非常离奇，木盒还在，但这天珠竟神不知鬼不觉被偷了！"

"象雄王向来思维严谨、小心谨慎、有勇有谋，跟随的侍卫个个都是精兵强将、敏锐果断、忠心耿耿，怎么可能疏忽或者不忠呢？"卓萨歪着脑袋回答完，小声嘀咕起来。

"不是国王的侍卫偷的，应该跟想要得到冈仁波齐神力的人有关。你刚才说这颗天珠可以重启通往冈仁波齐的天门！"珞伽肯定地回答。

"狼王哈让他们吗？"木祖恍然大悟，珞伽冲着瞪大眼睛的卓萨点了点头

"我要去告诉舅舅，让他面见国王！"卓萨说完，突然转身要跑，一下子被珞伽挡住了去路。

"不能去，还没有拿到真正的证据，必须是物证俱在才行。我们仅

凭猜测判断，这样唐突冒险，会惊动狼族。如果他们将天珠藏匿或者损毁，那岂不是象雄国的灭顶之灾呀！"

卓萨、木祖祈求地看着珞伽，他俩手足无措。

"其实，不光是天珠，我身上的冰核和神石，也一定是他们的目标，没有这些宇宙圣物的聚集，谁也不可能开启冈仁波齐的天路，得到水源，甚至回到天官呀！"珞伽有些沉重。

"我们不可久留此地，赶紧回到你舅舅那里，共商大计。"说吧，珞伽带着卓萨和木祖朝着地官奔去。

地官中，首领旱獭王已经在焦急地踱着步子了。他看到他们到来，还没开口，卓萨抢先一步问道："舅舅象雄王是不是找你了，他的天珠被偷了？！"

"是的，你怎么知道？丢失镇国天珠那可是大事！为了不让民心动荡、邦域松散，而突发叛逆，国王只召见了我呀，毕竟我们到处是眼线，肩负着象雄国提供情报的责任。这不，我正犯愁该如何破解呢。"旱獭王很是惊讶。

"我们刚才在集市碰到了国王的侍卫，我用暗号跟他们交流才知道的。但是舅舅，珞伽他们知道一些情况……"于是卓萨让珞伽把猜测告诉了舅舅。

"很有道理，狼族就是奔着这个目的来的，我们还不能轻举妄动。珞伽你身上的圣物必须严加小心！"旱獭王叮嘱着。

"我有热那的神绳，也许可以用神力来捆住装冰核和神石的袋子，挂在珞伽身上，不被狼族偷走。"说着木祖从左手腕处取下一个吉祥节的手环，这就是热那的遗物，可以变化大小的神绳。

木祖和珞伽神情凝重地用神绳将羊绒福袋捆好，挂在珞伽琼鸟法器的背面。他们诵持心咒，激发起神绳的神力，一股如火的通透之光沿着神绳亮了起来，除珞伽之外的人凡是碰上神绳就会如触电般弹开，甚至烧焦。

"但此事也不能耽搁，任由狼族后续的阴谋实施。他们就算是得到天珠，如要进入神殿，也需要有机会才行，他们到底要如何行事呢？"旱獭王百感交集，酥油灯的灯芯似乎被压制了，光线瞬时暗淡下来，让压抑的情绪蔓延开来。

"天珠被偷，应该是草鼠吉瓦干的。他们地下打洞能力极强，并且吉瓦的家族以前是小偷世家，他们家有一门绝技，破洞而出，但又可以复原洞口，不留一点痕迹。我其实刚刚已经判断是他协助了狼王，但我还是需要物证。木祖，今晚请不要打扰我，我用木兰咕（卜梦）来尝试解开整个事件，最好能够看到天珠在哪里。"

"嗯，放心我绝不会打扰的。"木祖瞄了眼卓萨。

这时珞伽有些踟蹰，他抿了下嘴唇问旱獭王首领："首领，许久以来，您是让我感受到亲情之源的人。我能叫您舅舅吗？看到您，我感受到了远方的家。"珞伽真诚地请求。

首领旱獭王满心欢喜，他扶起跪拜的珞伽，连连点头应允着，这可是什巴贝钟钦波护法神化身的白色牦牛王子呀，他简直求之不得。

"舅舅，您也是我舅舅呀，我跟珞伽是共患难、同享福的，不能把我抛弃呀，我也远离了亲人呀！"木祖带着哭音说着，扑通一声跪拜在地上，给旱獭王磕起了头。

卓萨的眼睛湿润了，她想起了她的父母，她知道她内心的孤独，大家对她再好，她也觉得是可怜她的身世。在见到木祖前，她从未感受过这么毫无掩饰的痴迷之爱，也从未碰到过如此幽默真诚的同伴。

她的内心愿意向他敞开，她愿意和他在一起，哪怕是平淡的欢喜。想到这些，卓萨的脸上泛出了欣喜。

"好的，好的，都是我的外甥。"旱獭王赶紧扶起木祖，他的余光看到了卓萨的情绪变化，他有了一个想法。

"珞伽你知道我为什么不能冒然带你去见象雄王吗？"大家诧异地看着旱獭王舅舅。

"虽然你具有白色的毛发，我相信你的故事，你是什巴贝钟钦波护法神化身的白色牦牛王子，但是象雄王不一定信呀。象雄国具有最好的制作天珠染剂的师傅，有的从波斯而来，他们也可以为了目的将其他王子的毛色染成白色，以得到象雄王的信任，并成为驸马，甚至成为象雄国的下一任国王。我不能冒这个险，一旦被狼族陷害，我们会全部被象雄工株连九族的，那样狼族强大，象雄国会更危险，水源的守护会成为噩梦。"说完，旱獭王紧锁眉毛。

"什么？舅舅，驸马？你是说象雄王要把他最小的、最宠爱的，尚未婚嫁的女儿赛赞择婿出嫁吗？！她出奇地神秘，至今无人看到她的真颜，象雄古辛说她可是仙女的化身呀！"卓萨惊讶得张着口，顿在那里。

旱獭王深深吸了口气，缓缓地回答道："是的，就是赛赞公主！公主的母亲雍仲德吉王后来自古羌，她在怀公主的时候，得到羌人巫师的指引前往可以看到前世今生，并预测诸事的拉姆拉措圣湖。圣湖在她的面前显示出一位美丽的公主和一位英俊的王子在天宫上一起嬉戏、打闹，然后顺着天梯，去了一个高高的神殿。公主和王子都具有特殊的毛色。依据圣湖的告诫，王后始终没有对任何一个人说出公主和王子特殊的面容。后来王后生下了公主，起名赛赞，是仙女的意思。由于赛赞公主毛色极其特殊，因此除家人、贴身仕女和古辛们得以一见，他人至今未曾见过。而且听说赛赞公主夜间的辨别能力很强，非常聪颖机敏，因此白天见她更是天方夜谭。而那王子的毛色除王后自身知道，别无他人获知。古辛们通过占卜断定那位王子必是与赛赞公主一样从天而降的天宫之神，而且成为公主伴侣的话，可以让极地高原永世太平。此事一直保密，只有象雄王雍仲伽布和王后雍仲德吉以及皇宫专属的古辛们知道。"

"那您是怎么知道的？"珞伽很是好奇。

"随着公主的长大，象雄王为了此事甚是焦虑，为了能够尽早找到这位王子，他才告诉了几位重要的盟主，秘密地从内线去寻找具有特殊毛色和神力的王子。我就是其中一位盟主，但我也不知道公主和那位王子的毛色或者神力到底是什么样的。此事事关象雄国的社稷安危，为防别有用心之人借机干出危害、盗利之事，因此要甚为小心和谨慎呀！目前招婚择婿之事，对公主也是保密的。"旱獭王舅舅语重心长地说。

"招婚是件喜事，可以和公主沟通交流，这也是人生的大事和需要，为什么要对她保密？"木祖有意地看看卓萨说道。

"赛赞公主非常有个性，又文武双全。她自从出生就带有仙界的力量，她的母亲分娩她时，琼隆银城的神殿之顶，被七彩光晕环绕，出生时一道金光冲出产房，让守候的国王和古辛们倒退数步，她出生的力量巨大，让人震惊。看到公主特殊的毛色，古辛们通过天象、咒语以及占卜，确认她是仙女下凡的化身。为了免受外界的干扰，赛赞公主从小被隔绝在皇宫长大，不许见外人，她的家人就是她的一切。小的时候由于怕损伤她的身体，国王不让她习武，结果她大闹了一次，震塌了她母亲的寝室，侧面的山体也倒塌了。这之后，公主的家人非常照顾她的情绪，公主的母亲更是百依百顺她。所以让她接受择婿，她肯定很难接受。"旱獭王舅舅表情非常严肃。

"这样大的脾气，估计哪位王子都会受气的，她自己也生气，婚姻不一定幸福，还不如她一辈子不结婚，开开心心守护象雄国，不是很好吗？与陌生人择婿，真是自讨苦吃。"珞伽不假思索地脱口而出，他有些为公主抱打不平。

"你懂什么，那是为了传承和守护！"旱獭王舅舅有些生气，他的口气吓到了木祖、卓萨和珞伽。

"宇宙赋予我们这个世界，这个空间，不是灵魂就可以传承的，不是灵魂就可以守护的。它需要一个凡身来让众神在人世间修行，得到七情六欲、酸甜苦辣、人生百味，度化自己和他人。就算是神，也会犯错，神不具备慈悲和光明，同样会进入宇宙的黑洞！"

"圆寂的一位古辛，托梦给象雄王，赛赞公主诞下的儿子会缔造象雄成为巅峰盛世。这样一个包容而伟大的象雄国为什么不能成为雪域高原的香巴拉，驻守净土呢？！这几万年来的高原众生中有谁能够创造出今天雪域高原如此盛世的丝绸、茶马之路呢？！"旱獭王的眼睛里闪烁出光芒，那矮小的身躯挡不住那巨大的期盼与喜悦。

地宫里洋溢着玄机，沉静下来。

旱獭王舅舅突然老顽童似的看看三个无语的孩子们，"哈、哈、哈——"大笑起来。

"远水解不了近渴，我们旱獭部落三天后先向国王和各个盟主传递结婚盛宴喜讯，这样能帮助象雄国掩盖住丢失天珠的信息，平衡气氛，同时可以让新婚佳人见到象雄王。"旱獭王暗藏玄机，似笑非笑地说。

沉静的气氛，又变得骚动起来。

"舅舅，谁要结婚呀！这么大的事，我怎么不知道？"卓萨有些着急。

"就是你呀，我答应过你的阿妈，一定让你嫁一个带给你快乐的丈夫。"旱獭王舅舅双手有力地按了下卓萨的双肩。

"什么，是我？我不要，我不会与陌生人打交道，我会和赛赞公主一样发怒的。您对我好，我永远感恩。我不会把快乐交给一个从未谋面，从不了解的丈夫！我要自己决定，我不想让自己和阿妈失望！"卓萨推开了舅舅的手臂，她非常生气。

这边木祖顿时傻了眼，他拽着旱獭王，带着哭音低声说："怎么变成这样了，这是怎么了？舅舅，你不能这样呀，你要尊重卓萨呀！"

眼看着心爱的卓萨三天后要嫁给别人，木祖忍不住哭了。他一哭，卓萨也跟着哭了，珞伽愁容满面看着这突发的一幕。

"哈哈！"旱獭王舅舅再次大笑起来，"好了，我实话告诉你们吧，那个卓萨的丈夫就是木祖。如果双方还是不满意，那我真把卓萨按照部落联姻方式做主了。卓萨你也知道，部落的荣耀和存亡是大于个人幸福的。你不能背叛父母的部落呀。"旱獭王舅舅夹着双臂，微笑着看着卓萨他们不断变化的情绪。

珞伽是真的蒙了，木祖和卓萨带着泪水看着对方也愣住了。马上木祖就反应过来，一个箭步跑向卓萨，一把抱起了她。卓萨被木祖紧紧地抱着，她没有拒绝，她把头顺势搭在木祖的肩膀上，这是她快乐的依靠，她流下了幸福的眼泪。

一会儿惊讶，一会儿哭，一会儿笑，一时间地宫里如同演戏，却又是一出真实的人生大戏。

珞伽为木祖高兴，他走过去问旱獭王舅舅："为什么这么着急呢，您真的信任我们吗？"

"我信你们，我的眼睛也是雪亮的。我和象雄王私交很好，卓萨的婚姻象雄王一直在惦念。如今天珠被偷，为了象雄国，为了不耽误你的使命，为了雪域众生的安危，需要尽快给卓萨成亲，利用婚姻之缘面见象雄王。你是卓萨丈夫的家人，婚礼前我会带着你们去皇宫见象雄王。这种婚姻的信任是非常重要的。对于象雄王，有了信任，才有下一步的可能。别忘了，象雄驻守的冈仁波齐峰，可是众神马年聚会的地方，象雄王什么神没见过呀。他自己也是神权的掌控者。"

这一夜，所有的人都在忙着，木祖根本不会打扰珞伽，他终于可以名正言顺地谈恋爱了。珞伽的寝室外，旱獭王舅舅安顿了部落里最好的侍卫驻守。

珞伽请旱獭王舅舅拿出国王曾经用过的东西，因为带着国王的气息，在卜梦中才可以追踪到国王留在天珠的气息。旱獭王舅舅拿出象雄王赠与他的方形对称花纹的腰带金饰，珞伽把金饰放到枕头下，然后用修炼之功平躺在卡垫上，进入了梦瑜伽的卜梦（木兰咕）过程。

珞伽进入了一个通道，黑暗无光，四周的空洞中，回响着恐怖的喊叫，诱惑他进入一些看不到的空间。他掌控着身体，不被隐匿的空间拉走，在这条伸手不见五指的通道上飞行。一些妖魔鬼怪的手，开始拉扯他，一些恶心而肮脏的东西击打着他。他调整着气息，一手握住琼鸟托甲，专注着内力和思绪，往前冲击。前面有一道亮光，那便是解开答案的关键之门。

忽然他听到了阿妈的声音，他的内心有了疼痛，他想要回头去寻找，他又听到了上师的声音。他的思绪开始被搅动。他停滞在了黑暗中，他在梦中纠结。睡梦中他的表情痛苦而复杂，他紧握着脖子上的琼鸟法器。他的心在下沉，他有些窒息，挣扎着想要起身。当珞伽停滞不前的时候，无数双邪恶的地狱之手即将要把他抓进黑洞。忽然琼鸟开始发光、发热，从托甲上飞了出来，迅速进入了珞伽的梦境。黑暗的通道中，琼鸟飞至，瞬间闪亮，它用坚硬的嘴，叼起紧闭双目，悬停在黑暗中的珞伽，用力飞向了那片光亮。

睡梦中的珞伽平静下来，他的内力缓缓升腾。就在他冲出光亮之门时，他忽然被隐形了，然后坠落到狼族的宫殿中。只见哈让从吉瓦的手中接过一颗圆柱状的天珠，然后命令吉瓦不得将此事告知他人，否则小命不保，并喝令他退下。哈让背对着恰巴的那一刻，他把天珠使劲攥了下，转身的瞬间，将不情愿的表情换成了欣喜，他把天珠交给了恰巴。恰巴小心翼翼地拿起这颗天珠仔细观赏，旁边的哈让眼里充满着欲望，他恨不得自己独占这颗天珠，但是此刻他不能表现出来。

珞伽的落下，弹起了洞窟里的一些微土，引起了他们的注意。哈让谨慎地看看弹起的微小尘土，走了过来，珞伽赶紧轻步躲到一边。

哈让嗅了嗅味道，满屋巡视了一圈。确实有些奇怪，但是他又看不到什么，将信将疑的他，斜着眼睛再次环视四周，才又回到恰巴身边。借着洞窟里很多酥油灯发出的光，恰巴再次举起这颗圆柱状的天珠，欣赏着。

当光线透射过玉髓珠体时，珠体的内部产生了内反射光。内反射光和玉髓珠表面抛光后的莹亮光泽交相辉映，使得天珠呈现出半宝石的亮丽光彩，让这颗稀世珍品的天珠虽然是玉髓制成，但是具有独特的光性，散发着神奇的能量。任何人得到这颗神秘的宝珠，都可以拥有护身的功能。

珞伽蹑手蹑脚，屏住呼吸，慢慢凑近到恰巴这边，他也仔细地观赏起这颗神奇而珍贵的天珠。这颗圆柱状的天珠是由象雄的匠人在千万颗的玉髓中挑出的半透明的玉髓制作而成。匠人们从大自然的植物中提取了黑、白染色剂，在圆柱状玉髓珠的表层分别进行黑、白两次蚀染，使得这颗天珠在黑色底上呈现出乳白色相间纹饰的蚀花。乳白色纹饰为上下相对的两排三角形，从而使珠体中间的深黑褐色部分形成了波折纹。珠子两端分别为深褐色和半透明玉髓的天然成色。

这颗天珠珠体中间略粗，然后逐渐向两头收细，两端截平。珠体约半个手指的长度，珠体中间略粗的部位大概有小拇指指甲的宽度。珠体有穿孔，两端头部的截平面各有一个孔口，一根金丝线环从珠体内穿出，在金线环的尾部有一个结扣，这样这颗天珠可以挂在脖子上。

这种具有宇宙神力的大珠制作工艺非常保密，制作的工匠、材料的选择、染剂的提取、加持的咒语、浸染的药性、古辛的功力等都是不同的，有的还具有朱砂，没有一颗天珠是一样的。上师跟他说过一些天珠的制作，但是上师并不精通。他告诉珞伽学做天珠最好的渠道是得到象雄国专门做这种天珠的顶尖级工匠和古辛的传授。学做天珠和做成天珠是需要很多缘分的，所有方法都是一对一耳传的秘法。珞伽真想亲手去做一颗这样神奇的天珠。

恰巴久久不愿放下这颗梦寐以求的天珠，他在手中抚摸那温润的玉髓珠体，赞叹不绝。旁边的哈让早已迫不及待想要拿到这颗天珠了，他灵机一动说道：“大王，这颗天珠被偷一定会让象雄王震怒，他必定要全城严密搜索这颗天珠，并动用拉姆拉措圣湖可以预知的神力来获知天珠的去处。通过密探知道国王的勇士们正在急速赶往拉姆拉措圣湖，很快他就会知道天珠在我们这里！”

"那怎么办，他知道了，我们必死无疑呀！"恰巴赶紧将天珠塞给了哈让。

"只有一个办法可以隐藏天珠，那就是将金线融化成珠，将它和天珠放入我脖子上骷髅法器的嘴中，才能屏蔽掉拉姆拉措圣湖的神力追踪。因为这骷髅法器是毁灭之神的圣物，它具有隐藏的功能。"

恰巴不得不信，因为这骷髅法器确实有这一功能，为了最终的目标他甘愿现在放弃对天珠的拥有。小不忍，则乱大谋。

说罢，哈让抽出金线环持咒融化成一个金珠，用另外的咒语让骷髅法器中间的骷髅张开凶残的牙齿，将天珠和金珠吞噬。一切归于平静，他和恰巴相视一笑，两人分别回到寝室，安然入睡。

珞伽在屋里不宜久留，梦瑜伽的功力是要消耗他的内气的，于是他持咒、运气，让自己回到了凡身的肉体中。他慢慢睁开眼睛，拂去头上的几滴汗珠，摸了摸发热的琼鸟法器，并无异样，他双膝盘坐，闭目静修，直到天亮。

一早，旱獭王舅舅和木祖、卓萨赶到了珞伽的寝室，他们知道了天珠的下落。旱獭王舅舅也带来了国王的口信，确如珞伽所见，国王的古辛借助神奇的飞鼓，凌晨赶到拉姆拉措，通过神鹰带回口信，无法预知天珠的下落，国王非常焦急，命他们几位盟主和他身边的古辛进殿秘密商讨。

说完旱獭王舅舅就迅速去往象雄国的琼隆银城面见国王，珞伽他们在地宫等待消息。

达日和吉瓦的线人已经寻觅到珞伽、木祖的落脚之处了，因为集市侍卫的出现，也暴露了珞伽和木祖的行踪。哈让再次派出吉瓦去偷取珞伽的冰核和神石。

深夜，旱獭王舅舅终于出现在地宫中，带回了消息。

"经过重大的商讨，国王提前择婿！"

"那我和卓萨的婚礼不是要放后？"木祖攥紧了卓萨的手。

"是的，请你们理解，但是国王会先认卓萨为义女与赛赞公主成为姐妹。"

卓萨冲着木祖一笑，"我正好考验考验你，时间久了，看你是否真心对我，还是暂时讨好。小心伺候不好我，我可以休了你。"

"瞧把我说的，好像我猴急似的，我一堂堂男儿这点考验都过不去，我该把自己休了。"木祖弹了自己一下额头。

"天珠的下落没有跟象雄王提及吗？"珞伽很是着急。

"没有，时候未到，证据也没有，那骷髅之嘴要想张开必须是哈让自己持咒才能让天珠出来。所以我们必须要想办法逼哈让自己暴露出来。"

"那我有什么说法吗？怎么去面见象雄王呀？"珞伽追问道。

旱獭王舅舅不慌不忙地继续说："根据上古的密咒，如此天珠丢失或者被毁无法找到，有一个补救的措施，那就是来自仙界的赛赞公主要和同样来自天界的丈夫合力亲手制作另一枚天珠，这颗天珠的形状和花纹只有赛赞公主订婚之日，她才能预知。此颗天珠完成之时，原来的那颗天珠也就失去了能量，成为装饰品。

"本来择婿之事赛赞公主是非常抵触的，但为了象雄的社稷，为了国泰民安，她同意择夫婚嫁，但是此次择夫需要她亲自考验。而你为了使命也要应试，并且用最大的能力甚至用神力也要娶到赛赞公主。因此我更不能将你的身世和使命告诉象雄王了，只有靠你自己的努力和缘分与公主成亲，再将此事告知，才是最稳妥的上策。"

这下，珞伽惊在那里，大家等待着他的回应。

"可……可，可我不会'爱'呀，我都不知道怎么做。我从来都没有想过，我只会去完成使命。"珞伽支支吾吾地回答。

"谁生下来就会恋爱呀，我也不是碰到卓萨才知道了爱情的滋味吗？但是真的很甜，很舒服。"木祖挑逗着卓萨，卓萨的脸瞬间红了。

"木祖说得对，我也是碰到了才知道，我需要这份爱。"卓萨小声回应。

"赛赞公主脾气那么大，我很怕面对，也没有人教我如何应对。我真不行，我放弃。舅舅还有没有其他的好办法。"珞伽挠着头发，不知所措。

"时间来不及了，通过我们取得的信任，比不上你直接带给他们的信任，狼王偷了天珠，如果偷不到你的冰核圣物，那他一定会提前行事。上天给了你天分和神迹，那是你的命，但是运是要自己修的。只有打开赛赞公主的内心，一切才是顺缘，否则会变成逆缘。"木祖说道。

"我们彼此都是陌生人，我根本没法爱她！怎么为她负责！神也不能强求的。"珞伽非常沮丧。

"爱情与责任在很多时候是没法分开的，但又是可以独立的。感情和生活只有自己去摸索才能知道合适不合适，就算不合适，为了使命你也要牺牲自己的幸福成全。因为你的目标是守护水源，可以重回天界，坚定你的目标，才可以放下私欲，才可以用慈悲去关爱公主。公主不是你的仇人，她是你使命中不可缺少的一臂之力，你要感恩她，要用这种大爱去对她负责，这也是爱情与婚姻。"旱獭王舅舅拍着珞伽的肩膀，语重心长地说。

"那她不爱我，不选择我，怎么办？我不能在一棵树上吊死？您说的我知道了，我想一个人待待。"珞伽低着头，他有些委屈。

"放心，等你成功入赘，你的舅母会教会你一些方法的。"

"兄弟，还有我呢，这不我比你先行一步，总是比你有经验呀。不过我比你要容易，卓萨的脾气，我喜欢。你将来的那位夫人，看来会把你揍得鼻青脸花的，成了珞伽猪头了。哈哈！"木祖和卓萨都笑了起来。

"我还不知道能不能成为她的丈夫呢！"突然珞伽沮丧起来。

"入道儿了，舅舅我看我们还是先出去，让他一个人通通智慧吧。"说罢木祖他们步出地宫，偷着在外面乐。

珞伽回到寝室，他面向智隆家乡的方向，祈求着家人的力量，他回忆着与阿妈、姐姐的相处，孤独再次侵袭而来，也许他也真是需要一个家了，他想念着阿妈睡着了。

深夜他的梦很沉，所有的伙伴都出现在他的梦里。他看到了热那带着妻子和孩子在向他招手，他手里拿着那根鹰的羽毛，他嘴里喊着："放心去飞吧，祝你幸福。"

珞伽的眼角溢出了泪水，他忽然感觉到了身体开始发热，有什么在靠近他，但是他不想醒，他皱了皱眉，依旧沉睡。

第二天醒来的时候，他看到了几根被烫焦的草鼠的绒毛，他知道吉瓦昨晚一定光顾了他的寝室，想要偷走圣物，神绳发出了炙热的反击，没有让吉瓦得逞。

吉瓦受了点轻伤，他灰头土脸禀告了失败的原因，然后被哈让骂出了恰巴的宫殿。而此时，象雄王昭示天下，择婿大婚的喜讯也迅速传向天涯海角。

很快，被强大象雄国盛世吸引的众多肤色各异的牦牛王子们从四面八方赶来，到达这高原巅峰的香巴拉。众生云集，都要一睹赛赞公主的芳颜，那可是天神之色呀。象雄国更是热闹非凡，弱化了天珠丢失的阴霾。

哈让和恰巴也在酝酿着如何借此机会进入神殿，大婚之时，王宫定会向文武百官、贵族使节开放，朝拜神殿也是必须的仪轨。

象雄王依据360方格组成画面的象雄星辰属相图，占卜出的赛赞公主择夫的日子终于到了。木祖趁着晨露给卓萨采到了带着露水的大朵粉色高原波罗花，他怕打扰卓萨休息，悄悄地放到了卓萨的寝室门口。卓萨刚好醒了，她听到动静，开门看到了木祖的背影和那朵粉红色的高原波罗花，幸福洋溢在她的脸上。今天她也要成为象雄王的义女了。木祖一边想着卓萨戴着那朵美丽的波罗花出现在他的面前，一边到了珞伽的寝室，帮助珞伽净身沐浴。

珞伽既尴尬又紧张，他笔挺地站在那里，任由木祖把他洁白而光亮的毛发梳理得极其顺滑。旱獭王舅舅为珞伽请来了神鹰的羽毛，插在珞伽的头上。卓萨打扮得喜庆而不失清新，她的头上别着那朵耀眼的波罗花，盛开在那里。珞伽表情僵硬和卓萨的欢喜形成了对比。旱獭王舅舅鼓励着珞伽，让珞伽和卓萨在地宫的神殿里给尊胜佛上了香，他们就一起出发了。为了让珞伽能够度过心理的紧张，木祖被当作他们的侍从，跟着去了。

山形逐渐宏伟浩大，银色的山石之色，让人眼前一亮。琼鸟傲立山巅之上，它巨型的双翼展翅横亘在山峰之上。这就是象雄的主要王国的都城琼隆银城，让多少众生向往的极乐之地。大大小小，层层叠叠的洞穴、土石混搭的房屋建筑，沿着险峻而壮美的山形逐层而上，错落有致。往上快到山顶，是沿着两翼的山形铺开的巨大的王宫，那王宫的建筑在炙热的阳光下发出七彩的光芒，上面镶嵌了众多的矿石和宝石。再往上就是那巅峰之尖，那里是琼鸟头部护翼下的金字塔的神殿，它巍峨矗立，肃静高雅，威严壮丽，是通向冈仁波齐的天门。

琼隆银城巨大的城门正对着南方的河谷，雨季的滋润让河谷里溪水潺潺，鲜花满地，野玫瑰的芳香沁人心脾。跨过象雄国城堡的吊桥，可以看到皇宫的勇士，高大的英姿，锐利的眼神，这些象雄大圆满修士如护法神一样，让人敬畏。今天他们穿着用金、银、铜、珊瑚、水晶、天珠、海螺壳等材料做成的铠甲，铠甲片之间用孔雀的翎毛作连线，头盔上用三角形的旗帜做成特殊的盔甲，尽显象雄国的强大盛世之景，让五湖四海来的王子、国王、达官贵人、修行的大师等齐声称赞。

在这些勇士的背后是直耸通往象雄城堡的台阶，仰头远望这些台阶是用大小均匀的石块和土夯技术建造的。这些台阶要迈开大步才能上去，每一层高度是一样的，越往上延伸，越窄，逐步收成金字塔形。台阶的两侧分别错落着根据山形的结构而建造的洞窟房屋、石砌建筑，高大宏伟，让人仰望。整个象雄国的核心城堡如同银色的琼鸟展翅，铺展在俊俏的山峦之上，主体的建筑宫殿和神殿成金子塔形。城门的上方修建圆形的蓄水池，水池的水通过水渠用于生活和浇灌城堡下整齐划一的一块块青稞田。城堡的身后是险峻陡峭的悬崖峭壁，无人可攀登，在城堡的内部具有通往河谷的暗道。易守难攻的城堡，外面就算是强兵攻城，里面的生活根本不会受到影响，暗道里可以输送马匹、给养、投石弹、各种武器等。暗道通向哪里是一个终极的秘密，国王全部知道，古辛们、勇士们分别知道一些，所以要想攻打象雄国的每一处城堡都是非常艰难的。登上城堡可以俯瞰广袤的江河冰川，雪山草原，周围几十公里之景尽收眼底。神殿立于山顶之尖护佑着象雄国的强盛。

旱獭王、卓萨、木祖蹦跳蹿跃在高高的台阶上，珞伽健步豪迈抬腿向上跨越。他们与到访者一样震惊于象雄国琼隆银城的壮美，更震惊于象雄的盛世强大。世界各地、四面八方的众生，穿戴着最为华美的服饰赶来，丝绸、纱丽的鲜艳亮丽辉映在众人中。当然不同毛色的王子们也早早都鱼贯而入进了大殿。珞伽平稳着情绪，跟在后面进入了大殿，但是他鲜亮洁白的毛色和英俊豪迈的气质还是引起了众人们的关注。

有的羡慕，有的赞赏，有的嫉妒，有的根本不信，认为是染色的。对于自己毛色的评价，珞伽根本不以为意。今天他做好了背水一战的准备，但是他还是感受到了硬着头皮上战场的感觉，一切都是未知数，他有些忐忑。

这时他们几乎同时注意到了挤在宾客中刻意回避他们的哈让和恰巴。当哈让不得已和珞伽对视上的时候，他的眼里带着诡异的笑意。珞伽的心一沉，透出了不安。旱獭王观察到了他的神情，蹭了蹭珞伽的腿，珞伽看到了舅舅眼里的信任。

"嗡玛智美，耶萨来多……"珞伽默念起增加力量的心咒。他心里清楚哈让他们在这种场合不能造次，他肯定是来窥探皇宫的地形格局和神殿的位置。木祖和卓萨愤怒地看着哈让和恰巴，木祖向他们挥舞着拳头。恰巴不屑一顾，拍了下哈让，转到另一侧，不再与他们对视。

其实在众人进入象雄琼隆银城的视野范围时，神殿的瞭望口一直有双圆润而睿智的眼睛，躲在上面俯视审阅进出的这些形色各异的宾客。她的面部和身体无法让人看清，上面除了眼睛和唇皮，全部涂抹着黑色的塔古（堆加）。这遮盖又护肤的塔古是用牦牛奶做成的酸奶水熬成固体油状乌膏，牦牛奶具有养颜护肤滋润美白的功效，尤其应对强大的紫外线有奇效。这种牦牛酸奶护肤膏色黑味酸，取少许放于小碗内，加几滴水搅拌，然后均匀地涂在脸上、身上让自己成为乌黑。制作塔古的方法是她母亲的祖先族人从黄河流域高海拔区域那边传过来的。她一般黑天而出，如若白天出来，她每次会用塔古牦牛酸奶膏做的糊糊贴在自己身上，防止别人认出惊讶于她的肤色，又可以减少炙热的光线对毛发脸部皮肤的伤害。

由着她的豪爽和顽劣，时而她数日不卸，时而再涂几次，渐渐加厚，形成乌膏"面具""黑色铠甲"，看上去倒也十分神奇。但也时常吓着偶尔见到的其他族人和宫里的小孩，因此遭到母亲的训诫。

今天是她的头等大事，依然由着性子出来窥看，在众多的宾客中，一副极具魅力的身躯和亮丽的毛色引起了她那双神秘之眼的关注。但是疑惑也悄然而至，染色的高超是域外波斯的擅长呀，多少男子被揭发暴露了自己的真相。思虑一下，她无聊地撤身回到她的宫殿，那里焦虑的母亲和众姐妹、侍女都在等着她梳洗打扮。

象雄王还没有出来，珞伽引起短暂的骚动后，大殿里又恢复了一派熙攘热闹，众人对神秘公主议论纷纷。卓萨和木祖一直手拉着手，他们很是激动。象雄王和国师古辛们的高座位于大殿前方的土石夯台上，台上分别放着低矮的木桌和高贵的卡垫，彩漆的桌子四周雕刻着精致的纹饰，用黑、红、白颜料描绘出宇宙树、麋鹿、太阳、牦牛、回字纹等和谐之景。其中有黄色的跳跃，应该是金线的反光。桌子上摆放着黑色的各式酒杯、陶罐和各式的木碗，用以畅饮。同时还一一摆放了木盒和草编筐，里面高耸着风干肉、羊头肉、糌粑、奶渣、拉拉、酸奶点心、青稞饼子等盛宴必备的食品。象雄王步入的大殿走道上用糌粑撒上了一些吉祥图案和雍仲符号"卍"。

这参透宇宙能量的雍仲符号是由太阳演化而来，寓意着永恒常转，光明火焰。它如宇宙万物阴阳互换，永远不会停止运动；如昼夜交替、阴晴轮换、善恶并存、鱼水共欢、男女同生、雌雄相配、花果娇艳……没有休止和平息。它又如方形的太极，不依规矩，不成方圆。如同一个轮的雍仲符号，坚固不变，永恒常在。它引导着雪域高原的众生世世代代转着神山圣湖，护佑着这片高山净土，创造着巅峰传奇。珞伽注视着雍仲符号，他体内的内力盘旋而升。

这时有酥油茶和青稞酒的香气飘进了大殿。

忽然海螺的号角响起，鼓声大振，众人收了声。勇士步入，接着穿着代表永恒不灭蓝锦袈裟，戴着白帽护持国政的国师古辛们持咒步入，后面就是手持权杖政权之位的英勇无畏的象雄王、最厉害的象雄大法的老古辛和雍容大方的王后同步进入，再后面跟着其他古辛。

只见象雄王头戴琼鸟翅角的五冠尖白帽，发髻盘里，虎、豹领围，外彩里黑的华贵丝绸锦缎王袍上织有汉字"王侯羊王"铭文，金花錾刻的腰带配饰；雪猞猁、白狼皮的靴子上盘着金、银材质，錾刻卷草纹图案的装饰。

那象雄传法老古辛则头戴由珠宝和海螺串成的蓝色、宽帽檐的沃巴帽，帽子顶部有三块凸出物，前面两块凸出象征太阳和月亮。

来自黄河流域古羌后裔的王后雍容大方，她头戴无数白色小海螺和红色珊瑚串联而成的"滚多"，长发编成无数细辫垂在后背，露出硕大的黄金、珊瑚耳环，里黑外红的丝绸长袍拖曳在地上，外搭一件薄如蝉翼的丝绸披肩。

这般上等珍贵的丝绸，乃是象雄与中原和谐交往，商贸往来的盛世见证。那"王侯羊王"铭文的汉字，更是将象雄王的伟大胸襟推向了高峰。

众人的眼中充满了敬佩与羡慕，这隆重的开场让大殿陷入了庄严的沉静。

神权一体的象雄王示意德高望重的老古辛落座在他和王后的右侧，其余古辛分坐左侧，然后象雄王和王后才落座。国师（古辛）接过象雄王手中的权杖，供奉在象雄王身后高处的琼鸟图腾之下。众人行叩拜礼，分坐大殿两侧，侍从们端上盛宴款待。

象雄王接过内侍递上的酒杯，站起来，他声音宏亮地宣讲："我象雄王室从神那里得到恩惠，今天是我象雄王室最为重大的招亲盛宴，我和我的王后将为最小的爱女赛赞公主招亲，感谢五湖四海的朋友们光临我象雄。这杯酒过后，爱女的招亲择夫仪式开始，请各位接受考验的王子们展现出你们的睿智与英勇，胜出的那位将是我象雄国盛世江山未来的拥有者。让众生的护法神来保佑今天的仪式吧！"说罢，象雄王轻点三滴青稞酒，敬天、敬神、敬地，三口一杯添满，然后一饮而尽。

大殿中首先响起了"杂筒"浑厚宏大的声音。象雄国的乐师们使用古老的，用陶器酒坛改造的陶制大号吹管乐器，吹出了原始古朴的旋律。乐师们用酒坛的圆形，把酒坛底部打开，封上酒坛的坛口，用细长的吹孔，从封闭的酒坛口中心穿进酒坛的中心。他们不费吹灰之力按照韵律吹，内修的气功使得气息声音经过酒坛内部宽广的空间，从打开的酒坛底部出来，吹出的单音，声音宏大，与大殿的四壁撞击回响，然后传出大殿，传向远方。这些内功修行的大师，通过声音的震动来观察感知众人的内力之功，感知着周围的异样。

接着一些象雄大圆满修士手持鼓、扁铃、钹遵循着象雄本教仪轨的乐律，替换下杂筒的声音。另一群戴着不同众神面具，穿着众神服饰的象雄大圆满修士，踩着旋律的舞步，按照固定的跳神仪轨，进入大殿。他们时而狰狞，时而慈悲，时而愤怒，时而英勇……随着舞步和旋转，随着鸟巫斗篷的展翅，随着神剑的挥舞，随着高高地弹起跳跃，随着嘴里唱诵呼唤各类奇鸟、兽物的到来，震慑着所有的来宾。象雄王时而振臂展翅，用仪式动作互动着神舞。有功力的舞者们自由穿梭在这些王子中。端详、窥看、嬉闹、震慑……他们用各种表情和近距离的接触判断着这些接受考验的王子们。

突然一个戴着红色狰狞面具的象雄大圆满修士，跳到珞伽的面前，那面具的脸几乎碰到珞伽的面孔，把旁边的木祖和卓萨吓了一跳。珞伽并没有害怕，这与他童年的调皮是如此相似。小的时候，他就经常混到跳神的队伍里吓唬人，要不是这样的场合，他还真想跟这位象雄大圆满修士混搭在一起，切磋一下。不过这好奇好玩的童年记忆，让他不由自主地显露出古怪嬉笑，他顺势看着面具眼缝里露出的眼神。那不是沉闷与震怒，而是一双清澈的眼眸，带着一股纯真的悦动，他不禁深深地端详起来。察觉到珞伽的探究，戴着面具的象雄大圆满修士瞬间一愣，突然手疾眼快用暗藏的功力拔去了珞伽身上的几根毛发，然后立刻闪开，旋转到另一侧。

珞伽没有去阻挡，他知道这是在验证他的毛发。但是珞伽感觉到有些怪怪的，因为能够跳这神舞的象雄大圆满修士必定都是修行高人，他们的眼睛深沉和敏锐，有时会散发出咄咄逼人的气息，而这双眼睛更多了纯真。

"难道也是混在里面捣乱的？不对呀，他的舞步非常专业，应该还是位高人吧？"珞伽内心揣摩着，他摇了摇头。

哈让和恰巴一直在偷偷观察珞伽他们这边的动静，如果珞伽成为象雄王的女婿，那么冈仁波齐一战又将困难重重。不论如何，今天他们更为重要的是查看地形。皇宫的建筑地面夯实得很坚硬，吉瓦根本无法穿越，因此他们将吉瓦偷藏在袍子里，让吉瓦趁着盛宴，潜入到了皇宫里，摸清线路和布局，以及侍卫换岗的时间。象雄如此盛大的仪式和宴请，要持续三天，喜庆之下没人在意一只很会藏匿功夫的草鼠的行踪。

鼓声、扁铃、钹的声音开始收尾，就在那些戴着面具象雄大圆满修士撤出大殿之时，珞伽和刚才那张红色面具的脸不约而同地再次对视。然后象雄大圆满修士缓缓离去，这让珞伽有些失落。他低下头吐了口气，摸了下脸，调整了情绪，等待下一个内容。

象雄大法世间皆知，上座的象雄工巧明、声明、医方明、外明和内明五大学科的古辛们准备给王子们出题。这时一位内侍悄然在象雄王的耳后说了些什么，象雄王赶紧与左右边的古辛们低语。最后德高望重的古辛发出了声音。

"请那位白色毛发的王子上前一步，接受考试。"浑厚高昂的语音不容置疑，似乎在暗示着一种决定。

瞬间大殿里安静下来，有些突然，有些蒙圈，大家看着珞伽一步一步抬腿走上前去。四周有了不祥的气氛，有低语者的暗讽和嘲笑。其实珞伽也对突如其来的点名感到有些忐忑，很快在周围的质疑中，他的内心坚定，他今天势在必得，他不能输给那个公主，他有些较劲了。旱獭王舅舅和木祖、卓萨为珞伽捏着把劲儿。在珞伽举步前行时，他们攥着拳头低声传给珞伽："你一定行的！"

德高望重的古辛看到了珞伽脖子上的琼鸟法器，那不是一般的圣物，必定经历过什么，这个王子才能匹配如此重要的法器。古辛忽然想到了那个毅然决然放弃象雄国最高的修行之位，漫游四海去传法的师兄。听说他最终定居在象雄管理的联盟智隆牦牛邦国，但是他太久没有他的消息了，难道他和这位特殊的王子有着某些关系，他不禁端详起朝着他们走来的白色毛发的王子。如若佩戴这琼鸟法器者内心狭隘肮脏，残忍自私，那琼鸟必会飞离此法器，只留下鲁神在，那这样就会给自己和周围带来一些麻烦。看来这位毛色如此洁白的王子必定具有特殊的使命而来，而且毛色的检验已经通关了，他就是那位……

其实座位上的各位都看出了一些信息，他们的表情增加了微妙的惊讶，尤其是王后，她回想着拉姆拉措的预言。

珞伽走到国王他们前面停下来，那种沉稳与镇定的气质让他们产生了对他的好感和欣喜。品性与内涵更是完成责任和使命的关键。

古辛们凝思，给出了一个接一个的问题。

"世界的颜色是怎么来的呢？"

"世界的颜色来自于宇宙的七彩虹，虹本身是灵魂之梯或桥，它出自内心的精神。智慧来自于光明的实体。光明在于内心及外界，当它们被发动后，尤其是两种光明合和为一时，就能全面把握住宇宙之力量。同样颜色作为简单的象征模式在神话中也被赋予统摄宇宙的功能。白色表示慈祥，黄色表示繁盛，红色表示权力，黑色表示威猛，蓝色表示神秘。我们传承的象雄国教本教的三重宇宙结构可以用颜色表示：首先要和我们象雄文化的五行匹配：地、火、水、风、空。地为黄色，代表了脾；火为红色，代表了肝；水为白色，代表了肾；风为绿色，代表了肺；空为蓝色，代表了心。宇宙不同层级中的神像也可分别以颜色来象征：白色天神，黄色中空年神，红色地表赞神，蓝色地下龙神。水平宇宙空间也可分别用白色、蓝色、红色与绿色代表东、南、西、北四方。我们风马旗的颜色与这些都是相关的。"

"宇宙三元轮在象雄文化的重要性是什么？"

"三类概念的构成和统一：主权＝统治＝智慧；创造＝繁育＝普遍；力量＝守护＝秩序。三种功能的神抽象概念为：单纯（光明）——繁复（精细）——长久（坚固）。"

"风马代表了什么？"

"风马不仅是灵魂寄托的象征，也担负起抵御妖魔并保护灵魂与世界的多重任务，是宇宙间颇具威力的东西。甚至在一定程度上，'风马旗'代表了宇宙本身。风马是象雄文化中祈福的仪轨。"

"如何理解二元？"

"正与邪、神与鬼、光明与黑暗的二元是世界结构观念，是象雄国教文化体系的基石。二元论学派核心内容与祆教的善恶二元论类似。我们传承的象雄国教本教指出，物质世界的形成，最高孕育出白色和黑色的两道光芒。自然界的光明与黑暗的相互对立，以及人间的善和恶的对立，善最终战胜邪恶，光明最终战胜黑暗。

"二元论诠释着众生群体间的冲突事件以及他们与自然界之间的关系。

"神应战胜魔，善应战胜恶，这是一个善与恶、神与魔、人与自然界并存、斗争与协调的精神。"

"五种明灌顶，见自性，五智本体，是什么？"

"灭嗔恨火平水灌顶、平我满山冠冕灌顶、消贪欲毒金刚杵灌顶、解嫉妒链金刚铃灌顶、除愚痴暗名号灌顶。"

"牛五净是指？"

"闭关前作洒净之物，黄牛尿、未坠地的黄牛粪、乳、酥油、酪。"

"装满金币的珊瑚口袋是什么？"

"辣椒。"

"白色的平地，黑色的羊，唱歌的牧人？"

"念经。"

"抓一掌，放了一屋？"

"酥油灯。"

"象雄的世界观是什么？

"世界是一棵具有五个树枝的特大的树，在每一棵树上有一个鸟窝，各有一个不同颜色的蛋，五蛋孵化后，白蛋孵出天仙，红蛋孵出人类，杂色蛋孵出昆虫和动物，黄蛋孵出鸟类，黑蛋孵出狼和鬼怪，从而形成了人间的生命。"

"修习勇敢是指？"

"修习勇敢，也就是修习勇于放下，在勇于面对事情的时候，要用智慧明辨，放小利而为众生。"

"如何看待你的人生？"

"人生无常，如虚空闪电；财货无常，如草上露珠；能带走的只有身影，可留下的唯有脚印。"

······

珞伽自信地对答着古辛们的问题，他毫无惧色，一股暖流从心底升腾，他感恩他的上师，让他如此睿智。他干净宏亮的声音在大厅回荡，压住了那些嘲笑。大殿的后面，有双清澈的眼眸在看，有个俊俏的身躯在聆听。

这时，象雄王突然从座位上站了起来，他的眼睛透射出光芒，他兴奋而激情地大声问道："象雄的一统是什么？"

珞伽不假思索，从容不迫地回道："没有精神上信仰上的融合统一，政治上的征服是短暂的，扩张和征服必定是文化上，尤其信仰上的融合统一。守护信仰和本土的文化形成共同体是象雄乃至高原一统的根基。"

大殿瞬间沉静，众人各有所思。而后，有人鼓起掌来，接着大殿里掌声不断，口哨的叫好声四起。

"好！精神的主权大于领土的主权！好！为了这个一统的真谛，来，请各位端起酒杯，畅饮一杯！"象雄王雍仲伽布带头一饮而尽。

这时德高望重的古辛起身，他上前一步："你能否对上下面一句？"

珞伽一躬身："请讲。"

"知识不外传……"

珞伽瞬间对出："智慧腹中烂。"

这是象雄国老古辛和师兄曾经逗趣的对联呀，老古辛立刻走下座位，搂住珞伽，焦急地问道："你来自智隆牦牛邦国？"

"是的。"珞伽有些吃惊。

"你的上师是真巴兰卡！"

"是的。"珞伽瞪大了眼睛看着古辛。

"他还好吧？"

"是的，他很想念象雄国。"

此时两个人的眼里都浸满了泪水，怀念的思绪围绕着他们。

老古辛带着激动的欢喜回头跟象雄王说："国王，赛赞公主不愧是神力相助。这位王子是我们象雄国曾经最高的上师真巴兰卡的弟子，他是什巴贝钟钦波护法神化身的白色牦牛王子。这琼鸟的法器圣物，不是谁都可以佩戴的。这是宇宙之力的加持呀！这一关，我代表古辛们通过。"

象雄王与王后点着头，非常满意，王后与象雄王丈夫耳语交流了几句。

随即象雄王兴奋而激动地站了起来："什巴贝钟钦波护法神的化身降临我象雄国乃是我大国之无比荣耀。拉姆拉措圣湖显灵，告知是一位白色的牦牛王子成为我小女的夫婿，这是神的安排。这一关我和我的王后通过！"

那双清澈的眼眸，激荡起涟漪；哈让和恰巴面色沉重；木祖他们欢喜雀跃；珞伽坚定地站在那里，充满着感激。

忽然，迫不及待的鼓声、扁铃声、钹的伴奏声，还有特殊的石头打击乐的声音从大殿的后面传了出来，一群乐师拿着各自的乐器，一群宫女穿戴着绸缎舞服，头戴宽大高耸遮面的珊瑚帘帽，跟着富有动感和欢快的韵律之声从后面拥到了大殿中央，顿时让众人眼花缭乱。她们在宫殿里跳起了歌舞，令人陶醉。

然后又有16位盛装打扮的，美丽可爱的宫女手中持有鲜花，她们高歌欢舞，簇拥而进。突然散开，一位最为貌美的谐本女领舞师出现在众人的面前，歌舞依旧，但是众人震惊。

她的嗓音清纯如天籁之声，她的腰身如杨柳婀娜。她头戴缀满珊瑚、松石、金饰的头冠，密密麻麻垂下的红色珊瑚流苏遮挡了她的面容。在摇曳飘逸的歌舞中，她拨开遮挡的串串流苏，露出那圆润如圣湖般清澈的双眼。她长长的睫毛上翘着，尽显灵动与仙意，她的嘴唇宛如鲜红的樱桃，晶莹欲滴。更为震惊的是，她的肤色是世上罕有。随着歌舞，她摘下头冠交给舞女，又解下龙凤丝绸舞袍，卸下雪猞猁和白狼皮围领，彻底露出了那阳光般灿烂的金色身躯，瞬时大殿外的阳光蹿入，一层金色的光环笼罩在她的周身。她如从天而降的仙女，恍如梦幻般，舞动在众人面前。她的美与神迹，是宇宙送给这个世界的恩赐。

"赛赞公主！"

"金色牦牛，世间极品！"

"天呐，这是神迹！"

"仙女下凡！"

"太美了！"

"有生一见，宁死无憾！"

……

卓萨更是捂着嘴，瞪着眼睛看着，简直太美了。木祖和旱獭王舅舅被惊到无话可说。

哈让和恰巴嫉妒而愤怒，珞伽简直走了什么狗屎运。

珞伽与她的眼神对视，他看到了红色面具后的那双眼睛，那双能勾起他内心涟漪的眼睛。在她纯净的眼里，他看到了他自己，她是他的影子。一种熟悉，一种亲近，一种感动，一种兴奋……充斥在他一动不动的身躯里。

赛赞公主大方、热情地朝着珞伽舞动，欢歌而来，她来到他的身边用歌声唱道："……我去那高高的蓝天，走进了上界天神的宫殿，我向神王磕了三个头，鞠了三个躬，站着作了三个揖。神王问我，你想要什么？"

她俏皮地闪着美丽灵动的，双眼皮的大眼，对着珞伽继续唱道："你想要什么？是甜蜜的红糖？是醇香的米酒？"

珞伽不知哪里来的勇气和智慧，他随着韵律，立刻用笛子般悠扬的歌声回应："甜蜜的红糖不要，醇香的米酒不要。我只希望爬上冈底斯山冈仁波齐峰的天梯，打开天神欢歌笑语的大门，撒向人间，世代欢愉和谐，歌舞不断。"

赛赞的眼里流出喜悦，她转回到舞队，继续唱道："天神呀，你听到了我们的祈求，请您打开歌舞的大门，如果打开了歌舞的大门，天神的公主请五位，赞神的公主请五位，鲁神的公主请五位，加上谐本我一共十六人，我们共同歌舞献给须弥山的梵天……"

她边歌舞，边深情地看着珞伽，她梦中的天神之爱。珞伽跳起了象雄当热嘎尔贡热巴孔雀舞，这是象雄孔雀河流域传承的舞蹈，他在嘎布的婚礼上学会的。那时是拙笨的，但是今天，他有如神助，一气呵成，在跳动中用歌声，表达着爱的幸福和感恩。最后他发出了孔雀求偶的鸣叫之声，赛赞的脸上洋溢着红晕和欢喜。他们在众舞女、宫女的簇拥下，双双拥抱在一起。

从这一天，订婚仪式皇官大宴三天宾客。国王收卓萨为义女，赛赞和卓萨一见如故，两个小姐妹无话不说，反而冷落了木祖。木祖跟珞伽抱怨着，珞伽现在只关注他的仙女赛赞。

"重色轻友。"木祖冲着珞伽一通抱怨，被旱獭王舅舅拉走喝酒去了。

旱獭王舅舅和珞伽安排好木祖和卓萨，他们认真地将灾难即将到来，取得圣物，保护冈仁波齐水源的事情，与国王、王后、古辛、公主进行了交流。他们没有说出哈让和恰巴，希望在最后的时刻，慈悲能够感化他们，让他们收手。

象雄王和王后给珞伽安排了固定的寝室，这往后他要和赛赞亲密交流。珞伽和赛赞一致认为真正的大婚要定在巅峰之战胜利的时候，那时珞伽要把那颗他们俩亲手做成的天珠挂到赛赞的脖子上，护佑她生生世世，守护高原世代相传。

象雄国王为此举行了秘密的会议，三天择夫订婚的盛宴之后，他即刻安排珞伽和赛赞分秒必争赶往孔雀河边，去寻找制作天珠的玉髓。

草鼠吉瓦完成侦察任务，哈让和恰巴随着众宾客的回程，也回到了他们的驻地。

到告别的时候了，木祖拿出了当热国王送的黄金牌，他送给了赛赞公主，祝福她和珞伽能够幸福圆满，希望赛赞帮助珞伽完成这一世最为重要的使命，不忘热那的遗愿。珞伽、木祖、赛赞、旱獭王舅舅，他们相信未来相聚的日子还多着呢，所以今天是高兴的离别。他们互相祝福、拥抱，但还是依依不舍。

在象雄王侍卫的保护下，在古辛们和工巧明匠王的六个门徒的陪同下，珞伽和赛赞他们一起去往与之有亲戚关系的马甲藏布（孔雀河）一带象雄强大的女性部落联盟，寻找那旷世的玉石之缘，在那里要打造一颗宇宙神珠。他们的行动引起了哈让和恰巴的关注，他们派出了吉瓦和达日。

还会发生什么，又将是怎样的一个终结，冈仁波齐巅峰的召唤却近在咫尺。

第八章 黄金面具，冈仁波齐

　　象雄的西面、西北面是中亚、西亚，象雄的疆域还到达了阗，广袤的山谷、沟壑、草原、土林……变换的地形中分布着众多的古代高原一带一路的交流之路，支撑起了人类史上浩瀚宏大的高原走廊。丝绸之路、茶马古道、麝香古道、盐羊古道……它们交会贯通，人来人往，车水马龙。

　　出了琼隆银城往象雄女国进发，可以看到岩羊和盘羊的队伍一个接一个整齐地行进。他们背上搭着女国横条宽纹的红、绿、蓝、黑、黄五色相间的牦牛绒袋子，垂在两侧的袋子中装满着女国盛产的盐。岩羊、盘羊的爬坡、爬山、爬悬崖的能力极强，他们腿脚敏捷，有时接近 90 度的仰角，他们还十拿九稳。驮盐队需要行程两个月将盐送往信度售卖，换回女国需要的红糖等其他的物资。

　　女国有很多的部落，他们这次到达的女国是非常强大的一支部落，位于普兰，那里是神山冈仁波齐和圣湖玛旁雍措的所在地。运气好可以仰望冈仁波齐金字塔般的壮美，可以清晰看到冈仁波齐无人征服的雪线天梯，可以感受到冈仁波齐巅峰之上的宇宙召唤。这神圣的冈仁波齐呀，是世界无数人的向往之地，世界的众多水源源自冈底斯山冈仁波齐的"四大圣河"，它们流向四方，一条成为信度洋的源头。人类的文明依水而居，这里就是万水之源，世界的中心。

每每想到这，珞伽他们都是心潮澎湃，意气风发。他们朝着冈仁波齐的召唤而去，那是使命的终极之巅。

珞伽他们经过石丘墓、大石遗迹、雍仲纹饰、岩画等，这些北方草原文化特征的遗迹从珞伽进入黑河草原开始就一直伴随着他。赛赞与珞伽并肩而行，虽然才短暂地接触三天，但是前世的缘分让他们这世格外亲近与熟悉，如同娘胎里带出的龙凤胎。赛赞在皇宫里长大，但是她博览众书，研读经文，修行大圆满，与众多的古辛们切磋技艺和知识。加上她具有宇宙神力，是仙女的化身，所以她几乎是完美的，她的完美中就是融入了太多的天真与纯净，她的执着是单一的坚定。

由于珞伽隐瞒了哈让和恰巴的阴谋，他不知道这会给后面带来怎样的问题，他不确定他和旱獭王舅舅的做法是否正确，于是在出行的时候他问赛赞："我如果错了，你会怎么办？"

赛赞晶莹剔透的双眸眨都没眨，脱口而出："你错了，我就跟着你错。"顿时让珞伽感动不已。

爱情和婚姻存在着太多的变数，有信仰的人选择了，就意味着坚定，不论发生什么。但是又有多少人能够坚定呢？珞伽和赛赞是坚定的，他们守护着高原的纯粹。

赛赞告诉珞伽，这次去往的女国部落是象雄女国里非常强大的部落，她们繁衍生息在孔雀河边，那里拥有产出天珠的神奇玉石。这个部落的女国政权叫苏伐剌挐瞿呾罗国（即金氏），古辛们说女国"出土黄金，南北狭，即东女国也，世以女为王，夫亦为王，不知政事。丈夫唯征伐田种而已"。这个属于象雄联盟统治的女国是属于大羊同的。羊同是中原对象雄的另一个称呼了。象雄女国非常厉害，她也拥有众多的女性部落，分布在雪域高原和南亚、中亚等区域。那里的女人执掌政权，她们不但产高贵的食盐，更是盛产黄金。女人们马背上英勇善战，她们的黄金錾刻和青铜兵器的铸造在象雄堪称一绝。尤其是一件作为圣物的兵器，那是她们女国的国宝，可以击碎毁灭之神的任何兵器。

珞伽听到赛赞说的，心里一惊，他问道："短柄青铜钺？"

"是的，你这都知道，我的爱人真厉害。"赛赞毫不掩饰对他的赞赏和喜爱。

珞伽没有解释，他牢记当热国王的告诫，一定要得到短柄青铜钺，才能击败哈让的骷髅法器。

珞伽从家乡一路走来，感受着自然环境的严酷，众生的渺小。他体会着，理解着，尊重着，融入着，高原的众生对一切宇宙赋予的自然之物都产生的敬畏和幻想。

皑皑雪山的白色孕育着雪水的生命之源，在每一个山顶和山口，古辛们带领着众人持咒，他们崇拜白色，他们用白色的石头搭起祈福的石堆——玛尼堆，因为白色象征着美和善，代表着吉祥和美好。他们敬畏着雪域高原每一寸的水土，敬畏水里的鲁神，遇到湖泊，他们唱诵着祈愿文，都会用白石在湖边搭起石堆，保持水土的清洁和安静。

侍卫们用三块石头搭起灶，烧茶做饭。赛赞公主主动为夫君珞伽和随从展示她美食的手艺。象雄不愧是盛世繁华之国，珍贵的大叶野生上等茶赛赞毫不吝啬，她取出来自河套流域的粟米，与茶叶和青稞、芄根等放在三足鼎的青铜锅里炖煮，周围弥漫着谷物和茶叶的香甜。让大家心旷神怡又美餐腹饱。临走时他们将茶叶倒放于火上，绕行离开。遇到其他的游牧人留下的三石灶，没有一个人迈过去，必须绕行，否则是对灶神的不敬。

高原西北部的草原上常常可以看到把死者尸体放在鸟兽出没的山顶上，让狗食鸟啄。还可以看到为了不让野兽撕食，将尸体放在专门的建筑物中，让其风化，听任鹰隼啄食。这样死者的灵魂会随着鹰高飞而飘然升天，进入天堂。入葬的尸骨上还留有用刀剔骨的痕迹，古辛们称为天葬。珞伽和古辛们交流着其他的丧葬仪轨：有陶罐葬、风土葬、石堆墓葬等，其他部落还有树葬、火葬、水葬等。古辛们指出象雄是联盟的统治，因此象雄的伟大在于他尊重每一个部落、邦国的原始文化和信仰仪轨，它没有统一，而是在这个雪域高原进行了联盟的政权来管理。让多元化的存在成为一个香巴拉的真理。

象雄王只是用象雄国教本教来赋予各联盟王的神权一体，用象雄文化的万物有神论来守护雪域高原众生的栖息之地。比如转神山圣湖、煨桑、挂经幡、白石崇拜、多神论等众多象雄文化的古老信仰和仪轨，产生了雪域高原今天的生态保护。才可以让洁净的水源流向世间，成为生命存在的必需。才可以按照自然法则尊重生命，不滥杀无辜，祈祷灵魂的重生，让艰苦的极地高原创造出众生安居乐业的精神支撑和可持续的生态基础。

象雄的部落联盟或者邦国联盟的统治保留了每一个部落、邦国自身的特点，服装服饰、语言艺术、丧葬仪轨的多元化就是一个见证。象雄是交融的，也是包容的，它不排斥不拒绝，它广为吸收外界的文化，它将中原文化、波斯文化、草原文化、高原土著文化等众多的文化融合，在这个高原又创造出符合这里生存的文化信仰，通过集结融合而提升有系统化有组织的本教形式反传出去，影响到信度等周边区域，甚至受到世界的推崇。

这点珞伽非常赞同，他们智隆就是迎请的象雄古辛真巴兰卡来传授象雄本教的信仰，同时带来象雄系统的各个学科，珞伽自己就是受益者。从雅隆河谷到智隆河谷的每一个部落全部都是象雄过来的古辛在传授本教信仰的仪轨和有组织有系统的象雄文化。粗粗算来至少有72位象雄国师来到智隆和雅隆区域来传授象雄的文明。珞伽相信无论历史如何演变，无论他们还在不在这个高原，但是象雄文明始终是高原众生的血脉，永远长存，川流不息。

一路上有古辛和赛赞的交流，有象雄国最厉害的工巧明里精通工艺的艺王、精通建筑的建筑师、精通涂抹的师傅、精通工匠的神匠、精通绘画的神子、精通书法五行之字的书法大师等众多的学者、匠人陪同，珞伽自是更加精进。

这次的行程是赛赞第一次离开王宫，珞伽给了赛赞一句话，赛赞当成了她的座右铭，"没有体验生活和自然的想象是残疾的。"

伴侣恋人的出远门是对双方的考验，更让赛赞开始体会人世间的百态。

古辛们在，珞伽不需要神石指路了。古辛们观察星和风雪，观察日、月运行，辨别出行的方向和吉凶。天气好的时候，队伍白天赶路，晚上也赶路。天气不好的时候，他们寻找到合适的地方安营扎寨。

往前走，进入了象雄的普兰，忽然大家不约而同看到了蔚蓝壮阔，波光浩淼，如大海一样的圣湖。这就是守候着冈仁波齐神山的玛旁雍措，世界上海拔最高的淡水湖之一。炽烈的阳光直射湖面，湖水的蓝呈现了浅蓝，透着银光，有些晃眼。和风徐徐，湖面平静安然，湖边的水清澈见底，微微波动，如丝绸般的光滑，舒缓在白沙的岸边。众人齐刷刷跪拜在湖边，虔诚祈祷。没有大声的呼唤，生怕搅动了湖里的鲁神。风和日丽，顶着强烈的阳光，大家从周围捡起、聚拢白色的鹅卵石，不一会就搭起了众多的白色石堆。

玛旁雍措寓意着不败的湖，赛赞坚定地认为心爱的珞伽永远是雪域的不败勇士，她非常虔诚，跑到更远的湖边找来美丽的白色鹅卵石与珞伽一起完成他们的愿望。珞伽默默祈祷着，他希望尽快完成使命，化解危机，胜利是他唯一的结果，就是用生命去换取，他也要成就不败的使命。

他不禁看看专注搭着石堆，嘴里持诵心咒，面容俊美微笑的爱人赛赞，他体会着爱情，体会着责任。如果生命真的失去，如果注定让他离开爱人而固守神山，保护水源，那么他心爱的赛赞该如何度过孤独的日子呢？他甚至懊恼起自己不该成为她的丈夫，他真的想对她好，对她负责任，哪怕生生世世。

湖面上白色的棕头鸥鸣叫而过，展翅低飞，撩起湖水的涟漪，滴落在众人的脸上、身上，那是纯净甘甜的圣湖之水。众人凑到湖边，捧起这可以祛除污浊与秽气的圣水，虔诚地吸吮，虔诚地净身。赛赞激动兴奋地跑到湖边，招呼珞伽一起享受圣湖的恩赐。珞伽看到不远处一丛草里有一朵粉白色的高原波罗花，依然在烈日下顽强盛开。他跑过去，摘下它，来到湖边，来到赛赞的身后。赛赞享受着圣水欣赏着湖水里映出的自己的影子，忽然她看到湖水里多了珞伽的影子，他拿出一朵花戴在了她的头上。赛赞回过头与珞伽相视而笑，他们依偎在湖边，不愿分开。

天空湛蓝清爽，大朵的白云在天边飞过，阳光明媚，玛旁雍措圣湖风平浪静，今天天气大好是一个吉祥之日，不久他们就应该可以清楚地看到那世界的中心——冈仁波齐神山了。

古辛们集结好队伍，朝着神山而去。

终于看到了在那土黄色的地平线上如同神迹长出的一个由黑色砂岩和砾岩组成的巨大金字塔，正三角形的岩层平缓，高耸云天，无法攀登。黑色的岩石面上，从山的半腰往巅峰延伸，是终年不化的积雪，与黑色岩石的棱线形成一黑一白反复相间的阶梯状的天梯，通向云端，直达宇宙的天宫。天梯的中间按照比例，均匀呈现了雍仲符号的棱线，那是雍仲九层山的标志，是神山的心脏，如同太阳永不熄灭的火焰，坚固、恒定，永不停息地转动，与宇宙进行着沟通，传递着能量。这就是俄莫隆仁、极乐世界的"雪山之王"吗?！这就是世界的中心吗?！在纯蓝的幕布下，刚好有丝缕的云雾从他的背后飘移而去，他是如此的沉静与淡定，泰然与慈悲，看着一切众生的悲欢离合，看着一切世间的阴晴圆缺。他的骨骼坚固，他的胸襟广大，他的思想超脱。他如慈母与慈父，融合着智慧与慈悲，接纳与包容宇宙众神的眷顾，接纳与包容世间众生的喜怒哀乐、真善丑美，他毫无保留地将永恒的幸福撒向虔诚的祈求。他救苦救难，普度众生，但他从不计较转山的方向，无论正转还是反转，都是在他的身边，都是会得到神的保护，神的勇气，神的力量，乃至众生的苦修得道。

那去往天宫极乐的天梯，永远展现在那里，无畏无惧他的征服者，当宇宙神力的绳梯降临之时，他愿意托载这些苦修得道之人，重返生命源起的宇宙天宫。而他从宇宙而降，只要宇宙不灭，承载世间万水之源的使命永不放弃。

这是珞伽和赛赞第一次如此近距离仰望神山，他们的内心汹涌澎湃，他们的眼神虔诚坚定。冈仁波齐如此守护精神信仰的永固不变，如此守护世间万水之源的永恒信念，成就这世界的精神力量与生存的榜样。所有的人，面向冈仁波齐神山长久跪拜……

这吉祥而美好的一天，成为了他们永生不忘的纪念。

白天，金色的太阳和他们做伴，晚上，银色的月亮为他们点灯。他们登上紧挨着蓝天的雪峰，走过了艰苦的道路，终于看到一片鲜花盛开的峡谷。这里离象雄女国部落不远了。

倒挂的金色灯笼花串串盛开，粉红色的野玫瑰傲立枝头，峡谷清澈见底的溪水没过了小腿，鸟儿鸣叫着在他们的周围翻飞，高原的红柳开出了粉白色的花，还有那大片大片的沙棘，结出的果实酸甜美味。显示出了瑞相，大家产生了极大的喜悦。古辛让大家进行休息调整，补充给养。

赛赞跟着珞伽经过一路的艰辛，看到如此的美景，心中立刻升起无可言状的快乐幸福感。只要两个人在一起，多难都是幸福的。

她看见路边有紫色的悠玛花，就采下一朵插在珞伽头上，接着又摘下一朵粉色的插在自己的头上。太阳暖暖地照着，河水哗哗地流着，小鸟啾啾地叫着，他们互相眷恋，心心相随，显得格外亲热和欢欣。他们砍下几根树枝，搭起遮阳挡雨的凉篷。他们搬来三块石头，架起三足鼎式的青铜锅，放进小米、茶叶、盐和甘甜的溪水，用火镰点燃牛粪和干草干枝，炖煮美味的餐食。一路上他们找到能挡住寒风的山洞，捡来羊粪、牛粪，燃起红红的火。温泉里他们美美地洗浴。河滩中，珞伽敲击着不同音色的石头，为他和赛赞伴奏，歌声洋溢在唇齿之间。珞伽会用牦牛酸奶膏给赛赞乱抹，气氛如此欢愉而惬意。他们的歌声传达着爱。

"金花一样的姑娘，嘿，我们白牦牛王子是翻了九十九座雪峰而来。"

"好吧，既然这样痴迷和虔诚我，那你去把亮晶晶的星星摘下来给我，你去把那白皑皑的雪山搬来给我呀。我总是高贵的公主，你是十二丹玛的座骑。"

赛赞甜美的歌声像一缕缕清泉，流进他干渴的心，像一道道阳光，温暖他长途艰辛而僵化的肌体。赛赞宝石般的眼睛，闪烁着迷人的光彩，洋溢着善良，窈窕的身段，散发出柔和的光辉。

"听说你的脾气倔强如老牛，那你知道夫妻吵架的滋味吗？"赛赞故意逗着珞伽。

"我知道，我知道，我喝过青稞酒，酸甜的，味道好极了。"珞伽俏皮地说。

赛赞顽皮地往珞伽身上舀水，故意撩到珞伽的眼睛里，看着珞伽眼里进水的难受，赛赞忍不住"咯咯"大笑。珞伽当然是调皮地反击，他们在温泉里嬉戏打闹。

这样的日子会是一辈子吗？珞伽不敢去想，现在他要好好珍惜当下。无论如何他希望他给她留下的是幸福的回忆。

从象雄都城琼隆银城出来，白色牦牛王子珞伽和金色牦牛公主赛赞特殊的毛色和神态，一路引起着路人的关注。达日和吉瓦始终跟随着他们的行踪，通过乌鸦与哈让他们保持着联系。

一直向普兰前行，夕阳西下，将眼前如孔雀开屏的河谷，印染出灿烂与霞红的光泽。河谷中如宝石般的石头，闪闪烁烁，晶晶莹莹。孔雀河的水顺着犹如孔雀羽毛的路径，顺势而下，流向远方。

远望出现了部落的堡寨，碉楼群立，所有的房屋、碉楼、玛尼堆上都供奉着牦牛角。他们到达了象雄女国孔雀河的部落。这些女人集聚智慧与技术，她们把平时的住房和战时的堡垒合为一体，各自独立，就地取材。石头、石片砌成十分坚固的层层战碉，每层四面有孔，便于观看和布置石弹。

古辛们在旁边引用古语赞赏着象雄女国部落的强大："有埋瓮听远之法，掘地丈许，可听数十里，自此深一尺则远十里，依次递增可及百里，静夜伏地，潜听百里中人马行声，皆历历可闻。"

珞伽和赛赞跟着古辛进入一处废弃、残缺的碉墙。古辛告诉他们象雄女国女性强悍，她们可以拔去碉内梯子，切断敌人上下之路，而土石松动，敌人自不能着脚。然后象雄女国武士转于碉底，挖有地窖藏身，从地窖下往上射箭或者扔投石弹。由于寨内狭窄，敌人难于行动，在碉顶的象雄女国战士抛石击退敌人。所以象雄女国的碉楼堡寨易守难攻。

就在象雄国王的军队出现在废弃的碉楼时，远方的碉楼堡寨响起了牛角的短促号角之声。很快山峦上出现了众多拿着弓箭准备射击，持着战钺准备冲下山来的女国武士。她们狼皮兽衣短袍，脚踏牛皮高靴，乌黑发亮的无数细辫盘起在头上，缠着虎、豹皮宽绳的头围。煞是英勇多姿，赛赞看着好喜欢，她挥舞着双手，朝着山上喊着："你们好，我是象雄国的公主赛赞。"

她和珞伽的毛色已经引起了女国武士首领的关注，这个女国首领部落也是苏毗女国的一员，属象雄联盟。女国已经得到飞鹰密报，于是首领欣喜地向山上用特殊的声音传递了信息，山上立刻吹出了牛角的长调号角，告诉堡寨，放下戒备，准备迎接客人。

进入河谷，两边是青稞田和郁郁葱葱的森林。路上每隔一段插着牦牛或者羊毛绒毛线做的经幡，祈求福运，消灾灭祸。绒线用矿石染色，幡条的颜色最顶端是蓝色，象征蓝天；蓝色下面是白色，象征白云；白色幡条下面是红色，象征火焰；红色幡条下面是绿色，象征绿水、植物；最下面是黄色，象征大地。这一固定的经幡颜色的排列是大自然物质存在的立体排列。

女国女王堡寨的主碉楼，要经过一个牛皮和木头连起的吊桥才能进入，而此时守卫吊桥的女国武士已经将吊桥放下。长着野牦牛头，毛色为灰色的象雄女国王早已等候在吊桥的一端，高兴地等待着珞伽他们。她是女国众女王当中权力最大的女王，其余称为小女王。她的头上戴着羽冠，披着虎皮披肩，披肩下是华贵织锦的麻色暗黄丝绸长袍。她一手持鼓，一手持杖，杖头是一个牦牛护法头像。珞伽他们知道这女王也是非常厉害的巫师，连古辛们都要谦让她几分。

而且象雄的黄金来源主要靠女国各个部落的供奉，象雄圣战使用的精湛兵器也是靠这些女国部落的女武士锻造而来。即便象雄王国拥有强大的盛世，但是对于女国大女王、小女王们，象雄王一直都是非常尊重。加上象雄王后来自于古羌的后裔与这些女王们有着一样的血脉，所以女国的大小女王都与象雄国结盟友好，接受着象雄有系统有组织的本教文化传承，协助象雄扩大着联盟的疆域。

大女王摇晃着手中的鼓，击打出迎客的韵律，微笑着带着珞伽、赛赞、古辛们经过武士的房屋、门廊，进入大殿。其余人等，被女武士恭敬地请入客房安顿。

经过的所有房屋门槛上都摆着牦牛角，它们是象雄女国最原始的土著神，可以震慑魔法。赛赞告诉珞伽大女王有一牦牛伏魔法的巫术，在牦牛角内可以装上敌人的东西，震慑敌人的魔法。大女王还可以让牦牛角说话，她可以幻化钻入牦牛角里，实施法术。

一进入大殿，首先映入眼帘的就是带着四蹄虎皮的宝座背后挂着一个在灰色坚硬石头上雕刻的牦牛护法神，怒目圆睁的护法神，支起的牦牛角粗壮尖锐，宽大的鼻孔，可以将敌人吸走。

宝座的左侧是一幅胜利后的《献俘典礼图》的涂绘岩画。上面展现着大女王、小女王站立在四蹄虎皮上检阅俘虏。大女王后面，设有"柴门"，有持钺武士看守。俘虏及牲畜在小巫师引导下，在武士警戒下，有序前进。全图严谨，气势浩大，可见女国的强势。右面是一幅《钺锻造图》的岩画，引起了珞伽的强烈注意。在一个悬崖的洞窟，女武士正生火，锻造短柄的青铜钺。那制造好的短柄青铜钺锋利而厚重，砍碎了毁灭之神的骷髅法器（兵器）。

正当珞伽专注于那幅岩画时，大女王回到宝座上，请各位两侧就座。她满心欢喜地看着珞伽和赛赞，频频点头。

"不愧是郎才女貌！我们象雄未来的江山大好呀！"她用权杖激动地点了下地。

"象雄王雍仲伽布已经通过神鹰密报了你们的目的，我已经准备好孔雀河谷最好的玉石之地。明日只允许珞伽王子和赛赞公主两人天未亮时进入选好的河谷之地，进行玉髓的选择。因为在第一道霞光冲出河谷的时候，玉髓的内体之光才会被霞光带出，你们才能找到。当太阳跳出地平线时，玉髓的内体发出的光将会消失。所以你们的时间非常宝贵，失败了，此行也就意味着失败。至于玉髓的形状，那是赛赞公主神授的意识，我们不能过问。"

"嗯。"赛赞公主胸有成竹地点了点头。在她订婚那晚，她已经在梦中接受了神的旨意，知道了新天珠的形制。她只能在明天寻找的时候告诉珞伽。

"待玉髓找到之后，我和你们、古辛们、工匠们会进入一间密室，经过三天的制造，将用每个人的法术和神迹尽快成就这颗天珠的神力。以便你们尽早回府，完成使命。"说罢，大女王起座，转身向着牦牛护法神持咒。众人也跟着她的咒语，祈请护法神的护佑。

大女王请女武士安排众人休息，恢复好体力，为迎接新天珠作准备。

珞伽入寝前去找了赛赞，赛赞似乎知道他的到来，一直点着酥油灯等着他。昏黄、温暖的灯光下，赛赞清纯的圆脸，娇柔妩媚，引得珞伽痴痴地看着。

"嘿，我是不是很漂亮，喜欢吧？"赛赞托着腮，含情脉脉。

"我未来的妻子拥有世间最美的面容，我当然喜欢了。"珞伽的率性毫不掩饰。

"想我了，睡不着，还是想要知道天珠的形制，来找我？"

"都不是，我想跟你说件事，但是你不能担心和生气。"珞伽提起眼神，瞄着赛赞。

"那可不好说，你不是知道我脾气大吗？"赛赞噘着嘴。

"所以我作好准备挨揍了，这不衣服都多穿了一件。"珞伽开着玩笑。

"快说呀。"赛赞嘟着嘴。

"嗯，是这样。有件事我和旱獭王舅舅商量着没跟你和你父王说……"珞伽终于把他和哈让的事情告诉了赛赞，又把不说的理由也讲给了赛赞。

"你是傻，还是笨呀！狼阴险、残忍、血腥、复仇，甚至于手刃同胞，这是他们的本性！什么慈悲，因为有了他们的黑暗，才可以看到慈悲好吗！更何况你是在拿众生的幸福、雪域的光明在赌！你这是不负责任！就是取得天珠和钺，万物俱备，如果没有众人的帮助，你输了巅峰之战，那有什么用！就算你输了，坠入地狱的也会是你呀！这是天命！也是你的劫，更是你的使命！我本以为择夫的庆典是为了保护水源和象雄的供奉，但是从那天我跳神舞用面具后的眼神与你对视开始，我深深地爱上了你，这是我的痛，这也是我的劫。

"但是珞伽，我要告诉你，我宁可用这段短暂的日子来守住我们的爱，就算失去你，我会为你守护生生世世的轮回。"赛赞发了疯似的拼命说着。

"那要是我巅峰之战胜了呢？"珞伽显得异常沉静。

"我依然会失去你，我们俩将天各一方。"赛赞哭了起来。

珞伽惊了一下，赶紧抱住了颤抖的赛赞。

赛赞抽泣地说："如果你和哈让都到达冈仁波齐的巅峰一战，你赢了，守护了水源。哈让会从 13 层天梯坠入地狱，经受炼狱之苦，永不得托生，而那骷髅法器会带着哈让的愤怒与复仇重回毁灭之神。毁灭之神定会用天神的魔咒，完成毁灭的目标。那时只有你可以守护水源，因为巅峰之战的胜利，你已经是雪域之王，只有你可以抵御毁灭之神。为此，你将驻守水源，永不下山！"

"我知道结果，不论哪一种我都会失去你，但是我珍惜着现在，我不愿提醒自己。"赛赞呜呜地哭泣着。

"天无绝人之路，一定有补救的机会。"珞伽紧紧地抱着赛赞安慰着。

赛赞黯然神伤地说："已经晚了，因为开启神殿通往冈仁波齐的天门是需要哈让手上的天珠和我们新做的天珠，共同发出内体的莹光才可以打开天门的。"

"什么！不是说天珠丢失或者毁了，我们做的新的可以替代吗？这样就可以不与哈让对决，避免驻守神山吗？"珞伽看着赛赞，他感觉到了被欺骗。

赛赞挣脱珞伽，大声地喊道："因为它没有丢失，没有毁灭，你告诉了我，现在我们知道它就在哈让那里！"

珞伽体内的一股血一下冲上了头，他感觉到了眩晕，他跌坐在座位上，他真是愚蠢呀，他玷污了慈悲。珞伽抱着头，极度忏悔，他难过地哭了出来。

赛赞的喊叫惊动了大女王和古辛们，他们起身往赛赞的寝室而来。赛赞大颗的眼泪止也止不住不断落了下来，她是坚定的，她是单纯的，她走到珞伽身边，深情地搂住珞伽。

"我的爱人，你还记得我说过，你错了，我跟着你错吗？"赛赞温柔地把脸贴着珞伽带着泪水的脸。

"珞伽，如果哈让的这颗天珠我们无法复得，另一个密咒就要开启，那就是没有我们做的这颗天珠，哈让持有的那颗天珠是无法打开冈仁波齐的天门的。但是我们要想开启天门，也需要对方的天珠才行，否则需要等待新天珠集聚 60 年的神力，才能单独开启天门。"

"我的爱人，时间来不及了。我必须要与哈让生死决战。"珞伽和赛赞哭着紧紧抱在了一起。

这个时候，大女王和古辛们也赶到了赛赞的寝室。赛赞语气沉稳略带哽咽地说出了刚才发生的事情。大家的神情都非常落寞，悲伤弥漫在屋子里。

"这是我们共同的错，我们来弥补，请各位回吧。我和珞伽也休息了，毕竟新天珠是至关重要的。"赛赞突然成熟了。

赛赞把众人送了出去，她把头枕在珞伽的腿上，轻声说道："珞伽，天珠做成的那天我们结婚吧。我不知道这个日子是否对，就算我错了，你也跟着我错好吗？"

珞伽捧起赛赞的脸，他给了她第一次的亲吻，他知道她牺牲太多了，泪水是咸的，这个吻是心酸而甜蜜的。这个夜，他俩依偎而眠。

天还没有亮，大女王、古辛们不情愿地叫醒了珞伽和赛赞。按照大女王的指引，珞伽和赛赞进入了那块玉石河谷。

珞伽拿出神石，让它发出了光亮。

"我们的那颗天珠是圆板形的天珠，千万别错了，你看就是类似这样的。"说罢赛赞从昏暗的光线中找出了一颗类似形状的玉髓。

珞伽心疼地看着赛赞，他再次抱住赛赞，在她的额头深深地亲了一下。赛赞回吻了珞伽，然后他们认真、谨慎、迅速地搜寻起来。

天快亮了，大女王吹起了牛角号，提醒着他们霞光就要来了。珞伽、赛赞把13颗类似的玉髓放在一起，赛赞又去除了4颗，剩下9颗。然后他们双膝打坐，把双手抬起，手掌朝上，珞伽托5颗，赛赞托4颗，他们闭上眼睛，调整呼吸，静心等待玉髓之光开启的那一刻。

河谷的边际逐渐明亮起来，一丝的温暖抚过珞伽和赛赞的脸颊，他们瞬间睁开眼睛，那一刻，日出的第一束霞光从河谷边际射了过来，照射着他们手中9颗玉髓。只见9颗圆板形玉髓的玛瑙内体与霞光对接，都出现了不同的莹光之色，让珞伽和赛赞很是为难。时间一秒秒过去，大女王再次吹起了牛角号，告知太阳即将跳出地平线。突然珞伽和赛赞同时想到了什么，他们脱口而出。

"金色。"珞伽快速说道。

"白色。"赛赞补充道。

是的，当巨大火红的太阳跃出地平线的那一刻，珞伽和赛赞扔掉了其他的玉髓，他们共同举起了一颗内体发出金银色莹光的圆板形玉髓。在阳光的照射下，那颗玉髓发出了强烈的莹光，并透射出来，那是金银日月同辉，那也是他们金银合体的象征，他们拥抱在一起。

得到玉髓，珞伽和赛赞他们赶紧与大女王、古辛们、工匠们进入了密室。珞伽和赛赞跟着随同的工巧明里精通工艺的艺王、精通涂抹的师傅、精通工匠的神匠、精通绘画的神子等开始学习制作天珠，古辛们、大女王在一边协助和持咒，诵咒之人三天内不得进食，并且不间断地念诵，在这么短暂的时间内加快天珠的成形，因此需要所有的人集聚强大的内功和自身拥有的法力。

染色的黑、白两种汁剂，这些工匠们早已准备好了。他们还精选了众多的草药汁。制作天珠的过程中需要先将玉髓珠的表层全部染黑。珞伽和赛赞取下密室上方陶罐的石片封口，让强烈的阳光照射进来，他们将未抛光的玉髓珠放在干燥处暴晒，以使珠体表层微孔隙中的水分析出，从而给蚀染剂中的黑色素留出进入的空间。暴晒干燥之后，他们将圆板形玉髓珠体钻孔后浸泡入黑色蚀染剂中，黑色染液长时间充满钻孔，从而使整条孔道与珠体表层一同被染黑。接下来珞伽将工匠从汉地带来的一种野生的白花菜的嫩茎捣成浆糊状，和以少量的洗涤碱的溶液，调成半流状的浆液，用麻布滤过后作为在黑色玉髓珠上蚀绘白色花纹的颜料。赛赞在工匠们的指导下用笔将上述颜料蚀绘乳白色的圆圈花纹于磨制光亮的黑玉髓珠表面。然后珞伽将珠子熏干并将它埋于木炭余烬中，低温加热五分钟后取出。待之冷却，珞伽最后用粗布加以急速摩擦打磨。

第三天的傍晚珞伽和赛赞终于在众人的协助和加持下，得到一颗接近2厘米，厚度为近1厘米的圆板状光亮的天珠。

当密室中众多的酥油灯亮起来的时候，这颗天珠表面发出了莹亮的光泽，珠子表层平整、细腻、光滑。黑白两色的蚀花天珠再次展现了宇宙灵石的神力。黑与白如同"善恶二元对立斗争"的宇宙观和"抑恶扬善、善必胜恶"的宇宙光明的终极结果。

珞伽和赛赞在众人的庆祝下，他们分别轻吻了天珠，然后两人当着众人的面亲吻与拥抱，欢呼声冲出了密室。

这个晚上，女国异常安静，但是武士和侍女们又都在忙进忙出。大女王和古辛们、珞伽、赛赞都在准备着。明天将是珞伽和赛赞的大婚之日。怜爱两个孩子的大女王准备着箭、纺锤、"穆"绳以及祝颂新郎与新娘永久不分离的颂辞。明天的大婚，她要把赛赞像自己的亲生女儿那样好好地嫁给珞伽。

没有父母和亲人、好友的陪伴，珞伽和赛赞还是有些遗憾，但是他们是幸福的，因为他们在一起。大婚提前的信息已经通过神鹰传递给双方父母。

大女王命侍女送来了金线，珞伽把金线穿过圆板状天珠，打了一个活动的结，明天他要亲手把这颗天珠给心爱的妻子戴上。赛赞拔下她金色的毛发，捻成金丝绒线，将这些金丝绒线持咒幻化成金色的披风，她要让珞伽披着它，傲立巅峰。

星辰退去，大女王亲自来给赛赞梳妆，古辛们给珞伽穿衣。他俩的裘襦上缝制虎、豹衣领，里面有柔软顺滑的丝绸。赛赞的金色发辫上戴上了黄金的花纹冠帽，珞伽也是一样。他们的身上都缀满了黄金的饰品。但是赛赞唯独脖子上没有佩戴项链，因为她知道，今天她的丈夫要亲自为她戴上他们俩共同制作的天珠。

今天的婚礼将按照女国的婚礼仪式进行。大女王给了珞伽和赛赞惊喜，她命女武士乘坐灶神的扫把，在制作天珠的三天内，分别到访了珞伽和赛赞的家人，带来了双方亲人的结婚大礼。

婚礼上要供奉的三支带来福运的箭神：一白箭翼神箭，为五位神主依托处，婚使带来的聘礼之一；一双重环纹生命箭，是男子的象征，新郎的箭；另一金箭代表父亲送给女儿的礼物。

珞伽的父母送给他一双重环纹生命箭，赛赞的父母送了她一支金箭。一白箭翼神箭，是由大女王和古辛们赠送。

这令珞伽和赛赞感动不已，珞伽听到家人安康非常欣慰。赛赞知道父母的支持，拿着金箭手舞足蹈。

按照女国婚礼的仪式，婚礼在吉祥的时辰正式开始，女国部落的堡寨四个方向传出了响彻四方的牛角号，昭告天下这里在举行大婚。

大女王安排了古辛们、工匠们以及所有的珞伽和赛赞的侍卫、随从扮演着婚礼不可缺少的角色。

首先由七位骑白马的男家婚使，带着一颗绿松石和一支箭作为聘礼到女国迎亲；这时新娘赛赞与"哥哥"掷骰子占卜分配财产；然后新娘动身，"父亲"送她一支箭，"母亲"送她一只纺锤，"兄弟"送她一块绿松石。新娘赛赞向众神、祭司、"双亲"和"兄弟"致谢告辞。

新娘的"兄弟"祈求颇拉、格拉、索拉、域拉四位本神的保佑之后，新郎珞伽的七位迎亲的使者，在新娘的衣裙右边系上一个白丝绒球，意味着把新娘赛赞从天上的仙女带到人世间。替代祭司托木拉噶的大女王在主神的门首举行招福仪式；然后新娘赛赞到新郎珞伽家时用一根羊毛捻成的"穆"绳粘在新郎珞伽的前额；新郎珞伽将一根用蓝线捻成的吉祥绳粘在新娘赛赞的前额。

接下来新郎珞伽手握一支箭，给五位主神供奉青稞酒和朵玛（供神的食品）；新娘赛赞手拿一只纺锤，供上奶酪和细玛（糌粑和奶油的混合食品）。作为祭司的大女王将一件金饰耳环、"色拉尔"（神给的玉石）送给新郎珞伽。随后新婚夫妇珞伽和赛赞坐在一张白色的毡毯上，毡毯上用青稞摆成"卍"形的雍仲符号，行招福的仪式；最后祭司大女王、古辛们和新婚珞伽、赛赞夫妇一起吟唱颂辞。

> 伊哈啰！伊哈啰！！伊哈啰！！！
>
> 吉祥！最吉祥啊！吉祥！
>
> 最吉祥的日子是今天，
>
> 最欢乐的时刻是现在。
>
> 东升的旭日，金光灿烂，
>
> 飘舞的祥云，瑞兆人间。
>
> 山笑、水笑、人欢笑。
>
> 恭贺仙女与英雄配成双。
>
> 水有源，树有根，
>
> 男女姻缘有前因……
>
> 曲！曲！！曲！！！
>
> 今天是仙女与英雄婚配的吉祥日辰，
>
> 青山在欢笑，河水在歌唱……
>
> 象征他俩的婚姻如雍仲，永恒圆满……

在欢乐幸福的歌声中，珞伽为美丽的妻子赛赞戴上了天珠，赛赞为心爱的丈夫系上了披风。

他们继续唱诵：

太阳和他的光辉永远不会灭，

月亮和星星永远不会分离；

大地和天空永远不会变，鱼儿和水永远在一起。

雄壮的雪狮永远奔驰在雪山中……

这是宇宙的护法神万能的力量所在……

大婚之夜，珞伽和赛赞如此缠绵，似乎要把一世的爱全部用尽。所有的人第二天没有打扰他们，让新婚的他们沉浸在自由而又珍贵的爱意中。

第三天，启程的日子到了。珞伽他们在大女王的指点下要去小女王那里。因为小女王部落是锻造神钺的部落，那圣物钺被放在小女王一处神秘的墓葬地宫中。而小女王的部落非常遥远，在玛域拉达克（象雄列城）那边，因此珞伽和赛赞必须先赶往小女国，请到神钺才能回象雄国。

大女王和古辛们根据天文历算，推算出这个冬季之前，冰核里必须是活水放到巅峰之上，否则因为冬季的寒冷让冰核里的水先冻住再放上巅峰会减少水源的流量。现在已经是夏末了，这往返的路程太长，但是使命所需，不能因为借助神力，节省路途的艰辛，导致使命应该具备的经历被法力削弱，让因果出现问题。时间紧迫，所以大女王嘱托除珞伽、赛赞外所有随行先回象雄国，禀告国王，做好准备。珞伽和赛赞凭借年轻、敏捷的身手，减少大部队的负担，可以昼夜不分狂奔到小女国。

出发时，大女王提醒珞伽和赛赞，小女王情绪变化很大，对她大女王的位置一直也是虎视眈眈。墓葬地宫凶险，要用好他们俩身上带着的黄金通行牌，以及各种身上的圣物，神自有指示。

众人先行目送珞伽、赛赞夫妇奔向小女国，然后他们打道回府。这边狐狸达日和草鼠吉瓦把所有发生的事，通过乌鸦传递给了哈让和恰巴。哈让非常恐惧那把神钺落到珞伽他们手里，那把神钺是唯一可以击毁他的骷髅法器的兵器，缺少了骷髅法器的威力，哈让的体魄和耐力不如珞伽，必然会落下风。

哈让阴险狡诈地谋划着，他准备提前一搏。

珞伽和赛赞靠着极好的体力，在原野上狂奔，每天他们都直到深夜才会休息。他们一金一银如日月同辉，简直是世间的极致，完美无缺。他们大婚之事已昭告天下，大家都在议论赛赞公主和珞伽王子珍品的毛色，想一睹容颜。当众生真的看到他们与众不同的毛色，看到他们如此绝配，众生都是夸赞和震惊。他们也感觉到珞伽和赛赞如此急速奔驰，一定是遇到了什么紧急的情况，大家都非常担心，主动让出了道路。

秋云晨昏之时，红霞云雾蒸腾，土林苍白的底色被光线的迤逦顿时反射出亮丽，如燃烧的炭火笼罩出光晕。一阵阵云霞涌来，在霞光流彩中翻腾起伏，金黄、绯红交向在土林的上面，成千上万、层叠交错的宫殿、洞窟似乎披上了金光，辉煌在眼前。苍茫而庞大的土林蜿蜒数百公里，而远处的雪山犹如银色的画框，将它圈了起来。黄金般的城池如此安静，沉寂。穿越土林的峡谷，忽明忽暗，弯弯曲曲，自然造物的土林，成就了各种造像，形成了似人、似物、似神、似塔等千变万化的自然神奇之景。

珞伽和赛赞披星戴月，终于到了象雄日土东西狭长的班公措。圣湖的四周群山环绕，远处雪山点点，能见度在3—5米的清澈的湖水在岸边荡漾。湖中大大的裂腹鱼在波光粼粼的湖水中成群结对地畅游。20多种海鸟在湖水、湖边、湖岸上歇息、游弋、飞翔。数量众多的斑头雁、棕头鸥密密麻麻聚拢在湖岸边休息。下午的阳光散射在湖面上，墨绿、淡绿、深蓝、湛蓝呈现出变幻莫测的颜色。他们带着亮丽的毛色步入海鸟的领地，惊起了无数的海鸟迅速飞起，又迅速围拢。他们欢喜而崇拜地议论纷纷。

"这就是我们象雄国的赛赞公主和她的夫君珞伽王子吧！天下有着如此的神仙眷侣，太让人羡慕了。"

"你们正是新婚，为什么这么焦急，要赶往哪里呢？"四周响起了众人的夸赞和疑问。

珞伽和赛赞表明了来意，斑头雁的首领明示他们，只有游过班公措才是到达小女国最短的距离。神奇的班公措这边东部是淡水，到玛域拉达克那边却变成咸水。湖水冰凉刺骨，水域遥远而狭长，长时间处于低温是对身体极大的考验。湖水的三分之一处又变为咸水，没有淡水的补给，他们未必能安全游过去。

不管多么艰辛，珞伽他们也要靠着凡身过去。珞伽和赛赞商量，他自己一个人过去，赛赞在这里等待他的消息。他的提议马上遭到了妻子赛赞的拒绝。

看着夫妻俩如此恩爱和坚定，所有的海鸟，甚至于裂腹鱼都决定协助他们安全抵达小女国的领地。

当珞伽和赛赞的腿踏入湖水，身体很快浸入湖里，他们感受到渗入骨髓的寒冷，他们的神经被冰水刺激得收缩和麻木。即便快速地游动，那清澈冰冷的湖水依然掠夺着他们的体温，赛赞不禁哆嗦了一下，珞伽心疼地贴紧赛赞，把他不多的热量传递给妻子。又冷，又饿，又累，在斑头雁的引领下，他们游到了圣湖上世界海拔最高的鸟岛。上面无处下脚，到处是鸟蛋和孵化的小鸟，他们不敢举步。斑头雁、棕头鸥和其他的鸟类赶紧转移着鸟蛋和他们的孩子，把小家伙们聚拢、拥挤到一起，勉强腾出了珞伽和赛赞的落脚地。斑头雁他们又一个接一个为珞伽和赛赞从远处衔来了鲜草，让他们填饱肚子。

茫茫的湖面，会让人产生迷茫。珞伽和赛赞互相勉励，互相扶持，历经湖水的寒冷努力前行，累了就在海鸟的引导下到湖中的小岛休息。遇到咸水区域时，裂腹鱼们将淡水含在嘴里，喂食给他们。终于他们游到了同样出产黄金的小女国部落的领地，湖滩上晶晶亮亮，有些耀眼。从湖水中出来，珞伽和赛赞身上湿透的毛发立刻被太阳巨大的热量、干燥的空气烤干了。热量与激情升腾在他们体内。

珞伽和赛赞感激着这些护送的朋友，道完"后会有期"，他俩迈出疲惫而沉重的步伐按照海鸟指引的方向，去拜访象雄小女国国王。

一直前行，他们看到了一座巨大高耸的山，山上方圆五六里修筑了城堡，大概有着上万户居住在此。城堡居中处，接近山峰的地方有一个贴着崖壁九层的土石木的建筑，那里就应该是象雄小女国的女王居住的宫殿。

但是他们要翻一座侧山，才能到达那里。他们朝着目的地方向走去，而他们的行踪已经被小女国的女王知晓。大女王用神鹰传递了密报。而金色沙滩闪烁之色其实是镜子，可以将进入的信息和周围的事情通过阳光折射反馈到小女王官殿中的短柄花纹的铜镜中，看得清清楚楚。

　　小女王看着铜镜中宇宙天神下凡的珞伽欣喜若狂，那是她梦中的白马王子。大女王用强大的武力夺取了她心爱的男人，令她饱受失恋之苦，为此她在这边遥远之地驻扎，重整旗鼓。就在她似乎平复的心中，今天珞伽的出现再次勾起了她的欲火。而珞伽身边的赛赞，那绝美的形态，娇艳的脸庞，令她十分嫉妒。

　　她的眼前又开始闪现大女王和她曾经的爱人鲜花浪漫的情景，她咬着牙，愤恨地低语："今天也有你求我的时候，当年你那么强势！这次休想轻而易举从我手中拿走神钺！"

　　"可怜的珞伽王子，看来你是要赴汤蹈火了。但是如果你肯与我成亲，哼哼，想要得到什么都可以！"小女王消瘦的脸上浮现出了鬼魅之色。

　　珞伽和赛赞到达了山顶，象雄小女国的城堡他们看得更清楚了。在这个山顶上摆放着拉卜则崇拜物。它们是各个部族或家族，在自己的领地的山顶、豁口用石堆、羽毛的箭、经幡等统一组合成的祭祀物，是部落的军事要地，也是对尊胜佛的崇拜。看来这里是刚刚做的祭祀仪轨，而且是军事要地，可是为何这里却没有人看守。

　　赛赞警觉起来："奇怪，怎么没有小女国的武士驻守呢？"

　　"难道有埋伏，或者大女王已经告知小女王，她撤兵放行，还是另有原因？"珞伽琢磨着。

　　这边看着铜镜中珞伽和赛赞的疑惑，小女王"哈哈"大笑。

　　"当然另有原因，考验一下你们的爱情，哈哈。"

　　小女王的女武士们穿着狼皮的短袍，赤着胳膊和腿，踩着短皮靴，手持战斧，埋伏在周围。她们已经得到女王的法力，身上的颜色被隐藏在和周围环境一样的保护色中。

她们看着珞伽和赛赞那惊人的仪态，她们不解为何小女王要让如此天神的夫妻经历致命的考验，如有闪失，那迷宫会让他们跌入炼狱之谷，永世为奴。小女王从小失去母亲，缺失的母爱和缺失的爱人让她越来越嫉妒和狭隘，但是没有人敢去纠正她。后来由于爱情，她受到大女王压制而耿耿于怀，她不甘地回到她母亲的氏族之地。她远离象雄国都，也尽量封锁外界的消息，她让自己的领地高傲孤立，专注于她自己的权力空间。她确实很努力，她继承了母亲氏族精湛的冶炼铸造技术，并善于巫术，确实继承了女王兼祭司的乌托国的传承。

这些家族世袭的女武士坚定维护氏族部落的荣誉，所以她们坚守信念尽力守护过早失去母爱的小女王，但是她们也知道小女王性格的缺点。这时女武士的将领皱了皱眉，抿了下嘴，她不安地环顾了下周围的女武士，她们同样有些疑虑。这对恩爱的小夫妻绝对不是普通的到访者，一定有着特殊的使命。女武士将领用手势示意让她们静观事态。

已经走到这一步，珞伽和赛赞没有犹豫，他们互相擦去汗水，掸去身上的尘土，往山下走去。绕过半山的巨石林屏障，快到山下，在他们前面最为高阔的一片地势上出现了一处列石墓地遗迹。这个墓地用经过筛选、大小基本一致的砾石在基槽内摆放而成，每一"砾石带"均由两排小石头并排组成，整个遗迹宽厚结实，占地浩大。形状如同"迷宫"图案，排头起于列石的中部，向外层层回旋折绕而成，跟祭祀有关，但又暗藏玄机。一般这种列石墓葬不会阻挡必经的道路，但是必须要绕进这个墓地，才能到达小女国城堡的大门。

"这一路还是第一次看见迷宫的列石墓地。"赛赞大开眼界，她有些兴奋，又觉得有趣，她径直朝墓地走去。

珞伽一下子拉住赛赞，把赛赞吓了一跳。

"怎么了？"

"先等下，你记得我跟你说过的尸林迷阵吧？"

"嗯。"

"这个层层向外回旋折绕的墓地，虽然跟祭祀的仪轨看似有关，但我也是第一次见，而且墓地故意挡住了去路，这里一定暗藏玄机。我们还是小心试探和观辨，我在前，你跟着我。"说罢珞伽缓步试探地进入回旋折绕的墓地，他按照回旋的路径往里走了一下，没有什么动静，于是他招呼赛赞快步进入，跟到他的身后。

"考验才刚刚开始，为什么你要痴情她。"小女王心里冷冷回应。她用巫术通过铜镜控制着节奏。

珞伽和赛赞观辨并思考着迷宫般墓地出现的无数出口，他们走错一个就会限制在里面无法脱身。眼看阳光已经斜射，再过一个时辰，夕阳西下，一旦夜幕降临，这里的温差极大，会零下几十度。他们一路疲惫而来，这样的气候，恐怕会病倒，耽误行程，况且出不了迷宫，他们也会饿死在里面。

看着漫无尽头的迷宫，赛赞捅了捅珞伽，小声说："时间不早了，冰冷饥饿会降临，如果身体出了问题，时间耽误，一切都会耽误。能不能用琼鸟的神力，带着我们飞过去？"

"不行，既然幻化凡身，就要用凡身来历练。那琼鸟是众神的圣物，不是随便使用的。正确的神力也是在努力和正义的结果上才可以产生，才可以让宇宙拥有光明的活力，让星球拥有生命的存在。黑洞和旋涡就在光明的旁边，但是它们依然不会成为宇宙能量的主流。"

珞伽搂住赛赞，微笑着看着她，给了她坚定。小女王嫉妒地念起了咒语。

突然赛赞脚下的土地开始松动，往两边裂开，珞伽瞬间把妻子拉到怀里。两人看到赛赞逃离的裂缝处忽然张开大口，露出下面无底的黑暗，黑暗中传出了无数魔鬼般的嚎叫，有铁链的声音，有鞭子抽打的声音……一股黑色的阴风蹿到他们身上，腥臭味蔓延，突然黑暗中的裂缝口爬出了无数带着恶臭的巨大而丑陋的黑蝎子，它们凶残的钳子，疯狂般地朝赛赞刺了过来。珞伽立刻拉着惊讶的妻子拼命地在迷宫中奔跑试图找到迷宫的出口。他脚下的土地完好，但是赛赞脚下的土地不断开裂，蝎子怪物越来越多地爬出裂缝跟着他们，而且每一招都指向了赛赞。珞伽和赛赞同时看出了名堂，珞伽一下子抱起赛赞狂奔，那些蝎子怪物快速地跟着，但是招数上明显放慢了攻击，它们有了疑虑。

小女王生气地握紧拳头，她大声持咒，调节内力，再次发功。

只见墓地回旋折绕宽厚结实的砾石带，突然开始移动，迷宫每一回旋的出口在不断变化，刚找到出口，就变成了砾石墙，挡住了珞伽的出路。后边的蝎子紧跟，由于出路被断，所以珞伽和赛赞陷入了困境。赛赞灵机一动，她双腿跨上珞伽的两肋，两腿紧盘在珞伽的腰间，如同双修的融合，让珞伽和自己都能腾出手来与这些巨大丑陋的蝎子怪物交锋。珞伽心领神会，他们配合得天衣无缝，将怪物蝎子击退。珞伽运用气功，带着赛赞跃起，双手撑住砾石墙翻了过去。

另一侧依然是迷宫的回旋砾石墙，出口依然被挡住，裂缝、蝎子怪物无休止地侵入。珞伽带着赛赞有些体力不支，但是他依然不放手，夕阳开始出现。赛赞焦急地说："放下我，你先出去，看来有一种力量是针对我来的。不能耽误使命！"

"你是我的妻子，保护你也是我的使命。祖师辛饶说过：我们象雄传承者不得破坏众生，教业以悲心为原则。我珞伽不会放弃我的爱！"珞伽再次翻过另一个砾石墙。

这边小女王的体力透支严重，她内力不足，汗水打湿了鸟冠下垂下的长发，她的脸开始泛青，她终于抗衡不住珞伽的强大，瘫倒在虎皮垫上，鸟冠从她的头顶跌落。

就在夜幕要降临的时候，女武士们看不下去了，她们解脱了隐藏之术冲下山来，想要解救小夫妻。但这时忽然墓地静止了，一切恢复了原状，小夫妻两个人看准迷宫最后一个出口跑了出来与下山的女武士们相遇。

女武士们知道了小夫妻的来历，这是她们见到的象雄国最高贵的客人，她们崇拜珞伽和赛赞的武功，更是被他们爱的忠贞所感动，她们立刻跪拜，接受珞伽和赛赞的灌顶。她们默默祈祷小女王能走出爱的困境。

当最后的余晖收走，珞伽和赛赞被女武士们带入了象雄小女国的城堡，经过盘旋而上的岩壁旋梯，来到小女王宫殿的大殿中，大殿中的土灶生起了火，非常暖和。

只见小女王比赛赞大不了多少，有些消瘦，但是眉目俊美。她头戴鸟冠王帽，身穿无袖虎皮中长袍，腰系大颗松石金镶嵌的宽腰带，脚蹬牛皮金丝中靴。精心梳理的细辫密密麻麻整齐地垂在帽冠下，金子镶嵌红宝石原石的耳环，映衬着小女王的浓妆，依然遮不住她虚弱惨白的面色。她坐在高台虎皮高垫上，两边站立了女侍卫，一边持鼓，一边随时为她服务。

小女王没有发声，她一直看着珞伽和赛赞走进大殿。她看清了他们，却看不清自己了。她的心酸楚，她的眼蒙眬，她为何总是得不到她想要的爱。她可以确认当珞伽出现的时候，他就成为了她的梦想，她用尽了她的气力，都不能让他放弃赛赞。当年的大女王也是这样带走她的初恋的，而大女王的苍老都无法让她的初恋放弃，他还是选择了苍老的大女王。为什么她会是如此惨痛，她自己到底错在哪里了？上天如此对她不公！

她的泪水终于滑落，她想知道她错在哪里了，让她如此受伤。她羡慕地看着赛赞。似是无声胜有声，这墓地迷宫的真相原来是小女王自己布下的局。

"心思是一切世间的种子，"赛赞的声音在大殿里回荡，她继续郑重地说道，"念经、持咒只是个过程，从起点到终点，发心纯净，都走在正道上，一步一步前进，那才是圆满的精进。"

赛赞一步步走向小女王，小女王被赛赞的智慧与慈悲感染了，她从虎皮垫子上缓缓起来，走向赛赞。赛赞像姐姐一样拥抱了她，然后温柔地亲吻她的双颊。

失去母亲后的小女王第一次被陌生但真挚的爱拥抱，那种宽容，那种慈悲，那种坚定，让她久久沉浸。

在场的人，眼睛通红，有的流下了欣喜的泪水。

赛赞一手搂着泪流满面的小女王，一手招呼珞伽过来。她将珞伽的手与小女王和她的手握住。

"情分上没有年龄，从今后我赛赞公主愿意成为你的姐姐，我的夫君珞伽王子是你的兄长。我们三人生生世世是和谐的一家人。明天一早我们将立石盟誓，永结世亲。"

立刻，女武士将领吹起了口哨，大殿里响起了掌声、欢呼声。

这一夜，他们三人睡得都很沉静，很踏实，很舒服。

　　第二天一早，立石盟誓的仪式过后，小女王敞开热情的心，带着珞伽和赛赞进入她的寝室。

　　她依着崖壁半洞穴式的寝室，一侧可以俯瞰方圆几十公里的景致。在另一侧依靠崖壁的下面有一个岩石的密道。她打开封闭密道的岩石，里面没有光线，伸手不见五指，然后她把门关上。

　　"姐姐、哥哥，这里面供奉着我们家族世代不断擦拭、保养的神钺。这个神钺具有很大的杀伤力和毁灭性，尤其是毁灭之神法器的克星。我不能轻易给你这短柄的神钺，因为这神钺被赋予了咒语。咒语说，只有用智慧、慈悲、力量通过此通道，得到神钺的信任，神钺才能自行飞到你的手上，它才具备杀伤力和毁灭性，否则就是普通的兵器。每次我进入擦拭和保养神钺，它对我而言就是一件家传的圣物。由于我修行不够，所以在我手里就是普通的兵器。认识姐姐，让我豁然顿悟，每一件物品都有属于他们的缘分，不可强夺，也不可贪心之用。从今天开始，我要闭关静修。"

　　说着，小女王再次打开石门说道："那里面地下墓穴很特别，是洞窟式的，分为九间，每间带门，其中一间供奉着神钺。九寄托着象雄人对祖先在来世享受幸福与吉祥美好的祝愿。所以这个墓地的通道里是被赋予吉祥的。但是我不能告诉你们哪间供奉神钺，因为我们作为镇守神钺的人，发过誓言不能给非我家族血脉的人知道的。真正有缘的人，真正能拥有法力来控制神钺的人，是能够通过能力来得到神钺的，这也是拥有神钺必须具备的根本。你们只有三次机会去推开这些洞窟的门，三次当中一次必须找到神钺，否则里面亡者的灵魂会认为你们是擅闯者，而把你们封死在墓穴中。"

　　"那你能不能带我们进去，让我们来找，这样就算我们失败，也不会把我们封死在里面。"赛赞祈盼地说。

"我何尝不想这样，但是魔咒告诉我们想要非本族血脉传承者拥有此圣器，必须全程自行经过考验，如有本族血脉传承人协助，那神钺将会消失到另一个空间，不再在我族传承。"

一种诡异的凝重充斥在周围。

小女王打破了沉寂："里面还有金、银轮，金轮可上天，银轮可入地。它们是治理国家的宝物，里面还有一支用金做成的占卜箭。我不能再说了，天机是要自己去破解，才能得到神助，你们自己去体验吧。"

说完小女王从寝室用虎豹皮做的木箱子里取出一个用金做成的短柄吉祥战斧交给了赛赞。

"姐姐，这是我自己打造的魔力法器，就算是我们姐妹的信物，你用会比我用拥有更强大的力量。"

小女王舒了口气，她拥抱着赛赞："你们即刻进去吧，胜利是你们的，也是众生的。当你们出来的时候，我已经去天成塔闭关修行去了，这里的武士会安顿好你们的，我们后会有期。"小女王和赛赞、珞伽分别亲吻双颊和碰头告别。然后，珞伽和赛赞打亮神石进入了通道。

那里面的地下墓穴按照小女王的说法确实是九间，在地穴的大厅周围围绕着九间地穴挖成的洞窟，每一间都用石棺盖的大石封住。珞伽和赛赞只有三次机会去推开三间的大石门，找到神钺才行。

他们立刻沉静下来打开智慧与观想的禅定，他们闭上双目，身体保持舒适端直。他们将注意力从外转向内在世界，体验和观察呼吸，入息和出息。调整呼吸和思绪，他们同时把专注力去冥想这九间石门的背后是什么，用内外的觉知去观辨和开启与宇宙信息对接的通道。

时间在一秒秒过去，外面守护的女武士们不敢进屋，她们焦急地等待在外面。

珞伽先睁开了眼睛，然后是赛赞，他们俩分别去推两扇石门。然后消失在各自的墓穴空间。

珞伽立刻擦亮神石，这间墓穴空间里用巨大的鹅卵石搭起了石堆，那上面供奉着一支用金做成的占卜箭。他用神石的光线扫射四周，他看到土夯的凹槽的墓穴墙里摆放了无数的狗头金块。他没有去动，拿出占卜箭去找赛赞。赛赞这边用神石照亮了墓穴，她看到一个扁形的大口法铃，铃口朝上飘飞在墓穴中，摇动发出清脆的声音。响了一会儿后，一位看不见的男亡灵发出了声音，回响在墓穴中。

"神无处不在，无所不能，是世界的统治者，任何事物都在它的主宰之下变化，而且神灵之多，数不胜数，如天神、地神、门神、灶神、马神、羊神、牛神、屋神……自有了神就有了神灵祭祀仪式。面具舞的由来，戴着面具如众神下凡，来帮助世间。请你戴上属于这里的金面具，来帮助世间。因为黄金代表了世界的精华。"

就在这时，珞伽赶了进来，他也听到了亡灵的话。他俩同时想到了大女王说的话，赶紧拿出黄金通行牌，让它们幻化成两副錾刻不同纹饰的黄金面具。戴在脸上，透过黄金面具，他们分别看到了金轮和银轮在墓穴的上方飘着，他们持诵心咒，让金轮和银轮成为他们身后的光环，跟着他们前往那间两人共同预知的石门。

他俩相视一笑，一起使劲推开了石门，他们各自身后的金银光环发出了强烈的光，照亮了这个洞窟。只见洞窟的正中间是用玉石块和金块砌起的一个台子，那上面悬空立放着那短柄的神钺。厚重的气息扑面而来，一股寒冷的风吹起了他们的毛发。神钺一动不动。

这时他们注意到在金玉高台的下面是两具男女的骷髅身躯，他们折成屈身状，头部用丝绸包裹，身旁放置着戴着金面具的木俑。他们屈尸身上还有密密的剔骨的痕迹。墓穴的四周还有牦牛头、马头、羊头、鹿头、放有糌粑的木盒等众多的陪葬物品。

古老的杀生祭祀认为，死亡是最大的危机也是最大的契机。羊被认为是灵魂在转世或是解脱之路上的指引者，帮助亡灵攀山越岭，横渡江河。马被认为是亡灵的坐骑，而牦牛被认为是亡灵在转世或是解脱进程中与凶鬼征战时的卫士。木俑是政权权力的象征。

这是非常古老的几千年的古墓葬了，这个墓穴的亡灵应该在这里有几千年了。如今象雄敦巴辛·饶祖师已将慈悲融入了象雄大圆满，开始用酥油、糌粑的供奉替代动物的殉葬，那就让这些共同逝去的生灵在这里安息吧。

珞伽和赛赞拿出金子通行牌依然幻化出刚才的两副面具，他们郑重地将面具按照男女放在了裹着丝绸的尸身的脸上。

一个女亡灵的声音响起："戴着面具如众神下凡，来帮助世间，来帮助他们慈悲的往生。"

话音落下，突然那具短柄神钺离开金玉石台，朝着珞伽飞来，珞伽张开双手，恭敬地接到神钺，捧在手里。赛赞欣喜地抚摸着神钺。

他们在墓穴中收拾好要带到象雄国护持国政的圣物，出了通道，关上石门，与武士们一一告别，迅速赶回象雄国。

珞伽身后的金色光环，赛赞身后的银色光环，在他们步出小女国城堡的时候，突然分别幻化成他们脚下的金银风火轮，急速飞回象雄国。

就在珞伽和赛赞飞抵象雄琼隆银城的上空时，他们听到了坚硬刺耳，令人毛骨悚然，用腿骨号吹出的声音，一种独一无二的单音。那是用因死去孩子，并眷恋死去孩子而死去的母亲的腿骨制作的腿骨号。那腿骨号声音的悲壮之感，成为特殊的武器，用声音来震慑妖魔鬼怪和野兽，召唤神灵之力。当人们遭受野兽的攻击时，就吹响那具有独特音色的腿骨号来驱逐野兽；当人们共同狩猎时，在事先选好的地点准备好礌石，然后从四面八方吹响腿骨号，把猎物驱赶到目的地，抛放礌石，来杀伤猎物。

象雄国一定发生了不祥的重要事情，珞伽和赛赞紧急降落在象雄的大殿门口，他们迅速进入，看到象雄王和老古辛正愁容满面地交流。

看到女儿女婿安全回宫，象雄王阴郁的神情有了光彩，老古辛也是一样。珞伽把经历的所有事情全部告诉了他们，他和赛赞又拿出了护持国政的圣物，奉献给象雄王。

象雄王和老古辛激动万分，但是很快焦容再次浮上脸庞，他们讲述了刚发生的事情。

狼族恰巴王和哈让他们伏击了返回的将士和古辛、工匠们。一位古辛拼死跑回象雄国禀报了此事。哈让把所有遭到伏击的人全部放入了骷髅法器中。他托狐狸达日带来口信，说必须用赛赞的阿妈来替换被俘虏的人。国王不肯让王后冒险前往，僵持不下，哈让开始每天杀死一个被他们伏击的士兵。王后不忍涂炭生灵，为了救他们，王后背着国王与哈让见面，结果同样被哈让扣留，放入了骷髅法器中。哈让有了王后的扣押更加有恃无恐，他说要想交换王后，地点必须设在神殿。而且珞伽必须交出冰核、神石、神钺，并和哈让共同开启天门，在哈让安全进入通往冈仁波齐的天门时，他才会放出赛赞的母亲。

"恶魔！"珞伽极度愤怒地嘶吼。

"我去救阿妈！"赛赞带着泪水喊着。

"现在去，这个狼族的哈让会杀死他骷髅里所有的人！"象雄王大吼道。

"我们正用腿骨号召唤狼族哈让，准备跟他在神殿等候你们的回府，跟他一决胜负。就算我们都牺牲了，只要你珞伽不辱使命，守护好冈仁波齐的万水之源，雪域高原都会国泰民安。"说完老古辛拍了拍珞伽的肩膀，那是一种信任。

所有的人都决定引出狼族哈让，牺牲自己，阻止哈让，保护珞伽的使命完成。

赛赞扑到父亲的怀里，"呜呜"哭了起来，珞伽的眼睛也红了，为了这个使命，太多的人需要付出生命吗？他真是想不通呀！扶起悲痛的妻子赛赞，珞伽把她送回到他们新婚的房间，让她休息。他要去想些办法，智慧此时比牺牲要珍贵。

他请出国王和老古辛，来到神殿，拿出从小女国带来的金制的占卜箭，抽出他带着的羊绒袋子上的六根羊毛线，缠在占卜箭上，赋予着宇宙的象征。这支来自神魔间的箭是可以预知战争，预示不可改变的结局。然后在神殿中，老古辛手持的用海螺制成的广口形低音铃，摇撞发音。占卜箭开启了结局的预知。

赛赞哪里能休息，她心情难过，她要去神殿向冈仁波齐峰的方向祈求平安。她知道珞伽他们在神殿里占卜，她没有去打扰他们。她燃起香火，摆好供品进行祈神祭奠。赛赞手持天然朵丁——叮当作响的石块，敲击出节奏，跳起野兽的舞蹈，她沉浸在她的想念中。

神殿中的珞伽他们已经听到了朵丁的敲击声，这石块敲击产生的节奏反而推动了占卜的速度。当结果一出，他们互相点了下头，一起拿起神殿里的其它朵丁，循着声音出去，看到赛赞一人在祈神祭祀，他们也跟着敲起了朵丁，跳起野兽的舞蹈。这肯定是一场圣战。

晚上，珞伽告诉了赛赞与狼族哈让决战的方法和冈仁波齐一战的结果。其实赛赞冥冥之中是有感觉的，她要求第二天珞伽和她一起去垒"依舍"。那是用土、石头垒起的"依舍"式供塔。在象雄的文化中塔是福田。须弥山本身就是一个塔，世界本身就是如意俱生的自然大塔。而造塔的大小完全在于各自的信心大小和物力多少。冈底斯山是水晶宝塔，是自在天的住地。

留下这些塔，赛赞和珞伽的福田永驻世间。第二天，赛赞和珞伽用神力在象雄搭起了108座"依舍"式土石供塔。

哈让带着狼族的大军在腿骨号的召唤下，来到了象雄国的宫殿之下。他们万帐齐搭，驻扎在城门下的开阔地带，他的队伍杀气十足，威猛壮观。哈让传话，三天后，他调整好，象雄王和老古辛要带他上神殿与珞伽进行交换。

三天后，天幕刚刚泛灰，珞伽跟挚爱的妻子赛赞告别。虽然相处短暂，将是他们生生世世，不断轮回姻缘的根源。他紧紧地拥抱妻子，长久地亲吻她的香唇，他要记住她的味道。他摘下脖子上神绳捆绑的羊绒福袋，他把冰核放到赛赞用她金色的毛发为他织的战袍袋子里。他取下一缕毛发和一片指甲与神石一起放在羊绒的袋子里，交给赛赞。

"无论生死，我都不会背叛我的使命，不会屈服邪恶，如若反悔，请生生世世让我的家族用恶咒让我下地狱，不得永生。这里是我的毛发，我虽然离开了，但是我的意识和身影依然存在。依然守护我的爱人。"

说完珞伽再次拥抱妻子赛赞，赛赞把头依偎在珞伽的肩上，泪水打湿了珞伽的战袍。她想告诉他一件事情，但是她不敢打扰他的思绪，多日来她一个人默默承受。欢喜与悲伤交替在她的内心。赛赞取下天珠，交给珞伽。珞伽取下金线，他把天珠使劲攥着，生怕失去。

珞伽放下妻子，拿着天珠和神钺，转身跨出他们婚房的时候，赛赞喊住珞伽，扑到他的怀里，最后给了他一个亲吻，她还是没有说出她的秘密。

她目送着她挚爱的夫君登上神殿，她冲着他的背影喊道："爱是最伟大的力量，我的丈夫勇敢去战，我永远守候你的归来。"珞伽没有回头，他抹去泪水，义无反顾地走向神殿。

当他跨入神殿的时候，一眼就看到了凶残狡诈的哈让，他恨不得一下子拿神钺砍死哈让。象雄王使眼色让老古辛走到珞伽身边，生怕珞伽激动坏了计策。

哈让得意地阴笑着，"怎么样珞伽！？哦，是什巴贝钟钦波护法神化身的白色牦牛王子，我都快忘了你的天神之身了。瞧瞧我的骷髅法器，还是比你的圣物要有价值吧，否则怎能把你们都乖乖召唤到这里呢？哈哈！"

哈让摸着那骷髅法器，气得象雄王和珞伽要上前去跟他拼了。这时老古辛挡在了他们中间，他沉稳地说："哈让，今天时间紧迫，你来是要拿你需要的东西，我们来是要取回属于我们的，现在就进行交接吧。"

"还是有识抬举的！请你们拿出我要的东西，验明正身吧！不要耍滑头，这么多人的性命全在我骷髅法器中掌管，如果有任何不对，我会令他们瞬间化为尘埃！"哈让血腥地龇着他锋利的獠牙。

古辛从长袍里掏出三颗晶莹剔透闪着亮光的白石，那里面分别呈现着冈仁波齐的神山之景、玛旁雍措的圣湖之景、象雄守护神琼鸟。

哈让举着三颗石头仔细鉴别。老古辛泰然自若地站着，他心里知道哈让并没有亲眼看到过神石，都是听草鼠吉瓦汇报的。而那吉瓦已经被象雄王秘密抓到，处死了，所以哈让根本找不到吉瓦来鉴别。因此只要达到白色、发光、有闪现的景观就可以了。于是老古辛亲自带领工匠，制作了三颗假的神石，里面的景致是通过微雕画进去的。象雄国做天珠的手艺都是世界一流，更何况这三颗伪装的白石。

哈让点了点头，将神石放到自己的骷髅法器里。

"那冰核水源呢！这可是最关键的，赶紧交出来！"

珞伽非常愤怒，他极不情愿地从战袍里拿出了冰核。那冰核如水滴，水晶般折射出淡蓝的水汽，那冰核里不断汹涌翻腾着永不枯竭的水源。哈让看得有些呆了，他赶紧收敛，将冰核一把拿过来，准备放入骷髅的嘴里。

"慢着，那冰核必须保持洁净，与骷髅用作毁灭的口水相碰就会瞬间破裂，水源枯竭。你怎能保证你拥有毁灭神力的口水一点都碰不到它呢?！"珞伽认真而焦急地说。

"敢拿这个来骗我，我才不信。"说罢哈让持咒开启骷髅的牙齿。

"你敢堵吗？"珞伽大声吼叫起来。

这下哈让迟疑了，他琢磨了一会儿，问道："我没有带袋子，那该如何？"

"确实最为重要的圣物，不能随便拿着。"象雄王嘴里嘀咕着，"哦，你看我这个绳子怎么样，可以捆住冰核，挂在你的脖子上。"说罢象雄王从丝绸袍里取出牧人驱赶牲畜的投石绳。其实这根普通的黑白两色的投石绳就是热那的遗物神绳幻化而来。

哈让将信将疑，他犹豫了一会儿，还是自己将冰核用投石绳捆绑扎实，系在自己的脖子上。他不放心地又摸了摸，确认无误，他的眼神紧盯着珞伽的短柄神钺。

他在家族的岩画上看到过这个短柄神钺，又与吉瓦描述的象雄女国大女王大殿的那幅岩画描述的形制一样。哈让心有余悸地观辨着这个短柄神钺。

珞伽嘲笑地挑逗哈让："不信可以试一下，砍下你的骷髅法器不就行了。我可以帮助你。"

"别想耍我！你以为我不敢？"哈让维护着自己的尊严。

"快点给我，要不然我开启毁灭密咒，让骷髅吞噬你们的亲人。"说着哈让突然手托着中间的骷髅，准备持咒。

"你……等下，珞伽马上给他那个神钺！"象雄王大叫起来。

"放到地上，我自己来拿。"说着哈让一手托着骷髅，一手从地上拿起了神钺。这件神力的兵器非常重，没有点力气还真拿不起来，要拿着这个上冈仁波齐巅峰实在不妥。主要是要除掉威胁自己法器的问题，没有了也就不用考虑它的存在了。于是哈让双手拿着这个神钺，走到神殿外，用尽最大的气力，把神钺扔到了琼隆银城悬崖下，并用魔咒对神钺进行了掩埋，让神钺除非他，别人无法找到。

珞伽急迫地去看，满脸愤怒。

消失的神钺去除了对哈让的实际危胁，又拿到了冰核和神石，最后哈让让珞伽交出新做的天珠，好让新天珠与他骷髅里的天珠对应吉时，通过神殿里供奉的象雄国的第一位修行大德的古辛头盖骨上的修炼之洞，迎接宇宙的光波，重启通往冈仁波齐的天门。他知道他的天珠不能单独打开天门之事，达日和吉瓦已经全部在女国探听到了，他们也知道了那颗圆板状的天珠。

珞伽迟迟不愿拿出那颗他和爱妻做的天珠，老古辛和象雄王开始着急了，时间已经差不多了。在太阳光斜射的时候，天门必须打开。

"珞伽还犹豫什么，赛赞的母亲和那么多臣民的生命在等着，你赶紧对接能量吧！"象雄王大吼。

珞伽定了定神，他拿出那颗圆板状的天珠，天珠的内体，开始发出莹光。这是哈让第一次看到新做的天珠，太神奇和美丽了。哈让抓紧时间持咒，让中间骷髅的牙齿张口，吐出了吉瓦偷走的那颗完好的天珠。

哈让擦了擦这颗柱体状的天珠，放在光线下再次欣赏起来，旁边的珞伽他们气愤不已。

"快点，你是不是想要破坏自己的时辰！"珞伽清醒地喊叫着。

哈让"哼！"了一声，他走到那修行大德的古辛头盖骨边上，拿起手上的天珠，一头对着头盖骨上的修炼之洞，一头对着神殿中砌起的冲着冈仁波齐的墙壁。

哈让眼睛一瞥，示意珞伽拿着新天珠过来。珞伽吞下一口气，迈着坚定的步伐走过来，他把那颗圆板状的天珠对应着头盖骨的修行洞和哈让的那颗天珠。然后珞伽和哈让都不敢怠慢，他们等待着阳光斜射进神殿，射到两颗天珠和头盖骨的修行洞上。

所有的人紧张到不敢呼吸，他们可以看到阳光在慢慢提升射进来的角度。当灿烂的阳光越过神殿的窗框射进屋子，同时射到两颗天珠和头盖骨的修行洞时，只见它们的体内都发出了强烈的金色光线，三条光线汇聚而成一股强大的光束，直接射向天门的方向。突然天门墙壁发出了蓝光，蓝光穿透墙壁直接对接上强大的光束，形成"嗞嗞"的电流，直接击开了天门。对着冈仁波齐峰的天门打开的一刻，剧烈晃眼的光线扑了进来，让所有的人闭上了眼睛。

然后清爽的风吹进来，大家睁开眼睛，看到那通往冈仁波齐峰的光束通道从神殿延伸到宏大高耸的冈仁波齐的雪线梯上，甚为壮观与惊奇。

光束通道保留的时间是有限的，他们所有的人回过神来。

象雄王抓住哈让的胳膊，喊叫着："把他们放出来，光束的通道很快会消失！珞伽可以撤回天珠，放弃使命！"

"古辛你来拿着这颗天珠，我要上光束通道上才放人，这样你们就不敢收回天珠，否则那些出来的人都会掉入深渊。等他们回到神殿，哈哈，我已经到冈仁波齐峰了。"说着哈让急奔上了光束通道，他赶紧持咒，随着骷髅牙齿的开启，被哈让俘虏的人踩着光束通道回到了神殿，神殿不能装下这么多人，出来的人即刻跑出神殿。王后是最后出来的，象雄王拥抱了王后，亲吻了她的额头，让她快速跑出了神殿。

象雄王迅速接下珞伽的天珠，他和古辛保持着光束通道。珞伽从神像后面取出神钺，他立刻冲出天门，在光束通道上朝着冈仁波齐峰飞奔。就在他要达到雪线攀登时，他听到了赛赞向他呼叫的声音。

他回过头去，赛赞站在光束的通道中央，她大声告诉丈夫珞伽："不要惦念我，好好守护冈仁波齐的万水之源，你的儿子会为你骄傲，会让象雄盛世太平。我爱你！"

珞伽激动万分，他真想回去拥抱他的妻子和肚子里的儿子，但是他没有，因为他知道，妻子是要让他坚定，才这个时候说出本该早告诉他的喜讯。时间不等人呀，哈让早已到了神山之下，准备攀登神山了。

珞伽使劲地冲着爱妻赛赞喊道："我爱你！我的儿子叫他兰卡，告诉他我会一直在冈仁波齐为你们生生世世守护。"

随着珞伽的话说完，光束通道逐渐变弱，他赶紧大喊，让赛赞回到神殿。赛赞最后看了一眼丈夫珞伽，她带着笑容回到了神殿。

阳光抬高，离开了天珠和头盖骨的方位。光线收回，天门关闭，墙体恢复了原样。赛赞、象雄王、古辛跑出神殿，面冲遥远的冈仁波齐峰的方向带着所有逃出的人念诵箴言祈祷着。赛赞欣慰地摸摸肚子里的儿子，她继续远眺那看不到的冈仁波齐峰。

珞伽和赛赞的大声喊话，惊动了哈让。他已经到达冈仁波齐雪线下开始往上攀爬了，他往下去看珞伽，被惊得差点站立不稳掉下来。他没想到珞伽抛弃了妻子赛赞真的到了神山，而且拿着已经被他魔咒秘藏的神钺。

"我的魔咒不可能被破解，难道那扔掉的是假的……"他不敢再去想，在这冰冷的神山他浑身突然渗出了冷汗，他的毛发惊悚地竖立起来。既然事已如此，拼了也不能放弃上面触手可及的权力。

珞伽愤怒而又蔑视地看着上面的哈让，他一边扒着覆盖着纯净洁白之雪的岩石，一边挥舞着神钺讽刺道："你扔下去的那把神钺很贵，里面都是黄金，太可惜了。哈哈！"

"还有你那三颗神石，留着当家族纪念品吧，那可是象雄国最厉害的古辛做的，将来升值空间巨大。在未来的世界里可以拍卖的！"

哈让听完脸都绿了，他愤怒地双手使劲抠着岩石，他恨不得跳下去，把珞伽直接踹下神山。但是他知道他目前自身都是难保的。

哈让抓住冰核，仰天大笑："难道这也是假的？"

"它是真的，但是我的，不是你的！"说完，珞伽持咒让神绳回到原样，神绳自动解开了扣在哈让脖子上的扣结。哈让努力地按住神绳，这神绳哪里听他的话，它身上带着热那的愤怒。神绳抽打哈让，剧烈的疼痛让哈让几乎不能忍耐，他咬着牙，大喊大叫，他放开神绳，双手拼命抓住雪线上的岩石，他的身上被抽出了血。然后他不顾疼痛，往神山顶峰爬去。

神绳带着冰核，带着热那的气息回到珞伽的脖颈自动系好。珞伽快速向冈仁波齐的巅峰爬去。

快到巅峰，珞伽追上了有些体力不支的哈让。哈让将骷髅法器幻化成骷髅兵器，朝着珞伽挥了过来。那兵器的力度，珞伽还是第一次领教。那神钺被哈让用力拼命挥出的骷髅法器击到，产生巨大的倒震，让珞伽差点把持不住。珞伽用力握紧神钺，找着神钺利刃的角度与哈让在神山上开战。他们都是一手把持着岩石，不让自己掉下去，一手用来持神器应战，同时他们也在借机继续往上攀登。

终年的积雪，被他们掀起、散开、滑下，犹如雪莲花从天而降，与这场圣战交相辉映。

珞伽知道这里不能交战太久，必须最晚在正午之前，他要把冰核放到巅峰之上。看着善战而凌厉的哈让，只有一拼了。珞伽瞅准机会松开抓住岩石的手，飞扑到哈让的身上，哈让拼命地晃动身体，并用骷髅法器击打珞伽，拼尽力气想要把珞伽甩下神山。但是珞伽抓得太紧，体重又重，让哈让的单手无法支撑。于是哈让一个反扣，让骷髅兵器直插岩石，帮助支撑起身体，缓解自己的体力。

突然，珞伽看准时机，他抓紧哈让，一手用尽最大的气力，挥动神钺砍向哈让插入神山岩石的骷髅兵器。神钺的利刃刚好撞击到骷髅兵器的一个弱点棱角，只见骷髅兵器瞬间断裂两半，哈让被震碎的兵器甩下了雪山，同时珞伽也跟着飞速下降。他松开哈让，在空中迅速控制住，他一个神鹰式飞翔的空翻，让一只手抓住了岩石，他挂在雪线的中间喘着粗气。同时他听到了哈让凄惨的哀嚎，他不敢多想，继续往上攀登。

断裂震碎的骷髅兵器在哈让坠入地狱之时，所有的碎片和断裂之物，朝着信度毁灭之神的方向集结飞去。

体力消耗很大，珞伽抓了把雪白纯净的雪，放在嘴里咀嚼，恢复下体力。他顽强地攀登着，眼看巅峰近在咫尺，他把神钺先行扔上了巅峰，最后他用尽气力，双手一撑，跃上了冈仁波齐的巅峰。

天晴朗得可以看到通往天宇的气流，云可以触手可得，让人撩起它们的飘逸。往下看是世间浩渺的山川、河流，四条水从冈仁波齐巅峰向四个方向流淌而去，哺育着世界之众生。

珞伽呼吸着极其稀薄，但极其洁净的空气，他闻到了天堂的花香，他恭敬而仔细地吸吮着神山之巅的仙气，那里有他眷恋的情愫。

收回思绪，珞伽郑重地取出冰核，那冰核里汹涌澎拜的水源翻滚着，珞伽把冰核小心翼翼地放到巅峰的中间之处，那里是四条发端冈仁波齐水源的冰雪交接之处。只见冰核如莲花般打开，水源如巨大的泉涌喷射向四方，源源不断地汇入冈仁波齐峰的万水之源。

看着这如此壮观的生命之水，向世间奔流而下，珞伽举起双臂向琼隆银城神殿的方向大声呼喊："赛赞，我胜利了，我将为你们，为世间守护这人类洁净的生命之水。"

这边的赛赞听到了珞伽的呼喊，她看到了山下河流的扩大，看到了无数植物再次舒展，枝繁叶茂。这片极地神奇的高原，雪山之水永恒而下，犹如甘露，滋养着高原和下游的万物，四条雪山之水流向世界。如丝般娇艳的树叶，泛着七彩金色的果实，仙灵般各异的花朵盛开在高原。到处呈现出梦幻般的生机盎然，到处可以听到欢呼与雀跃的声音，响彻高原。

这座世间最高的金字塔——冈底斯山冈仁波齐峰，宇宙不灭，它会一直矗立。一头矫健威武的白色牦牛，他身披金色的战袍，头插白色羽毛的神箭，颈戴琼鸟的法器，他仰望那突然出现在他头顶的天空之眼。

高原之巅的风，"噗噗"地抖起他的战袍，一副发光的绳索天梯，从天眼中顺势而下，那是回到天宫神殿他这一世的唯一机会。神秘的光明照耀着他，雪山的众生等待着他的决定，他的眼前出现了爱妻赛赞的期盼。如使命的承诺，守护是他的荣耀。他举起双手，沉稳地，不假思索地将那发光的绳索天梯坚定地抛回了天宇，瞬间天眼关闭。

在白雪的极地之巅，珞伽傲然伫立，他豪迈地举着神钺，他金色的战袍随风飘扬。

古辛的声音在天际出现："珞伽用你的勇敢和智慧，宽容和慈悲，捍卫与守护我们的雪域高原，是我们的，也是世界的，这是一个坚固而永恒的职责。"

光明与黑暗，慈悲与邪恶，如同太极的阴阳，相互依存，而又相互抗衡，没有结束，似乎也没有对错，存在必然，接受使然，静谧的极地之域，不断开启下一个巅峰传奇。

小说人物表

珞伽——象雄语音译，宇宙世界的意思。智隆牦牛邦国什巴贝钟钦波高原守护神化身的白色牦牛王子。

赛赞——象雄古语音译，仙女的意思。从天而降的仙女化身象雄国公主，雪域高原稀有的金丝牦牛。

真巴兰卡——智隆牦牛邦国老古辛，象雄具有奇高智慧与象雄大圆满秘法的上师。

象雄王——象雄国的统领国王，赛赞的父亲。

当热王——象雄联盟当热部落国王，当热公主的父亲。

里提满——仙女的意思。当热部落公主，当热国王女儿。

热那——宝贝的意思。獒犬，智隆牦牛邦国獒犬联盟的族裔，珞伽的好友。

木祖——吉祥的意思。旱獭，智隆牦牛邦国旱獭联盟的族裔，珞伽的好友。

嘎布——白色的意思。黑色牦牛，羌塘草原黑河部落国王的将领，保护当热公主的武士。

赤威——意为英姿飒爽的王。羚羊部落王。

悠玛——羚羊王后。

妊玛——意为红色的山。羚羊公主。

尼日——太阳的意思。羚羊部落大臣的儿子。

雍仲德吉——神女，漂亮善良的意思。象雄王后。

乃让——花朵的意思。獒犬心仪的女友。

旱獭王——旱獭王

卓萨——部落大家族的意思。旱獭公主。

哈让——魔鬼的意思。狼族部落的首领，具有骷髅法器的邪恶力量。

吉瓦——老鼠的意思。草鼠，智隆牦牛邦国联盟的草鼠部落族裔。

达日——月亮的意思。狐狸，狼王哈让的军事大臣。

恰巴——贯穿、撒满、占领的意思。象雄狼王部落首领。